探検家

The EXPLORER

キャサリン・ランデル

越智典子 訳

ゴブリン書房

もくじ

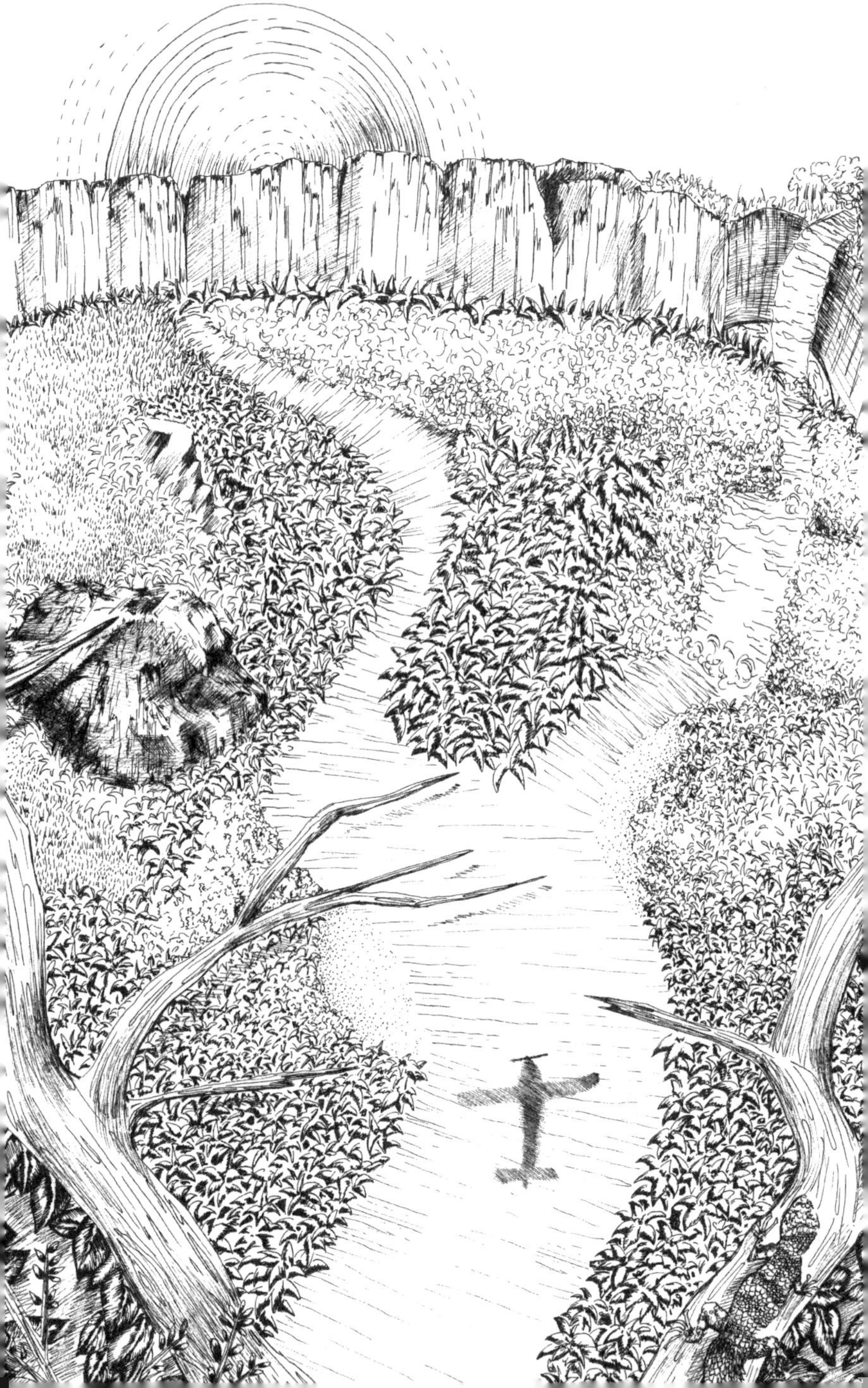

空へ、そして……

人の願望が奇跡《きせき》をよんだとでもいうように、飛行機は空へと舞《ま》いあがった。

コックピット（操縦席《そうじゅうせき》）にすわった少年は、飛行機が大空のふところめざして急上昇《きゅうじょうしょう》すると、座席《ざせき》をぎゅっとつかんで息をのんだ。少年の名はフレッド。口を真一文字に結んで神経《しんけい》を集中し、となりにいるパイロットの動作をまねて、指をぴっ、ぴっと動かす——ジョイスティック（操縦《そうじゅう》桿《かん》）、スロットル（絞《しぼ》り弁《べん》）。

機体は小刻《こきざ》みに振動《しんどう》しながら、真下を流れるアマゾン川の支流《しりゅう》をたどり、沈《しず》みかけた太陽に向かって速度をあげた。ゆったりと流れる大河《たいが》の青い水面に、フレッドは自分たちの六人乗り飛行機が小さな黒いしみのように映《うつ》っているのに気がついた。機は、アマゾン流域《りゅういき》最大の都市マナウスをめざして飛んでいた。フレッドは目にかかった髪《かみ》をはらいのけると、額《ひたい》を窓《まど》に押《お》しつけた。

フレッドのすぐ後ろには、一人の少女と幼《おさな》い弟がすわっている。二人ともそっくりの八の字眉《まゆ》で、肌《はだ》は浅黒く、まつ毛が長い。少女ははにかみ屋で、飛行場では出発間際《まぎわ》まで両親にくっついて離《はな》れなかった。今は眼下《がんか》の川をじっと見つめ、小声で何か歌いつづけている。弟のほうは、シートベルトを口に入れ、もぐもぐとかんでいる。

その後ろにもう一人、金髪《きんぱつ》を腰《こし》までたらした、青白い顔の少女がすわっていた。ブラウスにはあごまでとどくひだ飾《かざ》りがついていて、少女はさかんにそれを押《お》しさげては、しかめっ面《つら》をしている。けして、窓《まど》の外を見ようとしない。

飛びたってきたばかりの飛行場は、ほこりっぽくて、容赦《ようしゃ》なく照りつけるブラジルの太陽の下、ひとすじの滑走路《かっそうろ》があるだけだった。フレッドにいとこは、学校の制服《せいふく》にクリケット用のセーターを着ていくべきだと言いはった。おかげで今、フレッドは暑くて酸欠状態《さんけつじょうたい》の機内で、じわじわと火にかけられ料理されていく気分だった。

エンジンが哀《あわ》れっぽい音をたてた。パイロットは眉《まゆ》をしかめ、ジョイスティックをたたいた。年をとっていて、軍人っぽい感じだ。鼻毛が勢《いきお》いよくのび、白髪《しらが》まじりの口ひげはワックスで固められ、重力の法則《ほうそく》に逆《さか》らうつもりらしかった。パイロットがスロットルに手をのばす。機体はうなりをあげ、雲に向かって上昇《じょうしょう》した。

フレッドが不安にかられだしたのは、あたりがだいぶ暗くなってからだ。パイロットがげっぷをしだしたのだ。最初は音をたてずに、やがて激《はげ》しく、何度もくりかえす。パイロットの手が引きつり、がくっと機体が左に傾《かたむ》いた。背後《はいご》でだれかが悲鳴をあげた。飛行機はよろめくように川を離《はな》れ、森の上を横切っていく。パイロットがうめき、あえぐように息を吸《す》う。スロットルをしぼって、エンジンを減速《げんそく》させる。ひとつ、せきをした。息がつまるような音にきこえた。

フレッドはパイロットを見つめた。口ひげと同じくらい、顔が白い。「だいじょうぶですか？何か、ぼくにできることはありますか？」

パイロットは必死に息をしながら、首を横にふった。コントロールパネルの向こうに手をのばすと、エンジンを切る。エンジンのうなりがやんだ。機首が下を向く。森がせりあがってくる。

「なんなのよ」金髪《きんぱつ》の少女が鋭《するど》く叫《さけ》ぶ。「何してるの、やめさせて！」

後部座席《こうぶざせき》で、幼《おさな》い男の子が悲鳴をあげはじめた。パイロットはフレッドの手首をぎゅっとつかみ、次の瞬間《しゅんかん》、ダッシュボードに突《つ》っぷした。

そして空が、ほんの数秒前までは頼《たの》もしく思えていた空が、消えた。

緑の闇《やみ》

ぼくは死んだんだろうか。フレッドは走りながら、思った。いや、死はもっと静かなはずだ。炎《ほのお》がうなりをあげている。手足で血管がどくどくと脈打《みゃくう》っている。闇夜《やみよ》だ。走りながら、助けをよぼうと息を吸《す》いこんだが、のどはからから、いがらっぽくて声が出ない。舌《した》のつけ根に指を突《つ》っこんで、つばを出させ、ようやく叫《さけ》んだ。「だれか、助けて！火事だ！」

それにこたえたのは火だった。背後《はいご》の木が炎《ほのお》に包まれたのだ。雷鳴《らいめい》がとどろく。ほかには、なんの返事もない。

燃《も》えさかる枝《えだ》が折れ、ぱっと炎《ほのお》をあげると、火花を散らしながら落ちてきた。フレッドはうまくかわしたが、後ろへよろめき、暗がりの中で何かかたいものに頭をしたたかにぶつけた。枝《えだ》は、

フレッドが数秒前にいた場所を直撃《ちょくげき》していた。のどをせりあがってきた苦い汁《しる》を飲みくだし、フレッドはもっと速く、必死で走った。何かがあごに落ちた。フレッドは飛びのいて顔をはらったが、ただの雨つぶだった。

雨は突然《とつぜん》、ざあっときた。すすと汗《あせ》にまみれた両手は、タールのように黒くなったが、雨のおかげで火はおさまりだした。フレッドは徐々《じょじょ》に走る速度をゆるめ、立ちどまった。大きくあえぎながら、もと来たほうをふりかえる。

小さな飛行機が森に突《つ》っこんで煙《けむり》をあげていた。白と灰色《はいいろ》のまじった煙《けむり》が夜空に立ちのぼっている。

フレッドは頭がくらくらしたが、必死にあたりに目をこらした。人の声もしないし、姿《すがた》もない。シダのような植物が足元をおおうように生《は》え、木々《きぎ》は数百メートルの高さまでそびえたち、パニックをおこした鳥たちがけたたましく鳴きながら、木々《きぎ》のあいだを飛びかっている。フレッドは激《はげ》しく頭をふって、まだ耳の奥《おく》に残る、墜《つい》落時《らくじ》の轟音《ごうおん》をふりはらおうとした。

腕《うで》の毛が焼け、ゆで卵《たまご》のようなにおいがした。額《ひたい》に手をやると、眉《まゆ》の一部が焦《こ》げていて、指にくっついてきた。フレッドはシャツのそでで眉《まゆ》をぬぐった。

自分自身を見おろす。ズボンの片足《かたあし》が、裾《すそ》からポケットのところまで裂《さ》けている。骨《ほね》は折れていないようだ。ただ、背中《せなか》と首がひどく痛《いた》む。そのせいで、腕《うで》も足も遠くにあって自分のものではないみたいだ。

だしぬけに、暗がりで声がした。「だれ？　あっちいって！」

フレッドは、ぱっと向きなおった。まだ耳鳴りがする。地面から岩のかけらをつかみあげると、声のした方向に投げつけた。さっと木陰《こかげ》にかくれ、いつでも跳《と》ぶか走るかできる体勢《たいせい》でしゃがみこむ。

心臓《しんぞう》が、鼓笛隊《こてきたい》みたいに打ちまくっている。息を殺《ころ》す。

声がした。「頼《たの》むから、ものを投げないで」

女の子の声だ。

フレッドは木陰《こかげ》からのぞいて見た。月明かりがうっそうと茂《しげ》ったこずえからさしこみ、木々《きぎ》の上に細長く枝《えだ》わかれした影《かげ》をいくつも落としている。二つだけ背《せ》の低い茂《しげ》みがあって、どちらもさわさわと音をたてていた。

「だれ？　そこにいるのは、だれ？」さっきとは別の茂《しげ》みから声がした。

フレッドは腕《うで》の毛が逆立《さかだ》つのを感じながら、闇《やみ》に目をこらした。

「お願い、傷《きず》つけないで」茂《しげ》みが言った。なまりがある。イギリス英語よりやわらかくて、まちがいなく、子どもの声だ。「あなたなの、うんちを投げたの？」

フレッドは地面を見おろした。さっきつかんだのは、何年もたって石のようになった動物のふんだったのだ。

「ああ、そう」暗闇《くらやみ》に目が慣《な》れてくると、茂《しげ》みの深緑のあいだに、こちらをのぞき見る目がいくつか光っているのがわかった。「飛行機に乗ってた子？　けがしてる？」

「ええ、してるわよ！　空から落っこちたのよ！」ひとつの茂《しげ》みが言うと同時に、もうひとつの茂《しげ》みが言った。「それほどひどくはないわ」

「出ておいでよ。ぼくしかいないよ」とフレッド。

片方《かたほう》の茂《しげ》みが半分に割《わ》れたので、フレッドは心臓《しんぞう》が飛びだしそうになった。少女と弟だった。二人とも、すり傷《きず》とやけどとすすだらけだ。すすが汗《あせ》や雨とまざり、泥《どろ》のように顔にはりついている。でも、生きている。フレッドは、一人じゃなかった。「生きてたんだね！」フレッドは言った。

「決まってるわ」残ったほうの茂《しげ》みが言った。「でなきゃ、わたしたち、こんなにしゃべれやしないでしょ？」金髪《きんぱつ》の少女が、激《はげ》しい雨の中に姿《すがた》をあらわした。少女はにこりともせずに、まずフレッド、それから、あとの二人をじろりと見た。「わたしは、コン。本当はコンスタンティーナだけれど、そうよんだら承知《しょうち》しないわ」

フレッドはもう一人の少女に目を向けた。少女はおずおずとほほ笑《え》んで、肩《かた》をすくめた。

「いいよ、そうしろって言うなら。ぼくはフレッド」

「わたしは、ライラ」少女が言った。腰《こし》に弟をかかえている。「それと、マックスよ」

「やあ」フレッドがほほ笑《え》もうとしたとたん、ほおの傷《きず》が引きつれ、焼けるような痛《いた》みが走った。それで顔の左半分だけで、にやっとした。

マックスは今にも泣きだしそうだ。指の跡《あと》が残りそうなくらいに、ぎゅっと姉にしがみついている。少女は、体を傾《かし》げて弟を抱《だ》きかかえ、けんめいに揺《ゆ》さぶっている。まるで頭が二つで腕《うで》がからみあった一体の生きものみたいだ、とフレッドは思った。

「きみの弟、ひどくけがしているの？」

ライラは弟の背中《せなか》を、手のひらでやさしくたたきつづけている。「口をきいてくれないの……

泣いてばかりで」

コンが火事のほうをふりかえって、身ぶるいした。その顔を炎《ほのお》が照らす。コンの髪《かみ》はもう金色ではなかった。すすまみれの灰色《はいいろ》に、茶色くなった血がこびりついている。肩《かた》には切《き》り傷《きず》があった。深そうだ。

「きみは、だいじょうぶ?」フレッドは、目にかかる雨をぬぐいながら聞いた。「その傷《きず》、ひどそうだよ」

「だいじょうぶなわけないでしょ」コンは吐《は》きすてるように言った。「わたしたち迷《まよ》ったのよ、アマゾンのジャングルで。統計学的《とうけいがくてき》に言えば、わたしたち、死ぬ可能性《かのうせい》がおそろしく高いわ」

「わかってる」わざわざ言わなくてもいいのに、とフレッドは思った。「でも――」

「だから、だいじょうぶじゃないの」コンは声をうわずらせた。「わたしたち、だれ一人、だいじょうぶじゃない。そう考えておくべきよ。ぜんぜん、ちっとも、だいじょうぶなんかじゃない!」

茂《しげ》みが音をたてた。雨がフレッドの顔をたたき、流れおちる。

「雨宿りできるところを探《さが》そう」とフレッド。「大木か、洞穴《ほらあな》か、あるいは――」

「だめえ!」マックスが突然《とつぜん》、金切り声をあげた。つばと恐怖《きょうふ》でいっぱいの叫《さけ》び声《ごえ》だ。

フレッドは両手をあげて、あとずさった。「叫《さけ》ぶなよ。ただ、ぼくは――」と言いかけて、マックスの指がさししめすほうへ目をやった。

まさしくそこ、フレッドの靴《くつ》から10センチのところに、ヘビがいた。

茶と黒のまだらもようは、ジャングルの地面にまぎれそうだ。頭が、人のこぶし大はある。一瞬《いっしゅん》、みんなが固唾《かたず》をのんだ。ジャングルが静まりかえった。次の瞬間《しゅんかん》、マックスの二回目の金切り声が夜の闇《やみ》をつんざき、四人はきびすを返して逃《に》げだした。

ぬかるんだ地面を、おたがいの目に泥《どろ》を跳《は》ねあげ木の幹《みき》でひじをすりむきながら、しゃにむに走る。フレッドは、体がまるで自分のものではないみたいに、これまでにない速さで、両方の手のひらを前に突《つ》きだしつつ走った。根っこにつまずく。前のめりに一回転し、バシャッと泥《どろ》をまきちらして着地した。すぐさま走りつづける。雨で目が見えない。闇《やみ》の中、いくつもの影《かげ》がよぎる。

背後《はいご》でだれかが叫《さけ》んだ。

「お願い、マックス！」ライラの声だ。

フレッドは泥《どろ》で足をすべらせながら、後ろをふりかえった。

「走ってくれないの！」ライラは弟の上にかがみこんでいる。「わたし、もう抱《だ》っこできない！」

ちいさい弟は仰向《あおむ》けに寝《ね》ころがって、空に向かって泣きわめいている。どしゃぶりの雨に、全身をふるわせて。

「おいで！」フレッドはマックスを肩《かた》にかつぎあげた。思いのほか、ずしりと重たい。おまけに抱《だ》きあげたとたんに金切り声をあげたが、フレッドはマックスの両ひざをしっかりつかむと、走りだした。全身が痛《いた》みで悲鳴をあげるようだ。すぐ後ろを、ライラが泥《どろ》を跳《は》ねあげながらついてくる音がする。

フレッドのわき腹《ばら》の痛《いた》みが、がまんの限界《げんかい》をこえかけた時だった。木立を抜《ぬ》け、だしぬけに開《ひら》けた場所に飛びだした。立ちどまると、マックスがフレッドの背骨《せぼね》に頭をぶつけ、わめいた。怒《おこ》って、フレッドの肩甲骨《けんこうこつ》に歯をたてようとする。

「やめろよ」と言いながら、フレッドは背中《せなか》の子どものことはほとんど忘《わす》れていた。目の前の光景に目を見はっていたのだ。

フレッドたちは、森の中にぽっかりとあいた、大きなまるい土地の端《はし》にいた。空が見える。ふっくらとした月に照らされて明るい。苔《こけ》と草が生《は》え、緑のじゅうたんのようだ。頭上では無数の星がひしめきあい、銀色のきらめきが夜空をおおっている。フレッドはマックスを地面におろすと、あえぎながら、腰《こし》をかがめて両手をもにおいた。

「ヘビ、おいかけてきた？」とマックス。

「いいえ」コンが息を切らしながら、こたえた。

「ほんとう？」泣きだしそうな声でマックスがきく。

ライラがわき腹《ばら》を押《お》さえ、ひざまずいた。「ヘビは追いかけてこないわ、マックス。二人とも知ってたのよね、そんなこと。なのに、わたしったら……」

「パニックになったのよ」とコンが苦々《にがにが》しげに言った。「そういうこと。ほらね！　見て、ヘビなんていやしない。わたしたち、ばかみたい。さっきより、もっと迷《まよ》っちゃったわ」

空き地はゆるやかな下りになっていて、その先に大きな水たまりがあった。フレッドは空き地を横切り、水たまりに近づいた。筋肉《きんにく》が痛《いた》む。水は、くさったようなにおいがした。それでも、もうれつに喉《のど》がかわいている。少しだけすすってみて、すぐに吐《は》きだした。「ひどい。死人の足みたいな味だ」

「のど、かわいた！」とマックス。

フレッドは空き地を見まわした。マックスがまた泣きだす前に、水を見つけたい。

「髪《かみ》の毛をしぼったら、水が出てくるよ」フレッドは自分の黒い前髪《まえがみ》を額《ひたい》にたらし、ねじった。しずくが数滴《すうてき》、舌《した》の上に落ちた。「ないよりはましだろ」

マックスは自分の髪《かみ》をちょっと吸《す》うと、目を閉《と》じてもぐもぐとかんだ。「ぼく、こわい」淡々《たんたん》と事実を述《の》べるようにマックスが言った。泣かれるより始末が悪いや、とフレッドは思った。

「わかってる」ライラがやさしく言った。「わたしたちもよ、マックス」弟に近づき、抱《だ》きよせる。マックスの骨《ほね》ばった細い指が、ライラのやけどした手首に巻《ま》きついている。ライラはそれをふりはらいもせずに、マックスの耳にポルトガル語で何かささやきはじめた。おだやかな歌のような……、子守唄《こもりうた》だろうか。二人とも、かすかにふるえていた。

フレッドはつばを飲みこんで、言った。「夜が明けたら、今よりましに思えるよ」

「そうお?」とコン。突《つ》っかかるような口調だ。「本当に、そうかしらね?」

「今より悪くは感じないよ」とフレッド。「明るくなれば、家にもどる方法も考えつくだろうし」

コンがフレッドを、食いいるように見つめた。挑戦的《ちょうせんてき》なまなざしだ。フレッドも、まばたきせずに見かえす。コンの顔は幾何学的《きかがくてき》だ。とがったあご、飛びでたほお骨《ぼね》、つりあがった目。

「で、今はどうするの?」とコン。

「ママも、パパも――」ライラが話しはじめる。両親のことを口にしたとたん、顔をくしゃくしゃにしたが、ぐっとこらえ、話しつづけた。「よく言っていたわ。考える前に眠《ねむ》りなさいって。ひどく疲《つか》れていると、バカなことをするものだからって。二人とも科学者よ。だから、わたしたち、眠《ねむ》るべきだわ」

フレッドは体中が痛《いた》むことに気がついた。「うん、そうだね。眠《ねむ》ろう」

フレッドはしめった草の上に横たわった。服に水がしみこんだが、大気は暖《あたた》かい。目を閉《と》じた。

目が覚めたら、きっと寮《りょう》のベッドの上にいるんだ、とフレッドは考えた。となりでは、ルームメイトのジョーンズとスクレースがいびきをかいているんだ、と。一匹《ぴき》のアリが、ほおの上をはっていった。

「起きていたほうがよくない？　脳《のう》しんとうで死ぬかもしれないもの」とコン。

「脳《のう》しんとうを起こしてたら、めまいがすると思うけど」とライラ。

フレッドはうとうとしながら、めまいがするかどうか確《たし》かめようとした。世界がぐるぐると回りながら、遠ざかりはじめた。

「夜のうちに全員死んだら、あんたたちのせいよ」コンの声がした。

フレッドがさっきの元気の出る空想にもどると、自分が下へ下へと落ちていく感じがした。ジャングルと、むっとするような夜気をあとに、はるか下へ、そして眠《ねむ》りへと、落ちていった。

かくれが

めちゃくちゃ暑い。まだ生きてる。その二つが、フレッドが目をあけ、真上で照りつけるブラジルの太陽を見て真っ先に考えたことだ。いつものくせで腕時計《うでどけい》を見た。ガラスが割《わ》れ、分針《ふんしん》がなくなっている。

となりで、二人の少女が眠《ねむ》っていた。体中が血とかさぶただらけだったが、どちらもすやすやと寝息《ねいき》をたてている。コンは親指を口に入れていた。

青や赤にきらめくトンボの大群が、二人のまわりを舞《ま》っている。血に引きよせられたんだ、とフレッドは思った。

ちっちゃな子の気配がない。マックスがいなかった。

「マックス！」フレッドは小さく叫《さけ》んで、跳《は》ねおきた。なんの返事も、動きもない。トンボの羽音がするだけだ。

フレッドの心臓《しんぞう》が早打ちしだす。「マックス？」声を大きくしてよんでみる。ライラが眠《ねむ》ったまま、びくっとした。

森のきわまで走ってみたが、男の子がいた様子はない。

「マックス！」フレッドは大声をあげ、必死であたりを見まわした。

「なあに？」マックスが頭をあげた。悪臭《あくしゅう》のする水たまりのわきで、シダのような草むらの陰《かげ》に腹《はら》ばいになっていた。水の中に指を入れ、ちゃぷちゃぷやっている。

「マックス！」かけよろうとして、肋骨《ろっこつ》に鋭《するど》い痛《いた》みが走り、思わずひるんだ。「その水、飲んでないよね？」

マックスはフレッドが近づくのをじっと見あげていたかと思うと、ぎゅっと両目をつぶり、ふっくらとしたほおをふるわせて悲鳴をあげた。

空き地の反対側で、ライラが、わあっと叫《さけ》んで飛びおきた。

「あまり感心しないな」マックスにそう言いながら、血とすすまみれで、おまけに焼けて短くなった眉《まゆ》をしていては、まともな人物に見えないだろうな、とフレッドは思った。

マックスは悲鳴をあげつづけ、ほとんど息も吸《す》えないような状態《じょうたい》だった。

ライラが立ちあがって、「マックス！」とよんだ。「何があったの？」

砂糖《さとう》だ、とフレッドは思った。ショックを受けた人には砂糖《さとう》を食べさせるにかぎる。「あまいもの、あげようか」ポケットにミントキャンディーがいくつかある。「泣かないでさ！」そう言いながら、キャンディーを取りだした。

ポケットから出した手がぬるぬるしていた。フレッドのももに切《き》り傷《きず》があって、ポケットの中は固まりかけた血の海だったのだ。ミントキャンディーはひと晩《ばん》、そこにつかっていたことになる。フレッドは顔をしかめつつ、ひとつ口にほうりこんでみた。おいしくはなかったが、糖分《とうぶん》のおかげで血のめぐりがよくなった。

「食べる？」フレッドはシャツの裾《すそ》につばを吐《は》くと、キャンディーの血をぬぐった。「ミント味だよ」

「いらない！　ミントきらい！」とマックス。

「食べものはこれしかないよ」

「ふうん。じゃ、もらっとく」とマックス。まるで小作人の持ってきたパンを受けとる地主のような態度《たいど》だ。

「ほら」と、フレッドはマックスのべたべたする手のひらにキャンディーをおいた。「できるだけ、ゆっくり食べるんだよ」

マックスは音をたててキャンディーをなめた。鼻水がたれて、口を通りこしてあごまでのびた。

「マックス！　こっちきて！」ライラがよんだ。

「行こう」フレッドがうながした。マックスはミント味に夢中《むちゅう》らしい。眉《まゆ》をしかめて、一心に口を動かしている。今にもこわれそうな存在《そんざい》に見えた。フレッドは胸《むね》がしめつけられたが、ただ
「はなをかんだほうがよさそうだよ」とだけ言った。

「はな、かまない」とマックス。二人そろって足を引きずりながら、ライラのいるほうへと歩きだす。「ぼくは、かまない」

「かんだほうがいいと思うよ」

「いやだ！」マックスは上唇《うわくちびる》についた鼻水をなめて、口いっぱいに広がるミント味に加えた。

五歳児《さいじ》と話しあうのは楽じゃない、とフレッドは思った。マックスのほおにはひと筋の泥《どろ》がこ

びりついていて、眉《まゆ》は両端《りょうたん》がそりかえっている。それで、ちょっといたずらっぽく見えた。

フレッドはマックスのシャツの襟《えり》に指をかけて、とげのある草木やウサギのふんみたいなものを避《さ》けるように引っぱっていった。地面は苔《こけ》でおおわれ、ところどころに草やつたが生《は》えている。一本の木があざやかな赤い花をつけていて、落ちた花で森に赤いじゅうたんがしかれたようだ。花に囲《かこ》まれてすわりこんだライラとコンは、照りつける太陽の下で、言いあらそっていた。

「ねえ、そこの、なんて言ったっけ……フレッド！」コンが叫《さけ》んだ。「この人に言ってやってよ、てんでまちがってるって」

「コンはね――」とライラが顔を赤くして話しだすのを、コンがさえぎった。

「当然のことを言ってるの。飛行機のところにもどって、待つべきなのよ。空の上から飛行機が見つかるかもしれないでしょ。その時、救出《きゅうしゅつ》してもらえるように、ね」

「それより、ここにいたほうがいいわ」とライラ。両ひざを、あごにとどくほど引きよせている。

「あそこまでもどろうとすれば道に迷《まよ》うことになるわ。それに、飛行機は見つけてもらえないと思う。墜落《ついらく》した場所を、だれも知らないんだから。ジャングル中を捜《さが》しまわるしかないはずよ。わたしたち、自分たちでなんとかしなくちゃ」。ライラはたんぽぽに似《に》た花を、きびしい顔つきで、まばたきもせずに見つめている。「わたしたちで、マナウスに行く方法を見つけるのよ」

フレッドは、あらためてライラをちゃんと見た。面長《おもなが》の顔の片方《かたほう》に長い引っかき傷《きず》がある。黒髪《くろかみ》は二本のおさげに編《あ》まれていて、その片方《かたほう》は墜落時《ついらくじ》に焦《こ》げていた。真っ赤なスカートに、血のように赤いブラウス。ただ、どちらも今は緑がかった灰色《はいいろ》のしみだらけだ。フレッドと同い年くらいだろうか。顔をしかめ、コンをにらみつけている。

コンもにらみかえす。「ばかみたい。わたしたち、飛行機のそばで救助《きゅうじょ》を待つべきなのよ。わたしの家族は今ごろ飛行機を何十機《なんじっき》も飛ばして、わたしたちを捜《さが》しているわ。百機かもしれない」

「でも」とライラ。「墜落《ついらく》した場所は火事になって、森の半分は黒焦《くろこ》げよ。きっと動物もいないから――」

「動物のお友だちなんて、いらないわ！」とコン。「おとぎ話じゃあるまいし！」

「――食料に困《こま》るわ」とライラは話の続きを言った。「それに、あそこには――」

「何よ？」とコン。

「パイロットがいるわ」

「死んでるでしょ」とコンは心底、不思議そうに言った。「何もしやしないわよ」

ライラの口調は静かだが、驚《おどろ》くほど威厳《いげん》に満ちていた。「ここでキャンプするべきよ」

「とんでもない！　まったく、ばかげてる！」とコン。

「フレッド」とライラが声をかけた。「あなたが決めて」

「だめよ！」とコン。「不公平だわ、だれか一人が決めるだなんて！」コンはフレッドの爪先《つまさき》からあごまでにらみあげて、「わたしに賛成《さんせい》するならいいけど」とつけくわえた。

フレッドは今一度、空き地を見わたした。空気は新鮮《しんせん》で、頭上にはイギリスにはない青空が広がっている。答えを口にしかけたその時、フレッドははるか前方、うっそうとした森がはじまるあたりに、四本の木が、頂点《ちょうてん》を一点に集めるように傾《かし》いでいるのに気がついた。首の後ろの毛が、ぞくっと逆立《さかだ》つ気がした。

「この空き地、何か変じゃないか？」

「答えになってないわ！」とコン。

「変って、何が？」ライラが聞いた。

「あの木だよ、向こうにある」とフレッドが指さした。

「あれがどうかした？　倒《たお》れたのよ」とコン。「木ってそういうもんでしょ」

「倒《たお》れたようには見えないな」フレッドはそう言って、空き地の反対側にかけていった。何かおかしいという感じが強まっていく。こわさより、好奇心《こうきしん》がまさった。

いちばん大きな木は巨大《きょだい》だった。太さといい、高さといい、トラファルガー広場にあるネルソン提督《ていとく》の像《ぞう》くらいある。その木に、細めの三本の木がよりかかっている。四本は、ほぼ一辺が1メートルほどの正方形の四角から生《は》えていた。たがいの枝《えだ》はからみあい、つる植物がびっしりと巻《ま》きついて葉を茂《しげ》らせている。

「ほっときなさいよ、フレッド」とコンがよんでいる。「開《ひら》けた場所にいなさいよ!」

「何か変だよ」フレッドは細い木の一本を上から下へとなでおろした。根元にはシダのような植物がはびこり、キノコもいくつか生《は》えている。シダを地面に押《お》しさげたとたん、フレッドはぎゅっと胃《い》が縮《ちぢ》んだ気がした。

細い三本の木には、根がなかった。三本とも、高さ4、5メートルはあろうかという、伐採《ばっさい》された木なのだ。それが、太い木に慎重《しんちょう》に立てかけられている。斧《おの》か、マチェーテとよばれる刃物《はもの》をふるってつけられた切り口が見てとれた。根元に生《は》えた――いや、植えられたのか?――シダが、切り口をおおいかくしている。

「かくれがだ」フレッドはつぶやいた。

「なんて言ったの?」コンが叫《さけ》んだ。

フレッドは、立てかけられた木のあいだにのびたつるを押《お》してみた。

「テントみたいだ」とフレッド。「かくれが、だよ」茂《しげ》みの中にもぐりこもうと、かがみこむ。

「だめよ！　入らないで！」コンがとりみだしたように叫《さけ》んだ。「こわがってるんじゃないわ。でも、やめて。それって、理にかなった冒険《ぼうけん》じゃないわ」

フレッドは、まじまじとコンを見た。「なんだって？」フレッドはこれまで、冒険《ぼうけん》に理にかなったのと、そうでないのがあるなんて、考えたこともなかった。それって、まるでうちの校長先生が言いそうなことだ。

「中に何がいるか、わからないでしょ！　ジャガーか、ヘビか、ネズミかも」とコン。

「のぞいてみないなんて、ありえないよ！」フレッドはあきれて叫《さけ》んだ。

「でも、コンの言うとおりかも」とライラ。「ヘビに気をつけて」

「ぼくがみる！」マックスが宣言《せんげん》して、ぱっと立ちあがった。

「だめ、絶対《ぜったい》にだめよ！」ライラはマックスの手首をつかんだ。「あなたはここにいるの」

フレッドは、木と木のあいだにたれさがっているつるをわきによけた。

「つっ！」と身を引く。つるからのびた巻《ま》きひげの中に、小さいけれどたちの悪い棘《とげ》があって、傷口《きずぐち》のひとつを引っかいたのだ。フレッドはもう一度、つるをつかめるだけつかんで、はらいのけた。同時に凍《こお》りついた。フレッドの心臓《しんぞう》は、墜落《ついらく》してからずっと倍速で打ちつづけていたが、三倍に速まった。

木を組みあわせたテントだった。大人ならひざをついて、マックスの背丈《せたけ》なら立ったままで入れるくらいの高さがある。中は草いきれで、むっとしていた。隅《すみ》にはクモの巣が張《は》り、その下にバナナの葉が積まれている。十数枚《まい》ほどの厚《あつ》さで、マットレスの形に積みかさねられていた。もっとも、アリにかじられてぼろぼろだったが。

フレッドは上を向くなり、目をむいた。「こっちに来て、見てごらんよ！」とみんなをよんだ。四本の木の幹《みき》に囲《かこ》まれた空間は、かつて、ヤシの葉を編《あ》んだ屋根にすっぽりとおおわれていたのだ。フレッドは手をのばして、それにふれた。ヤシの葉は穴《あな》だらけで、くさりかけており、光が透《す》けてさしこんでいる。それでも、複雑《ふくざつ》に編《あ》まれたものだったことがわかる。

フレッドはもっと奥《おく》へ、天井《てんじょう》からさしこむ緑の光の中を、ヘビはいないかあたりに目をくばりつつ、そろそろとはっていった。地面はふかふかで、両手がじわりと沈《しず》む。かくれがのいちばん奥《おく》に、ヒョウタンの実が転がっていた。うどん粉《こ》病にやられて、中身はくさっている。フレッドはおそるおそるつついてみた。ぶよぶよだ。悪臭《あくしゅう》に、鼻にしわをよせながら引っくりかえす。中から石器がざらざらとこぼれおちた。半数は周囲《しゅうい》を打ち欠いて矢じりの形にしてあり、残りはこぶし大のずんぐりとした四角い形だった。

「ねえ、二人とも！」フレッドが四つんばいであとずさりすると、つるに頭が引っかかった。

「入ってておいでよ！　はやく、見てごらん！　ここにだれかいたんだよ！」

「どうかしてる！」コンが吐《は》きすててるように言った。「だれかがいたなら、そのだれかさんは勝手に入ってもらいたくないはずよ。もう、たくさん」コンはきびすを返すと、大またで森に向かおうとした。

「待てよ！　コン！　ぼくら、離《はな》れ離《ばな》れになっちゃだめだ」フレッドは頭にきて、かくれがからはいでるとあとを追った。

「だれの家？」とコンがふりむいた。フレッドはあぜんとした。コンの目に、涙《なみだ》があふれている。

「あなた、知らないでしょ？」

「そりゃ、知らないよ、でもさ――」

「その人たちがもどってきたら、どうするの？　前に読んだことがあるのよ……」とまで言って、コンはちょっとためらってから、続けた。「……〝三びきのクマ〟っていう、ゴルディロックスの話をね。結末も知ってるわ。食べられちゃうなんて、ごめんだわ！」

「たしかあの話では、食べられずにすむはずだよ？　それにここは、クマの家じゃないと思うよ」とフレッド。

「人食い族かもしれないでしょ！」

「人食い族なんて、ほとんどが迷信《めいしん》よ」とライラ。

「それ、だれが言ったの？」

「みんなよ！　科学者とか。わたしのママも、パパもよ」

「その人たち、どうしてそうだってわかったのよ？」

「ママはブラジルのジャングルで育ったの。ソリモンエスという川の近くよ。ママは科学者よ、植物学者、ボタニストなの」

「ボタボタ、うんこ！」とマックス。

コンはふきげんそうに顔を引きつらせて、マックスをにらんだ。「うんこって言えば、おもしろいと思ってるんでしょ」

ライラはマックスをかばうように抱《だ》きよせると、かまわず話を続けた。「パパはイギリス人で、ジャングルの植物が薬にならないか、研究してるわ。おばあちゃんは科学者の助手だったの。わたしたち、イギリスにいるおばあちゃんに会いに行くはずだったのよ、マナウスから船に乗って。おばあちゃんが、死ぬ前にわたしたちに会いたいって言ったの。マックスがどんな子か見たいって」

コンは、ふん、と鼻を鳴らした。「墜落《ついらく》して、かえってよかったんじゃない？」

ライラはこれも聞かなかったことにした。「ねえ、だれが住んでいるにせよ、もどってきたら、わたしたちをマナウスに連れていってくれるかもしれないわ」

「あるいは、夕食にわたしたちを食べるか、ね」コンは怒《おこ》ったような、困《こま》ったような表情《ひょうじょう》で、ライラからフレッドに目をうつした。

フレッドは、「中に入ってみなよ。もう何年も、だれもいなかったって、わかるからさ」と言った。

コンはしぶしぶ、ひどくゆっくりとかくれがに向きなおった。かがみこんで、おそるおそる中に入っていく。ライラとマックスがあとに続いた。

フレッドは屋根から、くさった葉を引きぬいた。「新しい葉を天井《てんじょう》に編《あ》みこんだらいいな」とフレッド。「それと、新しいベッドをつくろう。そうすれば、靴下《くつした》みたいな、こんなにおいはしなくなるよ」

フレッドは床《ゆか》から半分くさった葉をかかえては、かくれがの外に押《お》しだした。下からあらわれた地面はやわらかくて、ほこりっぽかった。千日もの暖《あたた》かな日々《ひび》が、一日また一日と積みかさなったようなにおいがする。

ライラが枕《まくら》カバーほどもある大きな葉をかかえるほど集めてきて、ベッド用にしきつめはじめた。

「かくれがの正面に、もっとつるをたらそう」とフレッド。「そうすれば、中をのぞかれずにすむ」

コンがかくれがの中でしゃがみこむと、腕組《うでぐ》みをした。「だれが死んだおかげで、あなたが王様になったわけ？」

「だれも死んでないさ！」フレッドはあぜんとして、ふりむいた。「でも、ここで寝《ね》るつもりなら、ぬれないようにしておいたほうがいいだろう」

「わたしはここで寝《ね》るつもりはないわよ！」とコン。「いつ何時《なんどき》、だれかがもどってこないともかぎらないのに」

「もどってこないよ」とフレッド。「石器を見ただろう？」

「それが？」

「苔《こけ》がついてる」

「ええ、きたないわね。だから？　それでもどってこないって言える？」とコン。

「フレッドが言いたいのは、使われなくなってずいぶんたつってことよ」とライラが言った。

「だからって、危険《きけん》をおかしたい？」とコン。「もしもどってきた人たちが、わたしたちが勝手に入りこんだと考えたら、どうなるのよ？」

「もしもどってくるつもりがなくて、このかくれががいらなくなったのだとしたら、どう？」ライラの声はけして大きくはなかったが、断固《だんこ》とした響《ひび》きがあった。「かつてだれかがいたのなら、ほかの人にとっても、ここは休むのにいい場所ってことよ。つまり、安全ってこと」

「絶対《ぜったい》とは言えないでしょ」

「どんなことも、絶対《ぜったい》とは言えないさ」フレッドが言いかえした。「ライラの言うとおりだよ。ここから脱出《だっしゅつ》する方法がわかったら、すぐにでも出ていこう。でもそれまでは、だれかがいた場所にとどまるほうがいいよ」

「その人たちがわたしたちを食べないかぎりはね！」とコン。

「ぼく、ここにいる」とマックス。「ぼく、きでつくったテントにすむんだ。でてけっていったら、おしっこかけるぞ」

「やめてよ！」コンがあとずさりして、木の幹《みき》に頭をしたたか打ちつけた。

「マックスは本当に、ときどきやるのよ」とライラ。

おかげで、少なくともひとまずは、一件落着《いっけんらくちゃく》となったのだった。

川

屋根に使えそうな、幅《はば》が広くてじょうぶな葉は、すぐには見つからなかった。最初にためした葉はフレッドの手の中でやぶれてしまったし、次の葉はさわると皮膚《ひふ》が赤くなって、かゆくなることがわかった。三度目にためした木の葉は分厚《ぶあつ》くて、長さがフレッドの腕《うで》くらいあった。フレッドとライラはその葉を細長く裂《さ》くと大きな四角いマットを編《あ》み、四本の木の枝《えだ》のあいだを、中から外へ、外から中へと縫《ぬ》うようにはさんでいった。コンはかくれがの外で、草の上にすわり、小枝《こえだ》で地面に穴《あな》を掘《ほ》っている。

フレッドはかくれがの中にもぐって天井《てんじょう》を見あげた。以前のように、アリにあけられた無数の穴《あな》から日がさしこんだりしていない。室内を満たす光は深緑色だ。水

底に沈《しず》んだ宝石《ほうせき》のような色。フレッドはふいに、勝どきをあげたくなった。「やった！」と叫《さけ》ぶ。「ほとんどすき間《ま》がなくなったぞ」。外でライラが「ばんざい」と叫《さけ》ぶのが聞こえた。フレッドはあとずさりでかくれがから出ると、勢《いきお》いよく立ちあがった。とたんに頭がくらくらし、目の前にさまざまな色が明滅《めいめつ》した。肺《はい》がぎゅっと固結びされたみたいだ。

「だいじょうぶ？」ライラが聞いた。

「平気さ」フレッドは、思わず、ぶっきらぼうに答えてしまった。少し前に肺炎《はいえん》にかかって、だいじょうぶかと聞かれることにうんざりしていたのだ。フレッドはぎこちなく笑って、「ありがとう」と言いそえた。

フレッドは遠縁《とおえん》の親戚《しんせき》のもとで療養《りょうよう》するために、ブラジルに送りだされたのだった。その親戚《しんせき》の考える楽しみというのが、うす暗い応接室《おうせつしつ》であきれるほど延々《えんえん》とカードのブリッジをすることなのだ。もっともフレッドの父親に言わせると、

それこそが分別《ふんべつ》ある選択《せんたく》だそうだ。

「わたしが家にいて、おまえのめんどうをみてやるわけにはいかないんだ」と父は言った。「会社がある」

「自分のめんどうは自分でみるよ」フレッドはかすれ声で答えた。

「それは無理だ」父の声はしゃがれていた。フレッドが思いだせるかぎり、父が仕事にかける時間は年々《ねんねん》長くなっていった。母のことは、夢《ゆめ》で見ることはあっても、起きている時は顔も思いだせなかった。

フレッドは、父がスーツ以外の服でいるのを見たことがない。そのうちスーツが皮膚《ひふ》になってしまうんじゃないかと思うくらいだ。父の声そのものが、ネクタイをしている風《ふう》だった。

「ぼくを赤《あか》ん坊扱《ぼうあつか》いしてる」父にそう言ってみたことがある。

「ばかな」と父は言った。「何を言うんだ、分別《ふんべつ》ある少年なのに?」

寄宿《きしゅく》学校でのフレッドの通信簿《つうしんぼ》には、いつも「分別《ふんべつ》ある」という言葉が書かれていた。「教室ではおとなしい存在《そんざい》」とも。それ以外にほかの生徒とのちがいが思いつかない時は、「急速に背《せ》がのびている」と書きそえられたりもする。

フレッドは、自分がそれらのどれにも当てはまらないことを知っていた。まあまあ当たっているとしたら、背《せ》のことくらいだ。それについては、だれも文句《もんく》はないだろう。フレッドがぐんぐんのびるので、すぐに服は小さくなり、足首がいつも冷たかった。

でも、本当は、おとなしくもなければ、分別《ふんべつ》ある少年でもない。

フレッドの内面は、飢餓感《きがかん》と希望と張《は》りつめた弦《げん》だ。ただこれまでは、それをおもてに出す機会がなかっただけだ。父はつねに、靴《くつ》をきれいにしておけ、反抗的《はんこうてき》な態度《たいど》はとるなと説く。けれど、フレッドは頭の回転が早く、鋭敏《えいびん》な少年だった。フレッドは、自分がすでに手にしている以上のものを世界に望んでいた。

フレッドはライラに向かって、にっと笑ってみせた。「脱水症状《だっすいしょうじょう》だよ。何か飲めるものを探《さが》さないとな。人は食べなくてもけっこう生きていけるけど――」

「だめ、ぜったい、むり」マックスが憤慨《ふんがい》して言った。

「――水を飲まないと、長くはもたない」

「あれ、飲めるかしら、あの……」とライラは口ごもり、なんと言ったらいいのか考えて「……小さな汚水《おすい》だまり」と言った。

フレッドは向こうの水たまりに目をやった。「飲めなくはないけど、長生きはできないだろうな。近くに川があるよ――きっと」

「墜落《ついらく》した時、川は左にあったわ」ライラが身を乗りだして言った。

「わたしたちは、どっちに向かって走った？」とコン。

「えっと、太陽は東からのぼるから、こっちを向くと、左は北東だ」フレッドが言った。

「どっちに走ったかがわからなければ、それがなんの役に立つのよ」コンがかみついた。顔が青ざめ、目の下にまるいくまができている。絵の具のついた親指を顔面に押《お》しつけられたみたいだ。

「役に立たないね、あまり」フレッドはみとめた。でも、北東にはイギリスがある。そう思うと胸《むね》の動悸《どうき》がわずかにおさまった。北東には家があり、自分の部屋とベッドがある。本棚《ほんだな》と、壁《かべ》に立てかけられたクリケットのバットも。そして父さん。

コンがたたかいを挑《いど》もうとでもいうように、肩《かた》をいからせた。「それじゃ、あてずっぽうで行くってことね？」

「アリのあとをついていけば、水のあるところに行けるっていうよ」フレッドが言った。

「アリ！」とコン。「アリの指図にしたがうわけね？」

ライラはコンにきびしい目を向けてから、地面に視線《しせん》を落とし、散りしかれた葉をていねいに見ていく。「ほかにいい考えがあるの？」

コンはため息をつくと、かがみこんで倒木《とうぼく》の下をのぞいた。

最初のアリの群れには、がっかりさせられた。その小さな赤いアリの行列を見つけたのは、マックスだった。マックスは、しゃがみこんでアリをなでようとした。「みて！　ひかってる！」

「さわっちゃだめ！」ライラが、ぐいとマックスを引きもどした。「ここには危険《きけん》なアリもいるのよ」

「これがそう？」とコンはあとずさりした。

「わからないわ、こまったことに！　弾丸《だんがん》アリとよばれてるんだけど、見た目がどんなかは知らないの」

「弾丸《だんがん》みたいなんでしょうよ」とコン。

「そうとはかぎらないわ」とライラ。「イヌザメだって、ちっともイヌに似《に》てないでしょ。昔、ものすごくがっかりしたわ」

「これはアリにみえるよ」とマックス。

「それでもさわっちゃだめ」とライラ。「ためしたりしないで」

四人は安全な距離《きょり》をとりつつ、あごが胸《むね》につくほどうつむいて、森の中をうねうねとのびる行列をたどっていった。そして、落ち葉の山にたどりついた。

「やれやれ」フレッドは枝《えだ》で葉をつついた。下に水がかくれているかもしれないので、念のためだ。はっと、飛びのく。アリは、鳥の死骸《しがい》にむらがっていたのだ。ハゲワシだろうか。今や骨《ほね》ばかりだ。それと、におい。

「こんなはずじゃなかったんだけど」アリの優先順位《ゆうせんじゅんい》を信用するべきじゃなかったな、とフレッドは思った。

「で、どうするの?」コンが腕《うで》を組んで聞いた。

「もういちどためしましょうよ」とライラ。「ちがう種類のアリだったのよ」

今度はライラが、もっと大きなアリが行列しているのを見つけた。頭が、ベアリングのなかに入っている金属球《きんぞくきゅう》ほどもある。四人はライラを先頭に、森の奥《おく》へと続くアリの通り道をたどっていった。フレッドはライラをまじまじと見た。小柄《こがら》で、動物——シカかキツネザル——のように筋肉《きんにく》のばねで機敏《きびん》に動く。まるで、ほかの人には聞こえないものが聞こえているみたいだ。

「アリ頼《だの》みだなんて、信じられない」とコン。髪《かみ》の毛からクモの巣をはらいのけ、ひょいと頭をさげて枝《えだ》の下を通りぬける。「おとぎ話でさえ、知恵《ちえ》のあるフクロウか何かよ。いまいましいアリに、助けを求めたりしないわ」コンは「いまいましい」と言う時にフレッドをにらみつけ、直後に、眉《まゆ》のすぐ上に何かの棘《とげ》が引っかかって悲鳴をあげた。「こんなとこ、大っきらい!」

フレッドは後ろをふりむいて、胃《い》がぎゅっと締《し》めつけられる思いがした。あの空き地が、まったく見えない。

「どっちにもどればいいんだっけ」フレッドがつぶやく。森はどこもかしこも同じような緑で、見分けがつかない。

「キノコにおおわれた木のところを左に行って、緑色の棘《とげ》のある茂《しげ》みのところを右」とコン。フレッドに目を向けなかったので、コンがフレッドの驚《おどろ》きの表情《ひょうじょう》を見ることはなかった。それに、フレッドはすぐにそれをかくそうとした。

「道に印《しるし》をつけていこう。そうすれば帰り道がわかる」とフレッド。

「そうね」とコン。「ただし今度は、ウジ虫のあとをついていこうとか言わないでよね」

フレッドは、にやりと笑ってみせた。「たしかに、ウジはアリよりずっと歩みがのろい——案内役としては最悪だよね」

コンは笑《え》みを返さなかった。

フレッドはみんなの横をすりぬけて最後尾《さいこうび》についた。三、四本おきに木の枝《えだ》を折り、折れたところに葉っぱを一枚《まい》ずつ突《つ》きさしていく。

コンは頭をふった。「なんの役にも立たないわ。もっと大きくなくちゃ」そう言うと、もとは白かったブラウスのひらひらした襟《えり》を一枚《まい》引きちぎり、木に結びつけた。「ほら」

フレッドは、まだらな光の中で身をかがめるコンを見た。まるで自分の体を使いなれていないみたいに、動きがぎこちない。しかもコンの洋服ときたら、ばね仕掛《じか》けの動物のわなみたいに、体を締《し》めつけていた。世の中には、これを着たら静かにすわってほほ笑《え》んでいるべきです、と告《つ》げるような服がある。コンはそういう身なりをしていた。墜落《ついらく》で、それが茶と緑と赤のしみだらけになる前は、だけれど。

「いらない襟《えり》があって、よかったよ」フレッドはにやっと笑った。

コンはフレッドに、鼻をへし折ってやろうかというような視線《しせん》を投げた。「おだまり、クリケット野郎《やろう》」

フレッドは一歩あとずさった。「ぼくはただ――余分《よぶん》な飾《かざ》りのついた服は便利だって言うつもりだったんだ。男の子の服とちがってさ」

「あ、そ。なんとでも言いなさいよ。あのね、わたしに気をつかってくれなくてけっこうだから」

「え?」フレッドは困惑《こんわく》して、コンをじっと見た。

「わたしはただ、このひどい場所から抜《ぬ》けだして学校にもどりたいだけよ。ぶしつけな態度《たいど》をとるつもりはないけれど、友だちづくりには興味《きょうみ》がないの。ことに、ちいさい子たちとはね」

それを聞いて、ライラが「わたしは、ちいさい子ではないわ」と静かに言った。アリから目をそらさずに、話しつづける。「年齢《ねんれい》のわりに、体が小さいだけよ」

「あなたは、いくつ？」コンがフレッドを見た。

フレッドは年を言った。

「わたしより、たいして年上じゃないじゃないの！」とコン。

「わたしとくらべても、よ」とライラ。

「もっとずっと年上かと思ったわ！」とコン。

フレッドは「背《せ》が高いだけさ」と、肩《かた》をすくめた。

「つまり、大人はいないってことよ！　大人に近い人もいない。四人の子どもだけなのよ。アマゾンのジャングルに」

「そのようだね」とフレッド。

「不幸にも」とライラ。

「うこーにも」マックスがくりかえした。マックスは鼻水を風船のようにふくらまし、ふらふらと遠ざかろうとする。ライラがあわててかけよると、マックスのそでをつかんだ。「そばにいて！」ライラの顔は骨《ほね》と目と、神経《しんけい》ばかりに見えた。

さらに歩きつづけると、風が何かのにおいを運んできた。鼻につんとくる、でも新鮮《しんせん》なにおい。

色にたとえるなら、緑より青に近い。

「川かな？　川のにおいがするよ」とフレッド。

「ばかみたい」とコン。「水のにおいなんかが、わかるわけ――」

コンが口をつぐんだ。フレッドはその視線《しせん》をたどり、密生《みっせい》した木々《きぎ》の向こうを見た。何かちらちらと動くものがある。

「来て！」コンが叫《さけ》んだ。「川を見つけたわ！」


四人は、川にけずられた、なだらかな斜面《しゃめん》に立った。水は青く澄《す》んでいる。

「カイマンがいると思う？」ライラが聞いた。頭上には太陽がかがやいているのに、ふるえている。病気で寝《ね》ていた長い冬のあいだ、フレッドは探検家《たんけんか》についての本を何十冊《なんじっさつ》も読んだ。彼《かれ》らはヘルメットみたいな帽子《ぼうし》と小型《こがた》ナイフ一本だけで身をまもり、大自然へと冒険《ぼうけん》に出たのだ。本棚《ほんだな》いっぱいにならんだ、ページの角が折れ、食べこぼしのしみのついた蔵書《ぞうしょ》のどれにも、カイマンのことが長々《ながなが》と書かれていた。

フレッドは正直になることにした。「たぶんね。でも、ほかに水を手に入れる方法は思いつかないよ」

「カイマンって？」コンが聞いた。

「ワニさ」とフレッド。「クロコダイルのようなものだけど、鼻がもっと長い」

「でも、もっと小さいのよ」とライラ。「たぶん、だけど」

「たぶん、ね」とコン。「けっこうなことだこと」

「カイマンは、川岸の日向《ひなた》が好きなの」とライラ。「ここは日陰《ひかげ》だから、たぶん、だいじょうぶよ」

「何もかもが賭《か》けだよ、ここじゃ」とフレッド。「ぼくが入ってみるよ」川岸をくまなく見わたしながら、フレッドは腕《うで》の毛が逆立《さかだ》つのを感じた。

フレッドはシャツをぬぎ、考えなおして、もう一度着た。体といっしょにシャツも洗《あら》ったほうがいいと思いついたのだ。

岸をすべりおりると、足が泥《どろ》にめりこんだ。頭から水に飛びこむ。

川は天からの贈《おく》り物《もの》だった。切《き》り傷《きず》のほてりも、足の痛《いた》みもやわらげてくれる。フレッドは水をふんでみてから、下に向かってけった。水面の下にもぐり、水が冷たいところで口いっぱいに含《ふく》む。

なんとも言えない泥《どろ》の味がして、細長くからみあった水草が舌《した》に引っかかった。それでも、その瞬間《しゅんかん》、フレッドはこの世でいちばんおいしい飲みものを味わっていた。クリスマスに飲むホット・チョコレートより、夏のフレッシュ・レモネードより、おいしかった。「入っておいでよ！」フレッドは叫《さけ》んだ。

ライラがフレッドに続き、マックスを肩《かた》につかまらせて飛びこんだ。コンは水際《みずぎわ》でぐずぐずしている。不安で、顔が引きつっている。

「学校では水泳をやらなかったの。社交ダンスだけで」コンはおずおずと水に入ると、あごを水面から高く突《つ》きあげて、へっぴり腰《ごし》の犬かきをした。

フレッドは水の中で両腕両足《りょううでりょうあし》をこすった。傷口《きずぐち》から泥《どろ》をこすりおとすと、ちくちくする。それからもう一度、川底に向かって水をけった。暗い水の中で目をあけたままにした。小魚の群れが泳いでいくあとを、一匹《いっぴき》の大きな魚が追いかけていく。フレッドは息を吸《す》いに水面に出た。

「魚がいる！」フレッドは叫《さけ》んだ。

「つかまえて！」コンが叫《さけ》びかえす。

フレッドはもう一度、水中にもぐった。小魚は、つかもうとすると矢のように逃《に》げる。大きな魚は、フレッドのことなどまったく気にしない。なんだか不気味な形をしている。ほとんど円形で、まるで泳ぐディナー皿だ。その魚がくるりとふりむくと、フレッドに向かって歯をむいた。

フレッドは大量に水を飲んで、むせながら水面に飛びだした。「ピラニアだ！」大声でわめく。

「水から出ろ！」

マックスがすぐそばに浮《う》いている。フレッドはマックスをぐいとつかむと、岸をめざして水をかいた。どくん、どくん、と恐怖《きょうふ》が手足の先まで広がっていく。

「ピラニアって？」コンが聞く。

「歯のある魚！」

コンは、フレッドがコンもそんな言葉を知っているとは思いもよらなかった、ののしりの言葉を叫《さけ》ぶと、がぶりと水を飲んで水中に沈《しず》んだ。

ライラが必死の形相で、コンの両肩《りょうかた》をつかんだ。「あばれないで！」ライラは片方《かたほう》の腕《うで》をコンの腰《こし》にまわし、岸をめざして水をけった。「息だけしてて！」

フレッドとマックスが川岸にはいあがる。コンとライラがあとに続く。四人はあえぎながら、熱い地面に大の字になった。

コンはひと声うめくと、口いっぱいの水草を吐《は》きだした。「魚！　歯のある魚！　ここには安全なものなんか、ひとつもないんだわ。魚に食われない保証《ほしょう》すらないのよ。ほかにまだ何かある？　牙《きば》のあるハト？　銃《じゅう》をもったサル？」

「本によると」フレッドはまだ荒《あら》い息で言った。「ひどく空腹《くうふく》でなければ、かみつかないって」

「たいていは小さな生きもの、たとえば鳥やカエルを食べるのよ」ライラは話しながら、髪《かみ》をぎゅっとしぼった。髪《かみ》のあちこちに、川底の赤茶けた泥《どろ》がついている。

「たしかに――」とフレッドは大きく息を吸《す》った。心臓《しんぞう》の高鳴りがおさまりだしたようだ。「何もしなさそうに見えたよ。それに、けっこうきれいだった。銀色で、腹《はら》のところが赤くって」

「きれい？」コンは信じられないというようにフレッドを見た。

「水中で出血でもしないかぎり、わたしたちには近よってこないはずよ」とライラ。「知っていたのに、あわてちゃったわ。でも、ここで泳いでもだいじょうぶ。ピラニアはわたしたちを気にしないと思うわ」

「思う！　思う、思う、思う！」コンの骨《ほね》ばった顔が真っ赤になった。おそろしい顔つきだ。「歯のある魚よ！　一匹《ぴき》だけじゃないかもしれない。ピラニアでなく、ピラニアズよ！　やつらが何を考えてるかなんて、わかりっこないわ！」

ライラがコンを見た。こちらは感情《かんじょう》を顔に出さない。「ピラニアは、複数《ふくすう》でもピラニアで、ピラニアズとは言わないと思う」

「すばらしいわ」とコン。「言葉はつねに正しく使わなくちゃ、たとえ食べられかけててもね」

四人はずぶぬれのまま、ピチャピチャと音をたてながら空き地にもどっていった。途中《とちゅう》、ライラは自分のぬれたブラウスで、マックスの顔から泥《どろ》をぬぐってやった。日を浴びて、みんなの体から湯気が立ちはじめた。

空き地にもどると、驚《おどろ》いたことに、家に帰ってきた気分がした。真っ赤なオウムが一羽、フレッドの頭上の枝《えだ》に火を灯《とも》したみたいにとまっている。オウムは、水をしたたらせた子どもらの出現《しゅつげん》に驚《おどろ》いて、ギャーギャー鳴きながら飛びさった。

フレッドはいちばん鋭《するど》い石器を探《さが》しだすと、グレーの制服《せいふく》のズボンの裾《すそ》を切りさいて、ショートパンツにした。裾《すそ》はぎざぎざだし、左が右より長くなったが、かまわないことにした。足の切《き》り傷《きず》は、いい感じでかさぶたになりだしている。フレッドはクリケット・セーターをぬぎすてると、水をしぼった。

照りつける太陽、鳥たちのわめき声、あたり一面の燃《も》えるような緑。フレッドの中で、何かが大きくふくらみだした。ものすごく大きくて、頭をくらくらさせるようなもの。

それは、希望に似《に》ていた。

でなきゃ、脳《のう》しんとうだろうな、とフレッドは思った。

食べもの……らしきもの

フレッドは水を飲みすぎて、胃袋《いぶくろ》のあたりの皮膚《ひふ》が突《つ》っぱるほどだった。それなのに、耐《た》えがたいほど空腹《くうふく》だった。胃《い》が痛《いた》んで、ぐうぐうと音をたてた。コンがくすくす笑う。フレッドは自分の腹《はら》をこぶしでたたいた。フレッドの体は降参《こうさん》しかけている。弱りきって、今にも倒《たお》れそうだ。

飛行機に乗る前、フレッドはリンゴをひとつ食べた。それ以来、何も食べていない。あれはどれくらい前のことだったのか――一日半前？　思いだしてみる。飛行機に乗ったのが土曜日、ということは――全員で長時間、気絶《きぜつ》していたのでなければ――今日はたぶん日曜日だ。

フレッドは身ぶるいした。頭をふって、脳裏《のうり》に焼きついた、飛行機が燃《も》えあがる光景を必死にふりはらう。「食べられる昆虫《こんちゅう》がいるはずだ」という言葉が口をついて出た。ほかでもない、自

分自身の気をそらすためだ。

だれも何も言わなかった。何か独特《どくとく》なにおいでも発しそうな、冷めきった沈黙《ちんもく》だ。

「それと、くだものが見つかるよ」とフレッドはつけくわえた。「何かあるはずさ。サルがいるんだから、サルの食べるものがあるに決まってる。たとえば、バナナとか。かくれがにもバナナの葉があったろ。木いちごみたいな実もあるだろうし」

「食べてもだいじょうぶかどうか、わかるの？」とコン。

「ぼくがためすよ」とフレッド。

「もし死んだら？」コンが聞く。

「何か見つけたら、みんなでためしてみたらいいわ」とライラ。「マックスはのぞいて」

「なんでマックスはのぞくわけ？」とコン。「みんな命がけなのに、なぜマックスはゆるされるの？」

「だって、ちいさすぎるわ！」とライラ。「マックスにはアレルギーもあるし」

「不公平だわ！」コンは岩のかけらを大きな岩にたたきつけ

た。マックスがびくっとして飛びあがった。

フレッドはもう、がまんの限界《げんかい》だった。あたりは今にも発火しそうな暑さだし、胃袋《いぶくろ》は引きつって痛《いた》い。「コン」とよんだ。「ちょっと来いよ」

「ちょっと来いって言われるほど、わたしたち親しくないけど。それとも、あなたがリーダーになったわけ？」

フレッドは舌《した》をかんだ。怒《いか》りがこみあげて、鼻の穴《あな》がふくらむ。「そんなこと言ってないだろ！」

ライラが顔をくしゃくしゃにした。「やめて」そのあと、泣くか叫《さけ》ぶかしそうな声が出かかったのを、ぐっとのみこんで、話題を変えようとした。「昆虫《こんちゅう》のこと、何を言うつもりだったの？」

「読んだ本の中にさ、カカオの実を食う虫は食べられるって書いてあったんだ」

「なんの本？」

「探検家《たんけんか》のことを書いた本さ」それは、黄金都市を探《さが》してアマゾンにやってきたパーシー・フォーセットという人物についての本だった。読みだすと息もつけず、目を見はらずにはいられなかった。

「その本には」コンは、〝本〟という言葉を不信感たっぷりに発音した。「虫の外見のことは書いてあった？」

「小さい」とフレッド。「鼻の穴《あな》におさまらないくらい大きな虫は食べるな、とあった」

「もっとくわしいことは書いてなかったの？」コンの歯までも、信用ならないと言っているように見える。

「書いてなかった」フレッドは今あらためて、もっとたくさんの本に挿絵《さしえ》が入っていればよかったのにと思った。

「ライラがしってる」マックスがじまんげに言う。「ライラはどうぶつのこと、なんでもしってる。つくえにリスをかっていて、がっこうをやめさせられそうになった」そこで、にやっとした。

「ママがものすごくおこった」

「しいっ、マックス！」ライラは弟をにらみつけた。

「はいはい、虫は動物じゃないのよ！」とコン。「なんの役にもたたないわね」

「きみ、知ってるの？」フレッドはライラを見た。ライラの目の奥《おく》で、何かが光った。

「たしかとは言えないけど、でも、そうね――」ライラはすっと立ちあがった。「マックス、ここにいなさい。すぐにもどるわ」

「え？　だめえ！」マックスはもぐもぐかんでいた葉を口から出すと、顔をゆがめ、ほおをふくらませた。「まって！」

でも、ライラは行ってしまった。空き地を走りさる背中《せなか》で、半分焼けこげたおさげが揺《ゆ》れていた。

それからの十五分間は、平穏《へいおん》ではすまなかった。マックスはライラを追いかけようとしたが、ライラはジャングルの茂《しげ》みの向こうに消えてしまって見つけられそうにない。フレッドは、マックスが目印のない密林《みつりん》にかけこまないよう、抱《だ》きあげた。と、マックスがフレッドの手の甲《こう》にかみついた。コンがマックスを「ガキ」とよぶと、今度はコンの向こうずねにかみつく。

コンがマックスにかみつきかえす前に、ライラが森から飛びだしてきた。その目には、ほっとした様子がありありと見えた。「よかった！　迷《まよ》ったかと思った！　どこかで曲がるのをまちがえちゃって」ライラはぜいぜいと荒《あら》い息をして、額《ひたい》は汗《あせ》で光っていた。マックスの上着を袋《ふくろ》のようにして、両腕《りょううで》でかかえている。

「食べものがあったの？」コンが聞く。

「ええ」と答えたものの、正直さがまさって、「食べもの……らしきものね」とつけくわえた。

ライラは即席《そくせき》の袋《ふくろ》を開くと、何十個《なんじっこ》もの実をざざっと草の上に落とした。

「虫の穴《あな》があいているものばかりじゃないけど、カカオの種を食べることもできると思って」ライラは爪《つめ》を使って、カカオの実を割《わ》りはじめた。

フレッドは、実をひとつ、拾いあげた。てっぺんに二つ穴《あな》がある。「中に何かいるな」逆《さか》さにふってみたが、何も出てこない。小枝《こえだ》をさしこんでもう一度ふると、まるまると太った2センチほどの芋虫《いもむし》が手のひらに転がりでた。

「それよ！」とライラ。「その芋虫《いもむし》！　食べられるわ！」

「やったね」フレッドは心にもなく言った。芋虫《いもむし》が手のひらに転がっている。動いてはいないのだが、かすかに脈打《みゃくう》っている気がする。においをかいだ。

「ほら、食べなさいよ」とコン。「あなたが言いだしたのよ」

「うー」フレッドは鼻をつまむと、勇気をふるいおこし、芋虫《いもむし》を半分かじった。やわらかかったが、中はじゃりじゃりしていて、その歯ごたえに身ぶるいした。無理やり飲みこむ。「ほんのちょっと、チョコレートの味がする」

「本当に？」とコン。顔全体どころか耳までが、信じられないという表情《ひょうじょう》だ。耳で感情《かんじょう》をあらわすのはむずかしいが、コンはやってのけた。

「まあ、ほとんど土だ」とフレッドは認《みと》めた。「ピーナッツと、土」

じきに、芋虫《いもむし》は山のように集まった。ピンク色した、のたうつピラミッド。フレッドは、とにかく何か食べられるものがあることを感謝《かんしゃ》しようとした。でも、とてもじゃないが、無理だった。

ライラはふっくらしたのを三匹《びき》つまむと、手のひらにのせて、マックスにさしだした。

「やだ！　たべものじゃないもん。マックスはほんとうのたべものしか、たべない。マックスはママにいわれた、むしはたべちゃだめって」

ライラはため息をついた。「不安になると、この子、自分のことをだれかほかの人のことみたいにマックスとよぶの」

「マックスはふあんじゃない」とマックス。「マックスは、てんでへいき」ひざの傷《きず》をこすっていたと思うと、ひっくひっくとしゃくりあげだした。「おうちに、かえりたい」

「わかってるわ」ライラはマックスを抱《だ》きよせた。「でも、今はこれが精一杯《せいいっぱい》なの。ほかに、どうしたらいいかわからないのよ、マックス」

マックスはライラを押《お》しのけた。「ママならしってる！」マックスの爪《つめ》が、ライラのほおの傷《きず》に食いこんでいる。

「でも、ママはここにいないの！」ライラは目をしばたたかせて、手首で鼻の下をぬぐった。

「焼いたら、どうかな？」フレッドが言った。「で、パンケーキにするとか」

「何で焼くの？　フライパンなんかないわよ」とコン。

「石があるわ」とライラ。ブラウスで顔をぬぐうと、つとめて明るい声を出した。「チョコレート・パンケーキがつくれるわ。らしきもの、だけど」

「らしきもの、ね」とコン。「まったく、驚《おどろ》くべき〝らしきもの〟だわ」

火をおこす

芋虫《いもむし》をカカオの種とまぜて、きれいな枝《えだ》でたたきつぶすと、目を細めて見れば、それも前向きな目で見ればだが、小麦粉《こむぎこ》を水で溶《と》いた生地のようになった。

「あとは火をおこして焼くだけだ」とフレッド。

「焼くだけ、ね」とコン。

「火打ち石がいるな」とフレッド。

「火をつけるための、たきつけも」とライラ。

「それと、マッチ」とコン。

「たきつけを探《さが》してくる」とフレッド。あたりの木々《きぎ》は、昨夜は雨に打たれたが、すっかりかわいていた。フレッドはクリケット・セーターの裾《すそ》を口にくわえ、中に木切れを入れて運

べるようにした。毛糸の味は、ジャングルでひと晩《ばん》過《す》ごしたからといって、よくなったりはしなかった。

フレッドは木切れを集めて空き地にもどってくると、かくれがからほんの数歩のところに山積みにした。

「かくれがに石器があるわ」とライラ。「あれで苔《こけ》をこすれば、火花をおこせるかも。火打ち石が火を出すわけじゃないのよね」

「火打ち石だけじゃ、だめだよ」フレッドは言った。「やってみたことがあるんだ。鋼鉄《こうてつ》のかたまりが必要だ」

ライラはかくれがにもぐりこんで、火打ち石を取ってきた。コンが、フレッドの腕時計《うでどけい》を見つめている。「それ、何でできてる？」

フレッドは腕時計《うでどけい》に目を落とし、かばうように片手《かたて》でおおった。「ガラス」

「それと？」

「それと、鋼鉄《こうてつ》」フレッドは答えた。「父にもらったんだ。寄宿《きしゅく》学校に入る時に」

「でも、こわれてるわ」とコン。

「わかってる」

「つまり」とコンが話しだす。「こわれてるなら、もう時計とはいえないわよね？　何かといえば、鋼鉄《こうてつ》のかたまり」

　思わずフレッドは手を引っこめた。フレッドの父親は、誕生日《たんじょうび》プレゼントを買ってくれたことがなかった。秘書《ひしょ》に命じて、フレッドをハロッズみたいな高級デパートに連れていかせ、何か気のきいたものを選ばせるだけだった。この腕時計《うでどけい》は、フレッドの記憶《きおく》にあるかぎり、父親自身が選んでくれた唯一《ゆいいつ》のプレゼントだった。父はこれにフレッドのイニシャルを彫《ほ》らせた。

　ライラがうなずいて言った。「そうするしかないわ」その声には同情《どうじょう》がこめられていたが、同時にきっぱりとしたものがあった。

「いいよ！」フレッドは叫《さけ》んだ。なぜかわからないが、叫《さけ》ばずにはいられなかった。「いいよ！　これを使おう」

「わたしが最初にためしていい？」コンが聞いた。

「ぼくの時計だよ！」

「わかってる。でも、わたし、一度も火をつけたことがないのよ」とコン。「家にある暖炉《だんろ》にすら」

「キャンプファイヤーでも？」フレッドが聞く。

「許《ゆる》してもらえなかった」コンはすがるような目をした。それからフレッドから目をそらすと、火打ち石を両手で包みこみ、宝石《ほうせき》か何かのように転がしつづけた。フレッドは、コンの顔に何かが書きこまれているような気がした。それも、フレッドにはまるっきりわからない暗号で。

「ほら」フレッドはゆっくりと腕《うで》のベルトをはずした。時計をにぎりしめ、裏《うら》に彫《ほ》られた文字をひそかに親指でなぞった。コンが黙《だま》って見つめている。フレッドはコンの手のひらに時計をのせた。「ぼくは二番目でいいよ」

ライラが、ちぎった葉やかわいた草を山のように積みあげた。「この上でやって。そうしたら、うまく火がつくから」

コンが時計の裏側《うらがわ》の面を石に打ちつけた。フレッドはびくっとした。打ち損《そん》じて火打ち石が皮《ひ》膚《ふ》に食いこんでも、コンは何も言わず打ちつづける。ぎゅっと舌《した》をかみ、神経《しんけい》を集中し、まつ毛が押《お》しさげられるほど眉《まゆ》をしかめ、指が真っ赤になるまで、打って打って打ちつづけた。

突然《とつぜん》、火打ち石と鋼鉄《こうてつ》が小さな火花を放った。コンはぎょっとして、火打ち石を落としかけた。

「もういっかい！」マックスが甲高《かんだか》い声をあげた。「もういっかい！」

ふたたび火花が散り、ぱっと炎《ほのお》が生まれたが、一瞬《いっしゅん》で消えた。

「もっと下、たきつけの近くでやって」とライラ。

コンがもう一度、打ちつける。さらに、もう一度。火花が一本の草に、そしてまた別の草に燃《も》えうつった。フレッドの心臓《しんぞう》が激《はげ》しく打つ。さっと腹《はら》ばいになると、ちろちろと燃《も》える炎《ほのお》に息を吹《ふ》きかけた。吹《ふ》きけしてしまわないように、慎重《しんちょう》に。ふと、炎《ほのお》が小さくなった。

「だめ！　だめよ、消えちゃだめ！」とコン。

ライラがひとつかみ、かわいた苔《こけ》を加えた。フレッドがふたたび息を吹《ふ》きかける。火はすうっと息を吸《す》うようにすぼまってから、ぱっと炎《ほのお》を吐《は》きだした。マックスが歓声《かんせい》をあげた。ライラが小枝《こえだ》を何本かつかんで火にかざす。火がつくと、五本の燃《も》える指のように見えた。炎《ほのお》が小枝《こえだ》を食いつくし、めらめらとふきあがった。

「もっと！」とマックス。あばら骨《ぼね》の上を手のひらでたたきながら、小さな輪を描《えが》くようにおどっている。「もっと、もやせ！」

フレッドはひからびた葉をひとつかみ、火にくべた。もうひとつかみ。さらに、もうひとつかみ。火は、何かいいアイディアが生まれつつあるような音をたてた。パチパチとはぜる音は希望の響《ひび》きのようだ。そして、火柱があがった。

みんないっせいにのけぞると、顔を見あわせて笑った。

「これからは火が消えないよう見張《みは》りながら、順番に眠《ねむ》ることにしましょう」コンは、自分たちの成果を誇《ほこ》るように、火を見た。「わたしたちがおこした火よ。わたしたちだけで！」

フレッドはそっと腕時計《うでどけい》をポケットに入れた。引っかき傷《きず》がつき、深いへこみもできてしまった。それでもフレッドはポケットの中で、ぎゅうっと、手のひらにまるい跡《あと》がつくくらいにそれを強くにぎりしめた。

「こんな美しい火は見たことがないわ」とライラ。

「ええ、とびきりの美しさよ」とコン。

マックスがライラの腕《うで》を軽くかんだ。「たべないの？　おなかすいて、ぼく、しにそう」

フレッドが土を爪《つめ》で掘《ほ》り、平たい石を見つけた。生木の枝《えだ》を四本、炎《ほのお》の中心にかざす。その上に石を、危《あぶ》なっかしくぐらぐらしたが、なんとか平らにのせた。ライラが芋虫《いもむし》ペーストを四つにわけて、石の上に広げる。

やがて生地にぷつぷつと泡《あわ》が出はじめた。ライラがつついてみる。「かたくなってきたわ」

「靴《くつ》みたいなにおいがする」とコン。「焼けたってことじゃない？」

かくれがの近くに、分厚《ぶあつ》い、おかず用の皿くらいある葉をつけた木があった。フレッドはその葉を四枚《まい》取って地面にならべると、芋虫《いもむし》パンケーキを一枚《まい》ずつのせた。さわれないくらい熱くて、べたべたしている。

「熱すぎて味がわからないうちに食べたほうがいい」フレッドはそう言って、パンケーキを半分かみきると、あまりかまないように、飲みこんだ。面食《めん》らうほど、動物っぽい味がした。おかゆに爪《つめ》のあかをまぜて食べてるみたいだ、とフレッドは思った。それでも何もないよりまし、だんぜん、この上なく、ましだ。

コンは、自分のパンケーキの端《はし》っこを少しだけかじった。顔をしかめたものの、吐《は》きだしはしなかった。「正直言って、学食よりひどくまずいってわけじゃないわ」と、ほほ笑《え》みらしきものを浮《う》かべた。

マックスは自分の分を取られないようにと、ぎゅっとにぎりしめている。「ぼく、わけっこするの、やだからね」にぎりこぶしの指のあいだから、パンケーキがしぼりだされた。

空き地が、刻一刻《こくいっこく》と暗くなっていく。コンが立ちあがると、「ちょっと失礼するわ。わたし……」言いかけて口ごもり、赤くなった。「……トイレに行くから——こないでね。見まわしたりもしないで。でなきゃ、ひっぱたくわよ」それからやや間《ま》をおいて、「お願い」と言いそえた。

「場所を決めればいい」とフレッド。「ずっと離《はな》れたところに決めて、道に目印をつけるんだ——迷《まよ》わないように」

四人は立ちあがると、ますます暗くなる中でくっつきあって、よさそうな大木を探《さが》しはじめた。たき火からじゅうぶん遠くで、でも、道に迷《まよ》うほど遠くないところにある大木だ。

「こいつは、でかい」とフレッド。

「これもよ」とコン。どちらの木もおそろしく大きくて、教会のようにそびえたっている。

「そっちを男性用《だんせいよう》トイレ、こっちを女性用《じょせいよう》にしましょう」とコン。

だしぬけに、ライラが大きな口をあけて笑いだしした。それで歯が一本、曲がっているのが見えたくらいだ。それと、ほおにえくぼがひとつ。「わたしたちの、〝ご用足しの木〟ってよびましょうよ」

めちゃくちゃおかしいわけでもないのに、フレッドは笑いだしたら止まらなくなった。コンもこみあげる笑いをこらえて、こぶしをかんでいる。マックスが笑うと、鼻水がぴゅーっとリボンみたいにのびて、草の上を飛んだ。みんなは大声で笑った。それは、鳥たちがおびえ、遠くのこずえで眠《ねむ》りにつこうとしていたサルたちが怒《おこ》って吠《ほ》えるほどの、大きな笑い声だった。

いかだ

いかだをつくろうと言いだしたのは、フレッドだった。どう考えても、コンに〝理にかなった冒険《ぼうけん》〟とはよんでもらえそうになかったが、川をたどる以外に家に帰りつく方法はないように思えた。川の流れは速く、ザプン、ザバン、ザパン、という水音が、こっちにこいよと誘《さそ》うようにジャングル中に響《ひび》いている。

「いかだ？　材料は何？」とライラ。

四人は、寝汗《ねあせ》と朝露《あさつゆ》にじっとりと湿《しめ》った体で、朝日のさす空き地にすわっていた。夜は順番に火の番をしながら、かくれがの中で眠《ねむ》った。快適《かいてき》な夜とは言えなかった。だんだん寒くなったし、寝《ね》る時にはしかるべき位置にあったマックスの足が、朝にはフレッドの左耳に押《お》しつけられていた。おまけにフレッドの脳《のう》は、昼間は考えまいとわきに追いやっていた恐怖《きょうふ》をかみくだいて、眠《ねむ》

りについたフレッドに浴びせかけた。明け方、フレッドは自分の悲鳴で目を覚ましたのだった。

「木でつくる」とフレッド。周囲《しゅうい》の草についた露《つゆ》を両手でかきあつめ、それで顔をぬぐう。「木なら、いくらでもあるからね」

「つくりかた、知ってるの？」

「いかだのことを書いた本をたくさん読んだよ」とフレッド。本の中では探検家《たんけんか》が「ヨーソロー！」とか叫《さけ》びながら、滝《たき》のような川をくだるのだ。でも、必ずしもそう叫《さけ》ばなくたっていいよな、とフレッドは思った。タイムズ紙の一面にのった、クリストファー・マクラレンという男についての記事も読んだ。何《なん》カ月《げつ》もいかだの上で、魚を食べ、川の水を飲んで生きぬいたのだ。彼《かれ》はそれを、まるで簡単《かんたん》なことのように語っていた。

「なんで、いかだがいるわけ？」とコン。

「ここから脱出《だっしゅつ》できる」

「イギリスまで？」コンが聞きかえす。

「マナウスまでさ。そこまで行けば、ぼくたちを家に帰してくれる人たちがいるだろう」

「いかだで？　マナウスに？」とコン。不信感でいっぱいの声だ。

「いかだで大西洋をわたった人たちもいる」とフレッド。

「大人でしょ」

「大人にしかいかだはつくれないなんて話、聞いたことがないよ」フレッドは憤慨《ふんがい》して言いかえした。「免許《めんきょ》はいらないんだ」

「フレッドの言うとおりだわ。やってみるべきよ」とライラ。「いいアイディアだと思う」

「そう言うと思った！」とコン。「あなたはフレッドに賛成《さんせい》するってね！」

「だって」ライラは戸惑《とまど》ったように言った。「家に帰りたくない？　お母さんに会いたくないの？」

「もちろん、そうしたいわよ！」コンが吐《は》きすてるように言った。

フレッドは地面に視線《しせん》を落とした。夜中に、コンが泣くのを聞いたのだ。コンは眠《ねむ》りながら、助けて、と叫《さけ》んでいた。

「もしここで、ただ待ってばかりいたら」とライラ。「わたしたち、死ぬまで待つことになるわ！」

「みんなが捜《さが》してくれるわ！　ここを動かないで待つべきよ」とコン。

ライラは首を横にふった。「ジャングルはとても広くて、わたしたちはちっぽけなのよ」

「ぼくはちがう」とすぐさまマックスが口をはさむ。

「数千キロも続くジャングルにくらべたら、ちっぽけなのよ、マックス」

「煙《けむり》で合図できるわ」とコン。「わたしたちには、火があるんだもの――利用しましょうよ」

「空から見えるほどの煙《けむり》をあげるには、ジャングルの半分は燃《も》やさなくちゃならないわ」とライラ。

「そんな大きなたき火をしたら、救助《きゅうじょ》してもらうどころか、焼け死んじゃうかもな」とフレッド。

コンは顔を真っ赤にした。「わたしは、いやよ。わかった？　だれかさんがいいアイディアだと思うからって、いかだなんかに乗って命を危険《きけん》にさらすなんて、絶対《ぜったい》にごめんだわ」

「いいアイディアじゃないかもしれない」とライラ。「でも、それしかないわ」

フレッドの皮膚《ひふ》がちりちりと痛《いた》みだし、胃《い》がぎゅっと縮《ちぢ》む感じがした。人が言いあらそうのを聞くと、いつもそうなるのだ。フレッドは立ちあがった。

「ぼくは、いかだをつくる。いやなら、手伝わなくていい」

いかだづくりは、フレッドの予想以上に時間がかかった。手にたくさんの水ぶくれもできた。

けれど何かをしていることで、肋骨《ろっこつ》の裏《うら》にひそむ恐怖心《きょうふしん》が叫《さけ》びだすのを押《お》さえられた。

「うまくいくわけないわ」とコン。胸《むね》の前で両腕《りょううで》を、指先が背中《せなか》にとどくくらいに、ぎゅっと深く交差させている。コンの肩《かた》の切《き》り傷《きず》は、まだじくじくしていた。「食べものも芋虫《いもむし》しかないんだから、お腹《なか》をすかせたり、疲《つか》れたりするべきじゃないのよ」

フレッドは無言で、木から大枝《おおえだ》を折りつづけた。ほとんどの枝《えだ》はしっかりと幹《みき》から生《は》え、びくともしない。けれど中には、全体重をかけて両足を振《ふ》り子《こ》みたいにふると、ベキッと気持ちよく折れるものがあった。目に落ちてくる葉っぱや虫をはらいのけ、フレッドはどんどん調子をあげて作業をする。

枝《えだ》が山のように積まれると、ライラがたき火のほうへ一本ずつ運んでいく。一本ずつ、炎《ほのお》をまたぐように寝《ね》かせる。枝《えだ》の中央が焼けおちて、ほぼ同じ長さの枝《えだ》が二本できる。ちょうどライラの身長くらいの長さだ。

「焦《こ》げたところは、けずりとるわ。きれいなほうがいいでしょ」ライラは石器で焦《こ》げた端《はし》をこそげ落とし、さらにすすだらけになっていった。

「ぼくもてつだう！」とマックス。そっくり返って、空き地をのしのしと歩きまわっては、つる植物を引きずりおろし、地面に積みあげていく。「ぼく、おてつだいがうまいんだ」マックスはすわりこむと、つる同士《どうし》でおしゃべりをさせて遊びだした。
二、三時間もすると、怒《おこ》ってボールのようにまるくなっていたコンが、手足をほどき、黙《だま》って
マックスのところに行った。つるを一本取りあげ、石器もひとつ手にとると、つる植物のごわご
わした皮をそぎとりはじめた。中のやわらかな芯《しん》は、ロープくらいの太さで、まあまあしなやか
だ。作業中、コンは髪《かみ》の毛が顔にかかるにまかせ、だれとも目をあわせようとしなかった。
フレッドは目の端《はし》でコンを見た。作業しているコンは、まるで別人だった。さっきまではひじ
と鉤爪《かぎづめ》、それから、わたしにさわるなと言わんばかりに身がまえた眉《まゆ》の寄《よ》せ集《あつ》めのようだった。
でも今のコンは、一心不乱《いっしんふらん》に見える。息をつめて、つる植物の上におおいかぶさっている。

フレッドのこれまでの人生で、このいかだほど誇《ほこ》らしく思えたものはない。いかだづくりは、も
うれつな飢餓感《きがかん》を、胃袋《いぶくろ》からも頭からも吹《ふ》きとばした。枝《えだ》を両手に一本ずつつかみ、川べりまで引
きずっていく。何度も往復《おうふく》するうちに、土がふみかためられ、川と空き地をつなぐ小道ができた。
コンがひとつかみのつる植物をさしだした。「どう、ロープがわりに。使えるかわからないけど」
「水にひたしたら、もっとやわらかくなるかも」ライラが提案《ていあん》した。
「ありがとう」とフレッド。「端《はし》っこを結ぶのに、ばっちりだ」

コンは、にこりともせずにうなずいた。

フレッドはつるを水に沈《しず》め、やわらかくなるまで何度もこぶしに巻《ま》きつけた。つるのささくれが刺《さ》さってちくちくするのを、歯で引きぬく。汗《あせ》だくで、シャツは〝着て歩ける水たまり〟と化した。

昼は、カカオ豆を生で食べた。おいしいとはいえなかった。

「こんな食べ方するのって、チョコレートに対する冒瀆《ぼうとく》よね」とコン。

空腹《くうふく》を満たしたくて、四人とも、殻《から》の内側についた白い果肉をかみ続けている。味はまさしく、鉛筆《えんぴつ》のおしりについている消しゴムだ。

「これ、たべものじゃない」とマックス。あごと唇《くちびる》が小刻《こきざ》みにふるえている。

「食べて、マックス」とライラ。「ほかには何もないの」

「ひどいあじ」マックスは片方《かたほう》の目にこぶしを押《お》しつけ、眉《まゆ》をしかめた。「おうちにかえりたい！」

「わかってる」とフレッド。「ぼくもだよ」今日はもう芋虫《いもむし》は見たくない。カカオの実につく幼《よう》虫《ちゅう》の残りを、わきによける。フレッドは、まっぷたつにした丸太の山をふりむいて見た。「ぼくら、がんばってる」

日が沈《しず》むと、ライラとフレッドとコンは、わめくマックスを引きずって、食べもの探《さが》しに出かけた。コンが、木に鈴《すず》なりになった赤紫《あかむらさき》の実を見つけた。

「アサイーの実よ！」とライラ。「家庭でごくふつうに食べるものよ。それとも――」思案顔で、地面に落ちて積みかさなった実を見おろす。「お茶にするんだったかしら？」

フレッドは、ひと粒《つぶ》食べてみた。「ちょっとブラックベリーみたいな味だ。〝怒《おこ》ったブラックベリー〟って感じだけどね」それでも、何か口にするものがあるのは、ほっとする。

コンもひと粒《つぶ》口に入れると、ため息をついた。「学食がなつかしいわ」

「火であぶったら、おいしくなるかも」とライラ。

火であぶってもおいしくはならなかったが、とにかく、みんなは実を食べた。フレッドはたき火のそばにしゃがんで、実をわしづかみしては口につめこんだ。胃袋《いぶくろ》があるべきはずの場所でのたうちまわっている空洞《くうどう》を、必死で満たそうとしたのだ。

その夜、フレッドは突然《とつぜん》目を覚ますと、「ご用足しの木」にかけこんだ。数分後、同じ災難《さいなん》でライラが目覚め、続いてコン、さらにマックスがわめきながら、ぴょんぴょん、飛びはねた。

おだやかに一夜が明けた、とは言いがたかった。フレッドは朝まで夢《ゆめ》を見つづけ、お腹《なか》をけとばされた気分で目を覚ました。うめいて寝返《ねがえ》りを打つ。かくれがの緑の壁《かべ》のすき間《ま》から、昨日、みんなで用意したつる植物の山がちらりと見えた。ぱっと上体をおこす。いかだ！　と思いだした。今日いっぱいで、完成できるはずだ。

ほかのみんなは暖《あたた》かいかくれがで、手足を投げだし、うつ伏《ぶ》せで眠《ねむ》っている。フレッドはそこからはいだすと、木を積んである川辺まで走っていった。焼けつくような日ざしに、澄《す》んだ大気。フレッドの肌《はだ》はすでに日焼けして、真っ赤に腫《は》れあがっていた。それでも、積みあげた枝《えだ》のそばにひざまずくと、日焼けの痛《いた》みなど忘《わす》れてしまった。

フレッドはつるで8の字を描《えが》きながら、枝同士《えだどうし》をつないでいった。何度も何度もしばったので、いかだは2、3センチごとにつるで刺繡《ししゅう》したみたいに深緑色になった。フレッドの作業は手早かった。手首を使い、つるをきつく引いて締《し》める。親指に棘《とげ》が刺《さ》さった時は、できるだけ小さな声で悪態《あくたい》をついた。

およそ1・8メートル四方の正方形が、四つできた。それを二枚《まい》ずつ重ね、分厚《ぶあつ》い正方形を二つつくる。そして、その二つを横にならべ、つなぎあわせる。結び目は歯を使って、ぐいと引き、しっかりと固結びする。

「おえっ」フレッドは口に入った甲虫《こうちゅう》を吐《は》きだした。それから、後ろに下がって見た。いかだの縁《ふち》はでこぼこで、あちこちにすすがついている。それでも、頑丈《がんじょう》で、二層《にそう》になった、長さ3・6

メートル幅《はば》1・8メートルほどの分厚《ぶあつ》い板だ。

フレッドは、いかだを水際《みずぎわ》まで引きずっていった。汗《あせ》が玉になって鼻をつたい、口に入る。写真に撮《と》れたら、どんなによかったろう。それを見た父親が、驚《おどろ》きと喜びに眉《まゆ》をあげるさまが目に浮《う》かぶようだった。でも、仕方がない。フレッドは空き地へともどっていった。

いかだに乗る

ライラがかくれがの外で待っていた。両腕《りょううで》でひざをかかえ、フレッドをにらみつけている。

「まったく！　死んだかと思ったわ！」

「川に行ってたんだ」

「今度からは、地面に行き先を書いてってよね！」

「ああ、うん。ごめん」そう言いつつ、フレッドは気もそぞろだった。「いかだができたんだ！　乗りにこない？」

「まずはマックスに歯をみがかせないと。息がくさいの。トンボも逃《に》げていくのよ」

ライラは小枝《こえだ》を四本折りとると、指の爪《つめ》を使って、絵筆に見えるくらいまで先端《せんたん》をほぐした。

「はい」と一本、フレッドに手わたす。「歯が抜《ぬ》けるようなことになったら、困《こま》るでしょ」

たしかに、歯にはさまった食べかすをとるのは気持ちよかった。でも、フレッドは気がせいて、待ちきれない。三回きゅきゅっとやって、小枝《こえだ》をほうりだした。

よどんだ水たまりにコンが上品につばを吐《は》きおえるのを待って、フレッドは「行こうよ！」と言った。

フレッドはみんなを引きつれ、川まで走った。三人が立ちどまって息をきらしているあいだ、フレッドはいかだを二層構造《にそうこうぞう》にするのにどこをループ結びしたかや、どうやって縁《ふち》にぐるりと枝《えだ》をつけたかを見せた。

「わたしたちに、どうしてほしいわけ？」とコン。「拍手《はくしゅ》するとか？」

フレッドは、ひそかにそう望まないでもなかったのだが、照れ笑いして「まさか」と答えた。

「乗ってみてほしいんだ」

フレッドはいかだを、川岸へとじわじわ押《お》していった。いかだは泥《どろ》の上をすべりおち、バシャンと水しぶきをあげて着水した。右にぐらりと傾《かたむ》いて――フレッドが固唾《かたず》をのむ――持ちなおした。水の上で、戦艦《せんかん》のような安定感で揺《ゆ》れている。どんな大金持ちのヨットより美しい、とフレッドは思った。右角に結びつけたつるを、フレッドはしっかりとにぎりしめていた。

「ういた！」とマックス。

「あたりまえでしょ」とコン。「木なんだから」

フレッドは中指を人さし指にかけて十字をつくり、うまくいきますようにと祈《いの》りながら、水の中を歩いていった。いかだに手をかけ、体を引きあげる。よじのぼると、いかだはフレッドの重みで沈《しず》み、回転したが、すぐに安定し、流れにあわせて揺《ゆ》れた。フレッドは水をかいて、岸にいかだを近づけた。

「乗って！」とフレッド。

「マックス、待ちなさい――」とライラ。

マックスは止める間《ま》もなく、頭から岸をすべって、川に落っこちた。水面に頭を出すと、泥《どろ》を吐《は》く。「ひっぱりあげて！」

フレッドはマックスの両脇《りょうわき》に手をさしこんで引きあげた。コンとライラはおそるおそる、ピラニアがいないかと目をこらし、あとに続いた。フレッドが二人に手をさしのべる。ライラはフレッドの手をつかんだが、コンはそうしなかった。みんなが居場所《いばしょ》を定めるあいだ、いかだは大きく揺《ゆ》れたが、まもなく全員が木とつるの上にしゃがみこむと、水上で跳《は》ねるように上下した。

「やった！」とマックス。

「今のところ、ね」とコンが不吉《ふきつ》なことを言う。

「川を下ろう！」とフレッド。

「なんで？」コンがたずねる。「わたしたちが乗っても、これが浮《う》かんでることはわかったわ。それが知りたかったんでしょ？」

「遠くまで行かなくてもいいけど。ためしてみようよ」

今いる場所は、頭上を木々《きぎ》におおわれ、流れもゆるやかだ。けれども川の中央は流れが速く、しぶきがあがって泡立《あわだ》っている。そこへいかだを送りこむと考えると、フレッドは皮膚《ひふ》がちりちりするような気がした。

「ためしてみましょうよ」とライラ。いかだのへりをつかんだこぶしの関節が青白い。けれども目は好奇心《こうきしん》できらきらしている。「マナウスまでこれで行くつもりなら、まずためしてみなくちゃ」

フレッドは、つくっておいた棹《さお》をつかんだ。棹《さお》は石器の刃《は》で表面をなめらかにしてあり、フレッドの身長の倍の長さがある。いかだが四人の下で勢《いきお》いよく跳《は》ねあがった。同時に、フレッドの心臓《しんぞう》も飛びあがった。

「気をつけて!」とコン。鼻と口のあたりの肌《はだ》から血の気がうせている。「スピードを出しすぎないでよ。もどらなくちゃいけないんだから」

けれども流れがいかだをとらえ、回転させ、引っぱったかと思うと押《お》しやって、いかだはぐんぐん川を下っていくことになった。四人とも少し水につかったが、体勢《たいせい》は保《たも》っていられた。川にせりだした木の枝《えだ》が目にぶつかってきそうで、フレッドは頭を下げた。

「あれはカイマン?」コンが遠くの岸を指さした。

マックスが目をまるくして、「おっぱらって!」と叫《さけ》ぶ。

「ちがうわ! カイマンのわけないわ。ただの丸太よ」ライラが弟の手首をつかんで言った。けれど、その頭ごしにコンと目があうと、声に出さずに「たぶん」とつぶやいた。

フレッドは川岸へと舵《かじ》をとった。心臓《しんぞう》が高鳴っている。

いかだは速度を上げたまま、緑の回廊《かいろう》を下っていった。フレッドは棹《さお》を使って、なんとかまっすぐに進めようとした。両岸の木々《きぎ》からのびた枝《えだ》の先が、水にひたっている。まるで劇場《げきじょう》のカーテンみたいだ、とフレッドは思った。そして、川がステージだ。お腹《なか》の黄色い鳥が二羽、頭上で羽ばたいた。

「コンゴウインコ！」とライラ。「ずっと前、どうしてもペットに飼《か》いたいって、ママに頼《たの》んだことがあるの。でも、やかましいのはマックス一人でじゅうぶん、って言われちゃった」

「不思議ね」とコン。「前は鳥のことなんて、あまり考えたことなかったけど。ここの鳥を見てると、イギリスの鳥が、就職《しゅうしょく》の面接《めんせつ》を受けにいくみたいな格好《かっこう》してるように思えるわ」

日の光が川に降《ふ》りそそぎ、緑と銀にまぶしくきらめく。フレッドはいかだを下流へと進めた。前方で、川が二股《ふたまた》にわかれている。「ぼくらがどっちに進んだか、だれか覚えておいてくれる？でなきゃ、帰りに迷《まよ》っちゃう」とフレッド。

一瞬《いっしゅん》の間《ま》があって、コンが言った。「わたしが覚えておくわ。よければだけど」

フレッドは驚《おどろ》いてコンを見た。コンがボランティア精神《せいしん》を見せるとは、思いもしなかったのだ。

「わたし――映像記憶能力《えいぞうきおくのうりょく》があるのよ」とコン。

「ほんと？」ライラが声をはずませた。「それって、見たままの映像《えいぞう》が思いだせるってことよね？　そんなふうに、何もかも思いだせるの？　それとも、一部のものだけ？」

「たいていは、ただの地図か公式、それか青写真みたいなものが残るの。学校の昼休みに、それを取りだしては、ながめて楽しんだわ。もちろん、頭の中でってことだけど。同級生たちはわたしのこと、気味悪がってたわ」

「だとしたら、その子たち、バカよね」とライラは言いはなった。「わたしは、コンみたいにできたらいいのにって思うわ」

フレッドが力いっぱい棹《さお》を押《お》すと、いかだは大きく角度をつけて曲がった。

「左《レフト》に曲がったから、帰りは最後に右《ライト》に曲がる」とライラ。

「正解《ライト》、右《ライト》ね」そう言って、コンが笑った。笑うと、まるでちがった顔に見える。ほおがあがり、押《お》しあげられた目が細くなる。きゅっと結んだ口の両端《りょうはし》もあがって、耳たぶまでとどきそうだ。あの〝わたしにかまわないで〟という顔つきは、微塵《みじん》もなくなった。「あなたが右とか左って大声で言ったら、続けてわたしたちも同じように叫《さけ》ぶわ。よければだけど」

フレッドは棹《さお》を使って、いかだを進めていく。両手の指のつけ根に硬貨《こうか》くらいの大きな水ぶくれができた。それでも、速度はゆるめない。棹《さお》をどうひねると速度が上がるかも、つかんだ。速度を上げると、マックスの鼻水が、顔からぴゅーっとリボンみたいにのびた。川の上は日ざしがきつく、暑い。大気は新鮮《しんせん》そのものだ。

「もっとはやく！」マックスが叫《さけ》ぶ。マックスはいかだにぺたりとおしりをつけてすわり、体を前後に揺《ゆ》らしている。

やがて、また川が二つにわかれるところに来た。一方は水草が生《お》いしげって、進めなくなりそうだったので、フレッドは別のほうへと舵《かじ》を切った。「左！」ライラが叫《さけ》ぶ。

「左」コンがこだまのように返して、うなずく。

左に進んでいくと、川幅《かわはば》がせばまり、生《お》いしげった木々《きぎ》のあいだを曲がりくねりながら流れていく。フレッドは棹《さお》を引きあげて流れに任《まか》せると、川をのぞきこんだ。いかだの下で魚の群れが、あわてふためいて泳いでいく。マックスはへりから、あぶないくらいに身を乗りだして、指先を水にたらしている。

突然《とつぜん》、コンがぎくっとした。腕《うで》の毛が逆立《さかだ》って、金色に波打つようだ。「あれ、何？」

「何って、何が？」

「下のほうに、何かいる。銀色の。そこの下！　ピラニアよ！」コンは声を張《は》りあげた。「マックス、手を水からあげて！」

一同は水中をのぞきこんだ。何か小さな銀色のものが、水草のあいだに見える。「動いてないよ」とフレッド。

「なんなの?」とコン。

「えっと……生きてはいないみたい」とライラ。

「死んだピラニア?」とコン。

「うーん……銀の箱とか?」とライラ。「よくわからないわ。もしかしたら、光のいたずらかも」

「飛びこんでみるよ」とフレッド。「ちょっともぐって見てくる」

「だめよ!」とコン。

ライラがそっとフレッドの手首に手をおいた。「やめて」ライラがささやく。「いい考えじゃないわ」

「でも、ナイフかもしれない!」とフレッド。「人工物に見えるよ。頼《たの》む。いかだをそばにつけておいてくれないかな。見てきたいんだ。もぐって、出てくる。それだけだよ」

「フレッド!」とコン。

フレッドはシャツをぬぐと、足首をつかもうとするマックスをかわし、いかだのへりから飛びこんだ。

ここは流れがなくて、静かだ。肌《はだ》がひんやりする。フレッドは川底へと、水をひとけりした。深くもぐると、水草が足首にからんだ。肺《はい》が耐《た》えられないと悲鳴をあげだす。銀色のものは、すぐそこにあった——指先がかすった。必死にもうひとけりして、そいつをつかむ。指に鋭《するど》くとがった感触《かんしょく》があった。

フレッドは水面に飛びあがった。「とった！」水をけり、みんなに見せようとこぶしを高くかかげる。

けれども、二人の少女はフレッドを見ていなかった。いかだから2、3メートル先の水中を見つめている。

「あれ、何？」とライラがささやく。

フレッドが下を見た。何か黒いものが、うねうねと波打つようにフレッドに向かって泳いでくる。

フレッドは、はっとして息をのむなり、口いっぱいに水を飲みこんで、むせた。

「ウナギだ！」とマックスがうれしそうに言う。

「デンキウナギ！」とライラ。

「泳いで！」コンが金切り声をあげた。パッと棹《さお》をつかむと水中に突《つ》きたて、フレッドのほうへいかだを近づけようとする。ライラはいかだのへりから手をさしのべた。

フレッドはいかだまでの距離《きょり》を、これまでの人生でこんなに速く移動《いどう》したことはないという速度で泳ぎきった。いかだによじのぼろうとする。その重みで、いかだは酔《よ》っぱらいのように傾《かし》いだ。いかだが引っくりかえらないよう、コンが反対側に身を投げ、ライラはフレッドを両手でつかんだ。ライラの手は小さかったが、びっくりするほどの力強さでフレッドを引きあげた。

フレッドは腹《はら》ばいで荒《あら》い息をしながら、水中をじっと見た。

ウナギは巨大《きょだい》だった。濃《こ》い灰色《はいいろ》をしたヘビのようだ。長さは大人の身長くらいあって、水草のあいだを縫《ぬ》うように泳いでいく。

ライラが大きく息を吸《す》った。髪《かみ》の毛も数本、口に吸《す》いこまれた。「ふう。わお！」と息をつく。こわがっているだけでなく、わくわくもしているような声だった。

「ウナギが、危険《きけん》？」コンが聞く。

「さあ。でも、だれかを〝ウナギ〟ってよぶ時は――」と、そこまで言って、フレッドは息をつまらせ、せきこんだ。心臓《しんぞう》が胸《むね》から飛びだしそうだ。ごくっとつばを飲んで、続ける。「ほめてはいないだろ。ってことは、たぶんね」

「危険《きけん》よ。ものすごく」とライラ。「水中で電気を流して、獲物《えもの》をしびれさせてから食べるの。フレッドくらい大きいと殺《ころ》せないかもしれないけれど、マックスならわからない」そう言って、身ぶるいした。ライラは棹《さお》を取りあげると、いかだが傾《かたむ》いてみんなが水中にほうりだされたりしないように、ゆっくりと遠くへ――ウナギからも、木々《きぎ》のこずえからも遠くへと、いかだを進めた。

「川底にあったのは何？」とコン。

「これさ」フレッドがにぎっていたものを見せた。さびだらけの長方形のブリキの缶《かん》だ。銀色に、青いくねくねした文字が書かれている。

「空《から》っぽのイワシ缶《かん》！」とコン。ひどくがっかりしたような声だ。「それだけなの」

「そうさ」とフレッド。缶《かん》のさびをこすりおとすと、ギザギザしたへりに指を巻《ま》きつけ、ぎゅっとつかんだ。この世でもっとも文明から遠い地で見つけたイワシ缶《かん》。「それだけさ」

イワシ

帰りは、いかだを上流に向かって進めるので、時間がかかった。ライラが棹《さお》で舵《かじ》をとった。棹《さお》だけではなかなか進まない時は、いかだを川岸に近づけて、岸からのびた木の枝《えだ》をみんなでたぐりつつ進む。木の枝《えだ》は低くたれさがっている。ようやくもとの支流《しりゅう》にたどりつくころには、四人ともアリだらけ、クモの巣だらけ、両手は新たについた引っかき傷《きず》だらけになった。

「ここだわ」とコン。「あの、つるが何本も枝《えだ》に巻《ま》きついた感じ、まちがいないわ」

その枝《えだ》は、なんとも都合よく川のほうに突《つ》きでていた。いかだをつなぎとめておくのに、おあつらえ向きなのだ。アマゾンの黒い土が続く岸辺の、ここぞという場所から、理想的な角度で突《つ》きでている。

フレッドがいかだの上で立ちあがり、大きくよろけた。

「気をつけて！」とコン。

枝《えだ》はフレッドの頭のすぐ上にあった。そのつけ根はつるや巻《ま》きひげにおおわれ、日を浴びて緑に光っている。フレッドは枝《えだ》をつかんだ。いかだのもやい綱《づな》であるつるの端《はし》に輪をつくって、そこに引っかける。

「かんぺきね！」とライラ。「わたしたちの船をつなぎとめるためにあるみたい」

「たしかに」フレッドは突《つ》ったったまま、手にしている枝《えだ》を見あげた。顔を近づけて見る。「かんぺきなわけだよ。だれかが、かんぺきにしたんだから」

一瞬《いっしゅん》の沈黙《ちんもく》。

「どういうこと？」コンが押《お》しころした声で聞いた。

フレッドは答えなかった。つる植物におおわれている枝《えだ》を動かしてみる。枝《えだ》はフレッドの手のとおりに、きしみながら前後に動いた。つるは、まるで

ロープのように、8の字を描《えが》いて枝《えだ》のまわりに巻《ま》きついている。何回も、何回もくりかえして。

「ここから生《は》えた枝《えだ》じゃない。結びつけてあるんだ」

マックスは口をあんぐりとあけて、見つめている。「だれがやったの？　フレッド？」

「いいえ、マックス」ライラが静かに言う。「フレッドじゃない。ほかのだれかよ」

フレッドは背後《はいご》に目をやった。一陣《いちじん》の風にあたりの落ち葉が巻《ま》きあげられ、転がりながら森の中を横切っていく。首の後ろがちりちりちりした。

森はかくし事をしない、とフレッドはあらためて肝《きも》に銘《めい》じた。

四人は一列になって空き地にもどっていった。フレッドがしんがりだ。背後《はいご》をふりかえりつつ進む。茂《しげ》みのざわめきが、あとをつけてくる気がした。いや、たんなる風さ。フレッドは自分に言いきかせた。

風はいたずらものだ。人の勇気をくじいて、めためたにしようとする。

たき火の中心はまだ熱く、くすぶっていた。フレッドは草の生《は》えた地面に、あごがたき火からほんの数センチのところにくるように腹《はら》ばいになった。ふいごのように息を吹《ふ》きかける。ふたたび火がおこるまでには、フレッドの両目は真っ赤で、いぶされたみたいになっていた。それでも、炎《ほのお》がたてる、うなるような音を聞くと、胸《むね》に安堵《あんど》の波が広がった。火は、今四人が持っているものの中でいちばん武器《ぶき》に近いもので、その暖《あたた》かさは安全を感じさせてくれたのだった。

いかだでずぶぬれになったみんなの靴《くつ》を、ライラが灰《はい》のまわりにまるくならべた。「水にもぐって見つけたものを見せて」

フレッドがさしだす。文字はほとんどがさびにおおわれていたが、底に書かれた原料については読みとれた。「底を見てごらん。『プリマスで詰《つ》められた』ってあるよ」

ライラは、ぽかんとしている。

「プリマスは、イギリスにあるんだ」とフレッド。「海辺の町さ」

「イギリスでもおさかなをたべるの！　びっくり」とマックス。

「もちろんよ。イギリス人が何を食べてると思ってるの？」

「まるいパン」とマックス。「それと、はまき」

「でももし、この缶《かん》がイギリスから来たのなら――」とライラが言いかけた。

「そうなら、だれにしろ、ここでキャンプした人が持ってきたにちがいない」とフレッド。「たぶん探検家《たんけんか》さ」

「だれがイワシ缶《かん》なんか持って、探検《たんけん》しようとするのよ？」とコン。

「彼《かれ》らは、ありとあらゆるものを持ちこんだんだ。ピアノや、陶器《とうき》でできた装飾品《そうしょくひん》とかもね。それに比《くら》べたら、イワシ缶《かん》はまともじゃないか」とフレッド。胸《むね》の奥《おく》に、熱いものがこみあげた。もしキャンプをしたのがイギリス人だったのなら、フレッドが新聞で読んだことのある探検家《たんけんか》の一人かもしれない。パーシー・フォーセット、サイモン・マーフィ、クリストファー・マクラレン――行ったきり帰ってこなかった探検家《たんけんか》のうちのだれかかもしれない。

「ハイラム・ビンガムという人についての本を持ってたんだ」とフレッドは言った。「アンデスの山にのぼり、インカの人たちがつくった都市を発見した人だよ。正確《せいかく》には、発見したとは言えないね、ペルーの一部の人たちは知っていたんだから――でも、それ以外の人には知られていなかった。想像《そうぞう》できる？　千年後に、バーミンガムの遺跡《いせき》が突然《とつぜん》発見される、みたいなことだよ」

ライラが身を乗りだした。ライラの目は左右に大きく離《はな》れていて、一度にさまざまなものを見てとることができそうだ。その目が、今は好奇心《こうきしん》できらきらしている。「聞いたことがあるわ――マチュピチュって、よばれているの」

「それだ！　その名前だ。だけどさ、探検《たんけん》に出た人たちは、たいてい行方不明《ゆくえふめい》になった」

「ぼくたちみたいに？」とマックス。

「似《に》てるけど」とフレッド。「命を落としたってところがちがう。ぼくらは命を落としてないだろ」

「今のところは、ね」と、コンが縁起《えんぎ》でもないことを言う。

フレッドは無視《むし》した。「それから、パーシー・フォーセットという人物がいた。彼《かれ》は先住民の都市遺跡《いせき》を探《さが》していて、それを都市Z《ゼット》とよんでいた。でも、しばらく前に——一九二五年だったと思うけど——失踪《しっそう》してしまった。それでクリストファー・マクラレンという人が探検《たんけん》を引きついで、フォーセットの夢《ゆめ》が本当かどうかを確《たし》かめようとした。ぼくの大好きな探検家《たんけんか》なんだ。マクラレンは手紙に、朝、目が覚めると、ひじの曲がったところにウジがわいていた、と書いた」

「すてきだこと」とコン。「ウジに殺《ころ》されたわけ？」

「わからない。一本の電報《でんぽう》を打ったあと、姿《すがた》を消したんだ」そこでフレッドは、口ごもった。「それ、暗記してるんだ、じつは」

「どういうの？」ライラがたずねた。

フレッドは咳《せき》ばらいをした。「文明の最後の先駆《さきが》けの地から、ひと言だけ言っておきたい。まもなく音信不通になる。わたしはすこぶる元気だ。この探検《たんけん》はうまくいきそうだ。いくらか危険《きけん》もあるにはあるが」

コンは両方の眉《まゆ》をくっと上げて、言った。「楽しそうだこと」

「新聞はそう思わせたがるよね。まるでその人たちが、こぎれいな靴《くつ》をはいて楽しんでるみたいにさ。でも、彼《かれ》はそんなんじゃなかったんだ。彼《かれ》は、無謀《むぼう》で勇敢《ゆうかん》な世代における、もっとも無謀《むぼう》で勇敢《ゆうかん》な男だったとも言われているんだ」

「なぜ暗記しようと思ったの？」

フレッドはもう一度、火に息を吹《ふ》きかけた。顔を赤らめたのを気づかれずにすむように。「ぼくはただ、世の中にはまだ未知のことがあるっていう考えが気にいっただけさ。学校じゃ、毎日が同じことのくりかえしだろ。もっと大きくて、無謀《むぼう》で、とてつもないことを信じてもいいんだっていうのが、気にいったんだ」

いかだの旅は午前中いっぱいかかった。その先に、まだ長い午後が待ちうけている。濃厚《のうこう》で、緑で、熱波に揺《ゆ》さぶられる午後が。

「もっとたき木が必要だな」とフレッドが言った。今ある分は、暗くなるまでには燃《も》えつきてしまうだろう。必要なものだらけだ。食べものに、計画、あるいは地図か、通りすがりの船――少なくともたき木については、どこを探《さが》せばいいか知っている。

立ちあがると、視界《しかい》が揺《ゆ》らいだ。フレッドは弱っていた。血管を流れる血が薄《うす》くなった気がする。はじめのうちフレッドは、頭を下げて足早に進んだ。木の幹《みき》に印がわりの×の引っかき傷《きず》をつけながら、木の根や落ちた枝《えだ》のあいだをふんでいく自分の足ばかり見ていた。

やがて、速度をゆるめた。見るべきものがありすぎる――あまりにたくさんの奇妙《きみょう》なものが。あまりにたくさんの、目新しくて、巨大《きょだい》で、まぎれもなく生きているものが。

生《お》いしげった葉の重みで、枝《えだ》をたれている木々《きぎ》。その幅広《はばひろ》の葉を縫《ぬ》いあわせたら、じゅうぶんズボンになるだろう。次は巨大《きょだい》なシロアリの巣。木の幹《みき》からふくれあがった巣は、浴槽《よくそう》ほどもある。フレッドは、巣からじゅうぶんな距離《きょり》をとって通りすぎた。

ジャングルは人を寄《よ》せつけない緑一色の壁《かべ》だと思っていた。でも近づいて見ると、そうではなかった。さまざまな色が入りまじっている。ライム、エメラルド、苔《こけ》、翡翠《ひすい》、そして深くて濃《こ》い、ほとんど黒のような緑。その色に、フレッドは沈没船《ちんぼつせん》を思いうかべた。

フレッドは、森のにおいを胸《むね》いっぱいに吸《す》いこんだ。むせかえるような大気と思っていたが、そうじゃない。もっと複雑《ふくざつ》で繊細《せんさい》だ。さまざまな糸から成る、つづれ織《お》りのような大気だ。

先に進むほど、木立は密《みつ》になった。日ざしが弱まっていく。でもフレッドは、まだ午後も半ばだと知っている。葉とつるを透《す》かして頭上からこぼれてくる深い緑色。足元に点在《てんざい》する緑の茂《しげ》みのひとつで、何かの動く音がした。

「やあ」と声をかける。あとずさりして、「もしもし」

言ったとたん、腕《うで》が鋭《するど》いものに引っかかれた。

跳《と》びあがって、よけて、悪態《あくたい》をついた。口いっぱいに恐怖《きょうふ》の味——苦くて金《かな》くさい味——が広がる。でも、ヘビでもなければ、クモですらなかった。

「ばかみたい」フレッドがつぶやく。ただの低木の枝《えだ》だ。

いや、低木でもなさそうだ。身をかがめて近づく。棘《とげ》のある、どっしりした果実。

「パイナップル」と、かすれ声で叫《さけ》んだ。

指先がぴりぴりし、発見の喜びが火花のように身をつらぬいた。これって、コロンブスが感じたやつにちがいない、とフレッドは思った。

フレッドは、玉座《ぎょくざ》のように広がった葉の上から、果実をもぎとろうと手をのばし——さっと引っこめた。親指についたぎざぎざの切り口に血が盛《も》りあがった。「いてっ」と小さく言う。

フレッドはふんばって、とくに大きなパイナップルを五つもぎとると、かけだした。ややふらつき気味だが、二、三本ごとに×印をつけた木々《きぎ》をたどり、三度ほどあともどりしつつ、走った。

そしてついに、森から空き地へと飛びだした。

「あっちいけ！」という叫《さけ》び声《ごえ》が出むかえた。

ライラがマックスの前に立ちはだかり、片手《かたて》でマックスを後ろに押《お》しやって、フレッドののどめがけて棒《ぼう》をかまえていた。その後ろで、コンが両方のこぶしを突《つ》きあげている。

「パイナップルを持ってきた！」フレッドは息をきらしながら言った。それから、ゆっくりと状《じょう》況《きょう》を見てとり、苦笑いした。「ぼくを殺《ころ》すつもり？」

「獣《けもの》だと思ったのよ」とコン。真っ赤になっている。「今度、突撃《とつげき》してくる時は、大声で叫《さけ》んでよね！」

フレッドのかかえたパイナップルにマックスが目をとめた。マックスはたき火を揺《ゆ》らすほどの歓声《かんせい》をあげると、すわりこんだ。歯をむきだすと、食べる気満々《まんまん》で両手を突《つ》きだす。「ぼくの、ぼくの、ぼくの！」

フレッドはどこにかじりつこうかと、パイナップルを手の中で転がした。用心深く、実の側面に歯をうずめる。棘《とげ》のひとつが鼻に、もうひとつが歯茎《はぐき》に刺《さ》さった。でも果汁《かじゅう》は、これまでに味わったことのない、とびきりのおいしさだった。あまくて、温かくて、舌《した》の上ではじけるようだ。

「すごいや！」とフレッド。「電気を食べてるみたいだ」

コンが自分の果実をひとかじりする。「デザートをいただくというより、格闘《かくとう》するみたいだわ」

フレッドは爪《つめ》で皮をむき、ひとつかみの果肉を掘《ほ》りだした。マックスにさしだす。「ほら。これは気にいるよ」

ライラはおさげをひざの上で揺《ゆ》らしながら、果実におおいかぶさっている。ふと顔を上げると、にっと笑った。「石器を使ったらどうかしら」ライラは矢尻形《やじりがた》の石器でパイナップルに切れ目を入れ、手のひら大のかたまりを切りだしていった。それらを一列にならべていく。

「へえ、進歩ってやつだね」とフレッド。どうしたことか、パイナップルの汁《しる》が耳の中に飛んできた。コンが笑った。ライラが五つ目のパイナップルを四等分にした。「朝食に」とライラは言って、パイナップルのかたまりをひとつずつ大きな葉にくるみ、かくれがの外に積みかさねた。

アバカシ

翌朝《よくあさ》、フレッドは飛びおきた。両手に草と苔《こけ》をにぎりしめている。悪夢《あくむ》はどんどんひどくなる。フレッドは目をしばたたいて、あたりを見まわした。かくれがの中でなく、いつのまにか、空き地の水たまりのそばに寝《ね》ていたのだ。夢《ゆめ》の中で、父親がすすり泣くのを聞いた。ばかげている。フレッドの父親は、人生で一度も泣いたことなどないのに。家に向かって走っている夢《ゆめ》だった。フレッドはぐっすり眠《ねむ》ったまま、空き地を転げまわったにちがいない。あたりには、草が引きちぎられた跡《あと》がいくつもあった。

顔についた泥《どろ》をこすりおとすと、かくれがにはいもどった。ライラとコンは、おたがいの髪《かみ》がからみあうくらいにくっついて眠《ねむ》っていた。パイナップルがない。マッ

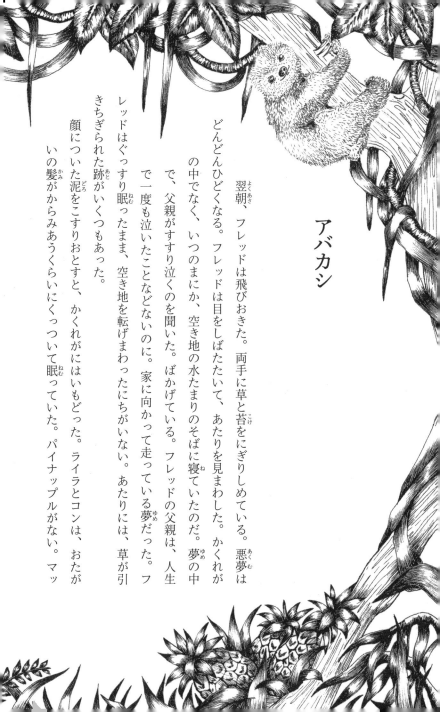

クスも、いない。

これは夢《ゆめ》ではないとフレッドがのみこむのに、しばらくかかった。フレッドは、ぱっと立ちあがると、つぶやいた。「まさか、まさか」

でも、骨《ほね》はない。血もない。ジャガーなら、きっと骨《ほね》を残すよな？

フレッドは、ライラを揺《ゆ》すぶって起こした。「マックスがいないよ！」

「なーに？」ライラはもごもごと答えると、ひざをあごまでかかえなおし、フレッドをはらいのけた。「んー、眠《ねむ》い」

「マックスがいないんだよ！」

「えっ？」ライラがぱっと身をおこした。眠気《ねむけ》でとろんとした目を、大きく見ひらく。

「マックス」ライラがよぶ。さっと立ちあがり、かくれがから飛びだす。つるの棘《とげ》で引っかき傷《きず》がついた。「マックス！」空き地を見まわす。もっと大きな声でよぶ。「マックス！　どこにいるの？」

コンがかくれがから転がりでてきた。「どうしたの？　だいじょうぶ？」ライラのせっぱつまった顔をちらりと見る。「マックス！」コンが叫《さけ》ぶ。

「まったく、バカな子ね！　何かに食べられでもしたら、どうする――」

「やめて！」ライラがコンに食ってかかる。「やめてちょうだい！」それから、さらに大きく、耳ざわりなほどきんきんした声で叫《さけ》んだ。「マックス！　マーックス！」

「川のそばにいるかも」とフレッド。

「手分けしましょう」とライラ。「わたしが川のほうを見てくる。あなたは飛行機のところにもどってみて」興奮《こうふん》のあまりふらついて、前のめりになった。「マックス！」

と、一本の木が、くすくすと笑い声をたてた。

マックスが、空き地の縁《ふち》に立つセドロの木の後ろから姿《すがた》をあらわした。「べーっ！」と舌《した》を出し、手足をぶらぶらさせる。「なんじかんもまえから、おきてるんだもん！　あきちゃった」

「マックス！」ライラはけわしい目でにらみつける。「この悪ガキ！　もし今度やったら、家に帰った時にパパに言いつけるからね。靴《くつ》でひっぱたかれるわよ」

マックスは下を向いた。「そんなことしないもん！　パパはぼくをたたいたり、しないもん！」

「あんたが何をしたか聞いたら、やるわよ！」ライラはマックスにつめよると、目を細めた。

「どこに行ってたの？」

「ひみつ！」

「で、パイナップルを食べたの？」

「ひみつ」とマックス。ばつが悪そうに、ほおをぬぐう。

「マックス！」ライラが両手でこぶしをにぎった。「いい？　もしわたしたちの食べものをぜんぶ食べてしまったのなら、ママになんと言われようと、あんたを力いっぱいひっぱたいて――」

マックスは口をきゅっと結ぶと、頭を左右にふった。「ライラ、だっこ」

「言いなさい、マックス！　どこに行ってたの？」

「だっこ」マックスは目に涙《なみだ》をためている。「だっこしてくれたら、いう！」そう言うなり、全身をふるわせて、すすり泣きしはじめた。

ライラはかんしゃくを起こして「もうっ」と言うと、マックスを抱《だ》きあげた。すすり泣きは、ぴたりとやんだ。

「泣きさえすれば、なんでも思いどおりになるわけじゃないわよ」コンが顔をこわばらせて言う。

マックスはコンを見あげて、にこっとした。涙《なみだ》はすっかりかわいている。「なるもん！」

「さあ、教えて」とライラがマックスのあごをつかむ。「どこに行ってたの？　パイナップルはどこ？　盗《ぬす》んだの？　ぜんぶ食べちゃったわけ？」

「ちがうよ！　あのどうぶつにあげたかったんだ」

「どんな動物？」

「おさるみたいの」

「どこにいるのよ？」

「ごようたしの、きのそば」とマックスは唇《くちびる》を突《つ》きだした。「ぼく、わるいことなんて、してないもん。おなかをすかせてたから、しんせつにしてあげたんだ」

ライラは、マックスを地面にどさりと落とした。マックスはわめいたものの、ライラの顔を見て、口を閉《と》じた。

「見せてちょうだい」とライラ。「でなきゃ、信じない」

フレッドは、思いがけず、わくわくした。ライラが走りだすと、あとの三人もそれに続いた。みんなでつくった通り道を抜《ぬ》け、男子用「ご用足しの木」のある茂《しげ》みへと向かう。

マックスはライラに手を引っぱられ、ついていくのにみんなの倍は足を動かさなければならなかった。「まってよ！」マックスがわめいた。四人は「ご用足しの木」を通りすぎ、日向《ひなた》を抜《ぬ》け、木々《きぎ》の密生《みっせい》する暗がりに入った。

だしぬけに、マックスが足を止めた。「あそこ！」マックスは、たれさがった枝《えだ》を見あげて、指さしている。「ほらね！　うそじゃなかったでしょ！」

頭上に、花をつけた白い大木が枝《えだ》をのばしている。その枝《えだ》の一本に、フレッドが今まで見たこともないような小動物がぶらさがっていた。さらに上の枝《えだ》にとまったハゲワシを大きな目で見あげている。

地面には、パイナップルのかたまりが三つ、手つかずで転がっている。少し離《はな》れたところには、もう二羽のハゲワシがいて、同じ動物でもっと大きいのの死骸《しがい》におおいかぶさっていた。

「あっちいけ！」ライラがどなった。かけていって、ハゲワシめがけ、足をふりあげる。「どきなさい！」

地上にいた二羽のハゲワシは驚《おどろ》いて飛びさったが、木の上にいたのは、ただ羽毛を逆立《さかだ》てただけだった。ものすごく大きい。胴《どう》まわりはラブラドール・レトリーバーくらいあって、小さな動物をものほしげに見おろしている。

枝《えだ》にいる動物が、ネコみたいな鳴き声をたてた。灰色《はいいろ》がかった茶色い体に、乳白色《にゅうはくしょく》の顔。鼻が犬みたいに突《つ》きでていて、目は真っ黒で大きい。腕《うで》は長く、鶏《にわとり》の骨《ほね》みたいに細くて、先端《せんたん》には大きく湾曲《わんきょく》した爪《つめ》がある。人の両手にすっぽりとおさまりそうなくらいに小さい。

ライラが木の根元にかけよった。いちばん下の枝《えだ》をつかみ、幹《みき》に足をかけてよじのぼろうとする。木が揺《ゆ》れると、ハゲワシは翼《つばさ》をばたつかせ、ひと声鳴いて飛びさった。ライラが枝《えだ》のあいだに体を引きあげた。ひざがふるえ、ひどく荒《あら》い息をしている。

ライラは動物がつかまっている枝《えだ》に腰《こし》かけると、両手でしっかりと枝《えだ》をつかみ、近づいていった。ふるえる指をのばすと、動物の足を枝《えだ》からはずし、自分の腕《うで》につかまらせる。その生きものが、キューンと弱々《よわよわ》しく鳴いた。

ライラは枝《えだ》の上をそろそろとあとずさりしはじめた。フレッドには、ライラが息を殺《ころ》して祈《いの》りの言葉をつぶやいているのが聞こえた。

地上におりたつと、ライラはよろめいて転びそうになった。それでも、動物を巻《ま》きつけた腕《うで》は、しっかりと頭上にかかげたままだった。

マックスがかけよる。「それ、なあに？　みせて！」

「ナマケモノよ」とライラ。愛《いと》おしさのこもった、静かな声だ。「ナマケモノの、赤ちゃん」

フレッドは近よってみた。これまで見たものの中でも、最高に奇妙《きみょう》な生きものだ。すごくみにくくて、同時に、とても美しい。まだ赤《あか》ん坊《ぼう》らしい、うぶ毛の感じが残っている。

「あそばせようよ！」マックスがライラの腕《うで》に手をのばした。

「だめ！」ライラはマックスの手首をつかみ、ナマケモノを抱《だ》きよせた。「さわっちゃだめ！傷《きず》つけちゃうわ！」

弟と姉がにらみあった。「きずつけないもん！　そっとする」

「マックス、だめよ。こわがってるでしょ。守ってくれるお母さんがいないのよ。ほら、ふるえてるでしょ」

「でも、ぼく、あいしてるもん！」マックスは今にもわっと泣きだしそうだ。

「この子は、あなたに愛されて死ぬわけにはいかないの。もっと、ゆったりと接《せっ》してあげなくちゃ」とライラがささやいた。「さ、マックス、かくれがに連れて帰りましょう。パイナップルを持ってきてちょうだい」

空き地にもどると、ライラはナマケモノのために、やわらかい草で寝床《ねどこ》をつくった。腹《はら》ばいにしておろすと、そのままの格好《かっこう》でふるえている。ライラはパイナップルをさしだした。

「さわりたい！」とマックス。

「だめよ」ライラはすわりながら答えた。「ひと休みさせてあげましょう」

ナマケモノが身をふるわせた。ライラも、身をふるわせる。ライラの全身から、熱い思いが発せられている。こういう時は、たぶん、そっとしておくのがいちばんだな、とフレッドは思った。ふいに熱い思いにかられた人は、何をするかわからないから。かみついたり、泣いたり、さ。フレッドは、ライラを一人にしてあげようとあとずさった。

ナマケモノが動いた。ゆっくりと寝床《ねどこ》からはいでて、ライラに向かっていく。ライラの靴《くつ》にふれ、それからゆっくり――あまりにもゆっくりで、フレッドには毛皮の下で筋肉《きんにく》が伸縮《しんしゅく》する音が聞こえた気がした――ライラのひざによじのぼった。ナマケモノは、独特《どくとく》な、ぎこちない優《ゆう》雅《が》さで手をのばすと、前足の爪《つめ》のあいだにパイナップルをはさんだ。

ライラは息をしていないみたいだった。それでも、まるでひと筋の光がライラから放たれ、ジャングルを照らすように思われた。

ナマケモノが、なんとかしてパイナップルをかじろうと、もぞもぞ動くあいだ、ライラはじっとしていた。身じろぎせずにすわって、ナマケモノが自分のひざの上で居心地《いごこち》よく寝《ね》そべるのを、じっと見つめていた。まるで油の切れた木馬のような動きだな、とフレッドは思った。

ライラは顔を上げ、みんなを見た。「ほんものの生きた子は見たことがなかったの」とささやく。「よくナマケモノはのろまでおバカさんだと言われるけれど、この子たちは、ゆっくりなだけだと思うわ、バレエがゆったりしているようにね」これ以上ないくらいにそっと、ライラはナマケモノの胸《むね》に、指を一本あてがった。「どきどきしてる。速いわ。またちがったリズムなのね」

ナマケモノはパイナップルをかじりおえると、ライラの腕《うで》をよじのぼって、肩《かた》の近くにしがみつき、ライラの右耳のすぐ下に頭をもたせかけた。小さく鼻を鳴らすと、ライラの髪《かみ》がわずかにそよいだ。

「名前をつけなきゃ」とコン。

「わたし、まだ何かに名前をつけたこと、ないの」ライラは首をまわしてナマケモノを見た。ナマケモノは、おそろしくゆっくり、ライラの耳たぶをかじろうとしている。

「ペットはいないの？」とフレッド。生きものと暮《く》らすように生まれついた人に思えるのに、不思議だった。

「一度もゆるしてもらえなかったの。何度も頼《たの》んだけど、ママもパパも仕事で移動《いどう》してばかりで、動物がかわいそうだからって」ライラはそう言って、ナマケモノをじっと見た。目を細めて、声に出さず、唇《くちびる》だけ動かした。

「なんてなまえ？」とマックス。「おしえて。ひみつにしないで！」

「アバカシ」とライラ。

「うん」マックスが、その筋《すじ》の権威《けんい》だとでも言いたげに、うなずいた。「いいね」

「何ですって？」コンが聞く。

「アバカシ。パイナップルという意味のポルトガル語よ」とライラ。「みじかくよぶと、バカね」

サルとハチ

ジャングルは外から見えない死角だらけだ、とフレッドは気がついた。ジャングルは秘密《ひみつ》をかかえこんでいる。でもその秘密《ひみつ》は、最高に思いがけない形であらわになる。サルとアリとハチという三者の工夫に満ちた関係がなかったら、あの、すべてを変える紙切れを見つけることはなかっただろう、とフレッドは思った。

それを最初に目撃《もくげき》したのはマックスで、午後もおそくなってからだった。ライラとコンとフレッドは、たき火のそばで今後の計画を立てようとしていた。そのあいだ、マックスは仰向《あおむ》けに寝《ね》ころがって空をながめていた。

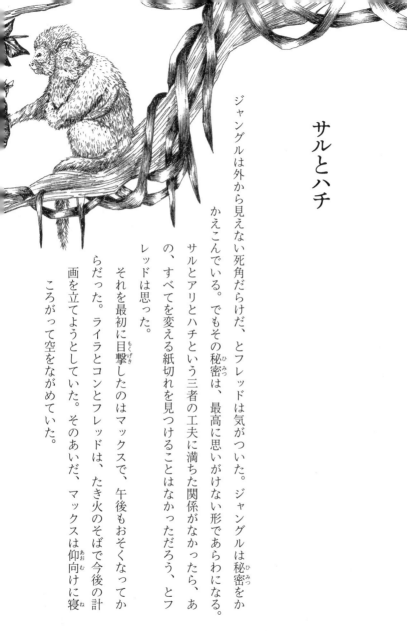

やっかいなことにマックスは、どれだけ勝手に動きまわるなと言いきかせても、探検《たんけん》しようとしつづけた。広大なジャングルの中では、ちっぽけな五歳児《さいじ》にすぎないというのに。

「いかだがこわれないって確信《かくしん》は、どのくらい？」とライラ。

フレッドは考えこんだ。いかだは幅《はば》も広く、頑丈《がんじょう》だ。つるでぐるぐる巻《ま》きにしてあって、もとの木の茶色より緑色が多いくらいだ。まるで芝《しば》の生《は》えたクリケットの競技場《きょうぎじょう》が浮《う》かんでいるようだ。でも、とフレッドは思った。同じようにあのパイロットも、飛行機のことをだいじょうぶだと思っていただろう。

「中《ちゅう》くらい」と言って、フレッドはコンの顔を見た。「中《ちゅう》の上《じょう》。それに、歩けば何週間もかかるだろう。マナウスの町がアマゾン川沿《かわぞ》いにあることはわかってる——だから、川を下ればたどりつくはずだよ！」

マックスが近づいてきて、ライラの足元にすわりこむと、靴下《くつした》を引っぱった。「ねえ、ライラ！」大きな鼻くそをほじくりだして、草の上でぬぐう。

「ただし、マナウスがここから上流と下流のどちらにあるのかはわからない」とコン。「つまり、わたしたちが死ぬ確率《かくりつ》は50パーセントね」

「ライラってば！」とマックス。「きいて！」

「でも、生きのびる確率《かくりつ》が50パーセントある！」とフレッド。コンのせせら笑いに、フレッドはマックスの鼻くそを投げつけてやりたくなるのをぐっとこらえた。

「自分が何を言ってるか、わかってる？」とコン。「どれほどまともじゃない話か、わかってる？」

「ライラってば！」マックスは、ライラの靴下《くつした》を力いっぱい引っぱった。「しってる？　サルがハチとどうやってたたかうか、しってる？」

「何いってるの？」とライラ。バカは後ろ足をライラの脇《わき》の下に引っかけて、一方の肩《かた》からたれさがるようにぶらさがっている。フレッドはそのさまが、父親の古い軍服の肩飾《かたかざ》りみたいだと思った。

「サルがかった！」と、マックス。「ぼく、ついてったんだ！」

「マックス！　なんのことを言ってるの？」ライラはマックスを抱《だ》きあげると顔を近づけて、怒《いか》りを爆発《ばくはつ》させた。「かくれがにいたんじゃないの？　勝手に動いちゃだめって、言ったでしょ！　言いつけを守れないなら、わたしに縛《しば》りつけるわよ」

マックスはぷうっとふくれっ面《つら》をした。「とおくにいかなかったもん！　ハチがいやだから、ちかよらなかった」

「マックス、嘘《うそ》言わないの――ハチなんかいない」とライラ。「飛んでる虫はみんな見たわ――アリに、コガネムシに、蚊《か》に――でも、ハチはいなかったわ」

「あっちにいた！」マックスは空き地の反対側の、背《せ》の高いゴムの木が何本も生《は》えたところを指さした。「ずっとうえに」

ライラはマックスの頭ごしに、あきれたというように、眉《まゆ》をあげた。「夢《ゆめ》で？　それとも、本当に？」

「ほんとうだよ」とマックス。

「どうだかね」

「ほんとう！」マックスは怒《おこ》った。「ほんとなの！　サルがアリでてをあらって、それからハチとたたかったの」

「何を言いたいんだか、わけがわからない」とコン。「でも、なんだかおそろしげな話ね」

マックスは立ちあがると、ほえて、地団駄《じだんだ》をふんだ。それでうっかり、コンの指先をふんでしまった。コンは、きゃっと叫《さけ》んで、マックスのかかとをひっぱたいた。「痛《いた》いじゃない！」

「ちょっと、ぶたないで」とライラ。

「ちゃんときいてくれない、だれも！」とマックス。「きいて！」

フレッドはマックスを見た。不満げで、ちょっとすねた目をしている。「ちゃんと聞いてるよ、マックス」

「きいてない！　きて！」マックスはコンの手をつかんで立たせ、ジャングルに引っぱっていった。マックスの小さな足が、決然と大地をふみつけていく。

コンは驚《おどろ》いたようだったが、手を引かれるにまかせ、小走りについていった。マックスの手が何かわからないものでべたべたしていることについては、何も言わなかった。フレッドとライラが、二人のあとを追って走った。

「あそこ！」とマックス。「あそこにいた！」

マックスは、上のほうを指さした。大きな球形のアリの巣が、木の幹《みき》から太鼓腹《たいこばら》みたいに突《つ》きだしている。サルはどこにもいない。

「ほんとに、いまちょっとまえにいた！」とマックス。「もどってくるもん」

半信半疑《はんしんはんぎ》で、フレッドは腰《こし》をおろした。マックスはライラの足の上にすわっている。バカは、ライラのブラウスにしがみついていた。

じっとすわって手もちぶさたでいるのは簡単《かんたん》じゃないと、フレッドは気がつくことになった。考えまいとしても、浮《う》かんできてしまう——父さんの顔、母さんの声。そして不吉《ふきつ》なイメージが心にしのびよってくる——四人が森の空き地で飢《う》えたまま、だれにも見つけてもらえないでいる。

口笛をふこうとして、頭がくらくらし、奇妙《きみょう》なヒューヒューという音しか出せなかった。

「フレッド」ライラがささやいた。「サルをこわがらせちゃうわ」

そのあと、だしぬけにサルたちがやってきた。三匹《びき》だ。濃《こ》い茶色で、手足はたくましく、かわいらしい顔をしている。

フレッドは、サルたちが追いかけっこしながら木々《きぎ》を上下し、鳴きかわすのを、畏敬《いけい》の念をもって見つめた。サルたちは木々《きぎ》のあいだをぐるぐるめぐって、尾《お》をすばやくふった。やがていちばん大きな、首に赤《あか》ん坊《ぼう》をぶらさげた母ザルが、アリの巣の上に両手をおいた。アリがサルの手にむらがり、腕《うで》をよじのぼる。腕《うで》の毛がアリで黒くなった。すると、すばやく、アリがかみつかないうちに、サルは両手をこすりあわせた。

コンがフレッドの袖《そで》にふれた。「アリを殺《ころ》してるの？」

フレッドは、サルが鼻を手のひらに近づけて、念入りににおいをかぐのを見た。「香水みたいなものかな？　それとも、麻薬《まやく》のたぐい？」

突然《とつぜん》、三匹《びき》のサルがいっせいに、何か合図があったみたいにきびすを返し、木立の奥《おく》へと飛びはねていった。

「追いかけましょう！」とライラ。

サルの速度についていくのは、たまたま自分もサルだというのでないかぎり、しかも何日もまともな食事をしていないとなると、簡単《かんたん》じゃない。四人とも弱っていて、ライラの両手はふるえていた。遠ざかるサルの背中《せなか》を追って走るうちに、コンは真っ青になった。

サルたちは大きく枝《えだ》を広げたゴムの木立に飛びこんで、進むのをやめた。

「ハチ！」マックスが、どんなもんだい、と言わんばかりの声を出した。「いったでしょ！」

頭上はるか、遠すぎてはっきりしないほどのところに、ハチの巣がある。巨大《きょだい》な巣で、松ヤニの灰色《はいいろ》の層《そう》の中に包まれている。ブンブンという音はびっくりするほどの大音量だ。ハチミツが木の脇《わき》にたれている。

ライラが目を大きく見ひらいた。バカをぎゅっと抱《だ》きしめる。「ナマケモノにおそいかかったりしないわよね?」

　じっと見ていると、母ザルがハチの巣に近づき、巣を守っている殻《から》を割《わ》って穴《あな》をあけ、手を奥《おく》に突《つ》っこんだ。ハチの巣をひとかけらもぎとって、がぶりとかみつく。ハチミツが赤《あか》ん坊《ぼう》の頭にしたたりおちた。ハチが怒《いか》りくるってむらがる。でも、刺《さ》すほどは近づかない。

　ライラの目が、お日さまみたいにまるくなった。「手についたにおいのせいで、ハチが攻撃《こうげき》しないんだわ。防虫剤《ぼうちゅうざい》なのよ、きっと」

「やってみよう!」そう言った時にはもう、フレッドは立ちあがっていた。

「でも、サルにしかききめがなかったら?」とコン。

「うーん、はっきりさせる方法はひとつだけだな」フレッドは夕食を思いうかべた。残っていればパイナップル。残っていなければ、カカオの実の芋虫《いもむし》だ。「ハチミツ、食べたいだろう?」

「ちょっと待って。まず考えてから――」

　すでにフレッドは走りだしていた。木立をぬってアリの巣までもどると、肩《かた》で息をしながら三人を待つ。それからフレッドは、巣の側面に両手をあてた。アリがわあっと指にむらがり、手の甲《こう》から手首までよじのぼった。黒い手袋《てぶくろ》をしたようになった。

「くすぐったいや」とフレッド。アリはとても小さくて、黒こしょうの粉《こな》をまぶしたみたいだ。

「りょうてをこすって！」マックスが指図した。「はやく！　ささささって、サルみたいに！」

アリが二、三匹《びき》、フレッドの腕《うで》をのぼって、あごまできた。でも、かむつもりはなさそうだ。

うっすらと罪悪感《ざいあくかん》を覚えつつ、両手をこすりあわせる。それから、においをかいでみた。うっとくる、きついにおいがした。

「学校で、けがすると塗《ぬ》るやつあるだろ」とフレッド。「それに似《に》てるよ」

「消毒薬《しょうどく》？」とライラ。

フレッドは両手で顔をこすった。サルがそうしたのを見たのだ。腕《うで》の上のほうも。ちょっとためらってから、もっとアリを集めると、足とかかとにもにおいをすりこんだ。念のためだ。

コンがフレッドの手をとって、においをかごうと顔に近づけた。「アンモニアみたいなにおい！　わたしのおばさんの気つけ薬よ！」

四人はハチミツの木まで走ってもどった。三人はぼくに、いつもより広い寝場所《ねばしょ》を提供《ていきょう》してくれるかもな、とフレッドは思った。

「きらいなにおいがする」とマックス。「くすりみたい」

フレッドは根元から木を見あげた。幹《みき》はそびえるようで、ハチの群れは遠くの雲のようだ。

「ほんの一瞬《いっしゅん》でも考えなおしてみようって気はないの？　少なくとも計画を立てるとか」とコン。

「だいじょうぶさ」とフレッド。いつだって木のぼりは大好きだった。あの、上へ上へと未知の世界を進んでいく感覚が好きなのだ。

三人がフレッドを見つめている。ライラは期待に満ちた目で、コンは片方《かたほう》の眉《まゆ》と上唇《うわくちびる》をきゅっとあげて、マックスは指を鼻の穴《あな》に突《つ》っこんで。

フレッドは下のほうの枝《えだ》をつかむと、体を引きあげた。マックスが歓声《かんせい》をあげる。フレッドの両足がとっかかりを求めて宙《ちゅう》をかき、樹皮《じゅひ》のこぶをとらえて、体を上に押《お》しあげた。

すぐさまフレッドは、これは別物だと気がついた。今までやっていた木のぼりとは、ぜんぜんちがう。筋力《きんりょく》がおとろえて、思うように動かせない。腕《うで》も足も力が出ないので、はずみがつかない。ふと、木がくさっていないかどうか確認《かくにん》しなかった、と気がついた。フレッドの重みで木はきしんで、巨大《きょだい》な門扉《もんぴ》のちょうつがいがたてるような大きな音をたてた。

「クソッ」フレッドは短く、小さくつぶやいた。

次の枝《えだ》に手をのばす。すぐに、また次の枝《えだ》に。靴《くつ》がなめらかな樹皮《じゅひ》の上を、つるりとすべって、かすった。

「ああ、どうしよう」コンが言うのが聞こえた。「死んじゃうわ」

「だいじょうぶよ」とライラ。「絶対《ぜったい》に」

「でも、だめだったら？　わたしたち三人だけになったら、ますますこの場から抜《ぬ》けだせなくなるのよ。フレッド！」コンがよぶ。「お願い、おりてきて！」

フレッドは無視《むし》した。はずみをつけてもっと上に、もっとすばやくのぼっていく。太い枝《えだ》の上に両足をつき、いい手がかりを探《さが》して頭上をあおぐ。

だしぬけに、足元の枝《えだ》がバキッと折れた。両足が宙《ちゅう》をかき、木の幹《みき》をける。両手で枝《えだ》にぶらさがり、体が左右に揺《ゆ》れた。樹皮《じゅひ》がつるつるしていて指がすべりそうだ。別の枝《えだ》をつかもうと右手をのばし、足がかりを求めて両足をばたばたさせた。と、ふたたび両足がかたいこぶにかかった。

次の手がかりまで体を引きあげようとするのだが、腕《うで》に力が入らない。毛糸か藁並《わらな》みに、役に立たない。幹《みき》のこぶに足をかけ、頭上の枝《えだ》をつかもうとしたまま、フレッドは身動きできなくなってしまった。息子が木をのぼっていて死んだと聞かされたら、父さんはどんな顔をするだろう、などとは考えまいとした。

「ほら！」下のほうでコンが言う。「びびっちゃった」

「だいじょうぶ？」ライラが叫《さけ》ぶ。

「どう見ても、だいじょうぶじゃないわよ」とコン。「ここに突《つ》ったって、彼《かれ》が死ぬのを見てたくないわ」

コンは大またで木に歩みよると、耳にとどくくらいに肩《かた》をいからせ、ボクサーみたいにぐっとあごを引きしめて、木をのぼりはじめた。両手も両ひざも小刻《こきざ》みにふるえ、動作はぎこちないが、着実に進んでいく。

フレッドが見つめるなか、コンはフレッドまで枝《えだ》二、三本のところまで来て止まり、幹《みき》にしがみつきながら頭上を見あげた。恐怖《きょうふ》で足首ががくがくしている。

「何をするつもり？」フレッドは、くいしばった歯のあいだから聞いた。

「あなたにおりるように言いにきたのよ」

「いやだ」とフレッド。「ぼくは上に行く」

「じゃ、わたしも行く」

「なんでだよ？」

「あなた、びびってるもの」

「そんなことない！」でも、それが嘘《うそ》だということは、自分でもわかっている。腕《うで》の感覚がまったくない。フレッドはコンを見おろした。血の気のうせた顔は、白を通りこして、青に近い。でも、決意に満ちていた。フレッドは、ためしに聞くだけというふうをよそおって、「もしそうだとして、きみがどうやって助けられるんだい？」と聞いた。

「わたしが先に行って枝《えだ》をためす」とコン。「もう一度、さっきみたいなこわい思いをしたら、あなた、絶対《ぜったい》落っこちて死ぬに決まってる」

「こわがってなんか、なかった」言葉が、おさえる間《ま》もなく、フレッドの口をついて出た。

「いいえ、こわがってたわ」コンはそう言って、木をまじまじと見あげた。「わたしもよ。あいにく、ね」

コンがフレッドの上に行く。フレッドにはできそうもないくらいゆっくりと、憤慨《ふんがい》したような表情《ひょうじょう》のまま、確実《かくじつ》に進んでいく。枝《えだ》を一本一本、両足でためし、ひと動作ごとに両手をスカートでぬぐっている。

フレッドはゆっくりと片手《かたて》を枝《えだ》から引きはがした。どっと襲《おそ》いかかる恐怖《きょうふ》を押《お》しやって、コンのあとに続く。

のぼりだすと、徐々《じょじょ》に体の揺《ゆ》れとリズムに集中しはじめ、ふつうに呼吸《こきゅう》できるようになった。ハチの巣が見えてきた。何百、いや、おそらく何千ものハチがブンブンいっている。

「ハチって、見る者をおじけづかせる顔してるわね」とコン。いつもよりうわずった声だ。

「さっさと片づけて、おりましょう」

「ちょっと待って」フレッドは枝《えだ》の上で腰《こし》をかがめた。足がわずかにふるえている。ハチに刺《さ》されないように、鼻の穴《あな》に葉っぱをつめこんだ。「あまり近くに来るなよ。刺《さ》されるから」

はるか下で、ライラが「がんばって！」と励《はげ》ますのが聞こえた。

マックスは、げんなりするようなことを叫《さけ》んだ。「でもさ、もしふたりともおっこちて、ぼくたちがたべちゃったら、おこる？」

フレッドは立ちあがると、右にある太い枝《えだ》に片腕《かたうで》を巻《ま》きつけた。もう一方の腕《うで》を左斜《なな》め上、しずくが大量にしたたるほうへのばすと、サルがハチの巣にあけた、こぶし大の穴《あな》に手を突《つ》っこんだ。

ハチの羽音がいちだんと大きく、激《はげ》しくなった。フレッドは気を引きしめた。ハチが怒《いか》りくるってむらがってくる。数匹《ひき》、ズボンに当たって落ちた。けれど皮膚《ひふ》にふれるハチは一匹《ぴき》もいない。フレッドは勝ちほこって、こぶし大のハチの巣をもぎとった。さらに、もうひとかけ。

「やった！」フレッドが叫《さけ》ぶと、一匹《ぴき》のハチが、羽音とともに口の中に飛びこんだ。うっと吐《は》きだし、頭をふる。木が揺《ゆ》らいだように感じた。

「それ、どこにおく？」とコン。

「ライラのところまで落とせたらいいんだけど、葉っぱに引っかかるかもな」

「ここまで来て、何もかも無駄《むだ》になったら――」コンが話しだす。

「待って、いいことを思いついた」

フレッドは足をふんばって、片腕《かたうで》を枝《えだ》に巻《ま》きつけた。もう一方の自由な手でシャツの裾《すそ》をズボンの中にたくしこむと、巣をシャツの内側に落とした。指先をなめてみる。

「うー！」自分の指が樹皮《じゅひ》のくずまみれ、アリの残骸《ざんがい》まみれなのを忘《わす》れていた。それでも、ハチミツはとんでもなくおいしかった。肌《はだ》が粟立《あわだ》つくらいに。

「わたしにもちょうだい」とコン。

「すぐにおりたかったんじゃないの」

コンは、ひざが跳《は》ねるくらいにふるえながらも、きっ、とあごをあげ、「あなたにできるなら、わたしにもできるわ」と言った。

フレッドがコンのいるほうへと、太い幹《みき》の周囲《しゅうい》をじりじりと進んでいる時だった。何か赤いものが見えた。りんごくらいの大きさで、つるでしっかりと枝《えだ》に結びつけられている。

フレッドは息をのんだ。もっとよく見ようとして、のけぞった。

「フレッド！」とコン。「やめて！」

「だいじょうぶさ」フレッドは枝《えだ》をつかんだ。「上を見てごらん」

赤いものは植物ではなかった。生きている感じがしない。

「なんなの？」コンは頭上に目をこらしている。「葉っぱがじゃまだわ」

「革《かわ》でできてるみたいだ」

「ハンドバッグとか?」

「いや、ちがう」

フレッドはゆっくりとコンの後ろを通りすぎ、上にのぼった。ふるえる手でできるかぎりすばやく、目当てのものを枝《えだ》からはずす。足元の枝《えだ》が太いので、その上にまたがって両側に足をたらした。

コンが近づいてきて、フレッドのほうを向くように枝《えだ》にすわった。ふるえる腕《うで》で幹《みき》を抱《だ》きかかえている。「今あけなくてもいいじゃない!」とコン。「地上にもどるまで待てないの、おばかさん!」

「ざっと見るだけだよ」とフレッド。それは赤い革袋《かわぶくろ》だった。口をしめるための革《かわ》ひもがつき、下のほうに金字の浮《う》き彫《ぼ》りがかすかに残っている。重たい。中を開けて金属《きんぞく》のかたまりを引っぱりだすあいだ、フレッドの両手はふるえていた。

「タバコの缶《かん》だ」とフレッド。さびてはいるが、あのイワシ缶《かん》ほどではない。

「見せて」とコン。缶《かん》の側面に文字がある。それをコンは呪文《じゅもん》か何かのように、ささやき声で読みあげた。「コリアーの最高級タバコ。ロンドン、ピカデリー」

「ほかにも何かある」とフレッド。その時、風に木が揺《ゆ》れて、その何かが指のあいだをすべりおちた。危《あぶ》ないところでつかむ。これも、さびて、ざらざらしている。「小型《こがた》ナイフだ！」

「それで全部？」

「だと思う」

ハチが一匹《ぴき》うろついているのをはらいのけると、手のひらの上で革袋《かわぶくろ》を裏返《うらがえ》した。紙が一枚《まい》、落ちた。

「それ何？」とコン。「手紙かしら？」

それは、本の最後についている白紙のページをちぎったものだった。図形がインクで描《えが》かれ、几帳面《きちょうめん》なアルファベットの大文字が書きそえられている。紙の隅《すみ》に描《えが》かれていたのは、方位をしめすコンパスだった。

「地図だ」とフレッド。

腕《うで》に鳥肌《とりはだ》が立った。フレッドは地図のもつ力を知っている。地図は、かくされたものをさししめす。この世の秘密《ひみつ》を、線で描《えが》きだすのだ。

フレッドは地図をじっくりと見た。インクで描《えが》かれた線が、紙の折り目でかすれている。川の支流《しりゅう》をしめす細い線が何本か、それから一本の太い線、これはアマゾン川にちがいない。川のわきに×印がつけられている。荒々《あらあら》しく、ペン先で引っかくように書かれ、紙にちょっと穴《あな》があいていた。

「なんの印だと思う？　この×って、なんのことかしら？」コンが目を見ひらく。どうやら自分たちが高度30メートルの空中にいることは忘《わす》れてしまったらしい。

「わからない」フレッドは上を見た。二人が腰《こし》かけている木は、まわりの木々《きぎ》よりも高かった。てっぺんは釘《くぎ》のように細くなっていて、ほかの木々《きぎ》の樹冠《じゅかん》よりも上に突《つ》きでている。「もっと上までのぼってみる」とフレッド。「てっぺんまで行けたら、見えるかもしれない」

「やめて！　どうかしてるわ――かっこつけてるのね、さっき、びびったもんだから、ばつが悪いんでしょ」

フレッドは耳が真っ赤になるのを感じた。「ぼくは行くよ。きみはおりる？　それとも、いっしょに来る？」

コンは口の両端《りょうはし》をさげて、への字にした。「わたしも行くわよ、当然でしょ！」

二人はゆっくりと、どんどん細くなる枝《えだ》を一本ずつ確認《かくにん》しながら進んだ。枝《えだ》がたわみはじめ、フォークの柄《え》のように細くなった。

だしぬけに、フレッドの頭が葉のしげる枝《えだ》から上に突《つ》きだした。頭も肩《かた》も、樹冠《じゅかん》より上にあった。はるか下に、紫色《むらさきいろ》と銀色が入りまじったような川が流れている。フレッドは呼吸《こきゅう》を整えようとした。これこそ、フレッドが夢見《ゆめみ》てきたことだった。図書館の隅《すみ》の床《ゆか》にすわりこんで、夢見《ゆめみ》てきたことだった。

「見てごらん！」とフレッド。

「見てるわよ！」とコン。フレッドのすぐ下にいる。両目をぎゅっとつぶったままだ。

川は何キロもうねるように続き、曲がったり滝《たき》になったりしながら、山のふもとの地平線へと消えていた。ながめていると、一匹《ぴき》のサルが木をすべりおり、しっぽを枝《えだ》に巻《ま》きつけて体を振《ふ》り子《こ》のように大きく揺《ゆ》らしつつ遠ざかっていった。

「目を開けてごらんよ、コン！」とフレッド。「見なくっちゃ！」

コンは目を開けた。そして、さらに大きく、空に負けじと目を見ひらいた。「知らなかった。これって……言いようもないほど、きれい」

まるでだれかが、心に思いえがいたとおりにつくりあげたみたいだ、とフレッドは思った。そのだれかは、この世界が、できるかぎり野生的で、緑あふれて、生き生きとしていてほしいと望んだのだ。

これ以上ないくらいにゆっくりと、フレッドは片手《かたて》を木から離《はな》した。恐怖《きょうふ》がのどもとまでせりあがったが、ポケットに手を入れ、紙を開く。

ささやかな、緑の魔法《まほう》のようだった。地図は、今目にしている風景にぴたりと合う。まさしくここか、このすぐ近くで、描《えが》かれたものにちがいなかった。

フレッドは地図に視線《しせん》を落とした。「ぼくらは、ここ」とささやく。

「この曲がったところが、いかだをつないである場所ね」とコン。インクで描《えが》かれた複雑《ふくざつ》な曲線は、二人の下に広がる世界と正確《せいかく》に、あるいはほぼ正確《せいかく》に、重ねることができた。

「×はどこ？」とコン。

フレッドは目の上に手をかざした。「あっちだ。でも何も見えない」地平線は緑にけぶっている。どう川が流れているのか、はっきりしない。

「今わたしたちのいるところを地図に書き入れておくべきよね」とコン。「現在地《げんざいち》って」

フレッドは両手に目を落とした。墜落《ついらく》した時についた指関節の切《き》り傷《きず》が治りかけている。かさぶたのひとつをかみちぎると、血を一滴《いってき》しぼりだし、地図上の自分たちがいる場所に赤い点を落とした。

「うえー！」とコン。「最高！」

フレッドはにやっと笑った。「さあ、おりよう！　昼はハチミツだ」

フレッドは体を振り子《ふこ》のようにふり、速すぎる速度で木をおりていった。おかげで、樹皮《じゅひ》のこぶで皮膚《ひふ》がすりむけ、枝《えだ》で目をつつくはめになった。コンはもっとゆっくりと、自分に小声で指示《しじ》を出しながらついてきた。

フレッドが地面まであと数十センチのところから、音をたてて着地した時には、ハチミツがシャツの内側からしみだしていた。それでも踊《おど》りだしたい気分だ。

「いきてる！」とマックス。フレッドの足に腕《うで》をまわし、祝福の印にフレッドのひざをかもうとした。「ぼくたち、ふたりをたべることになるかなって、おもってたとこ」

「あまりがっかりしたように言うなよ」フレッドは、苦笑いした。

コンがいちばん下の枝《えだ》にたどりついた。飛びおりるかまえで、ためらっている。ライラが手をさしのべたが、それを無視《むし》し、コンはどすん、と飛びおりた。

「大発見があったわ」と、コンはもったいぶって告《つ》げた。

「本当？　何？　食べもの？」とライラが聞く。

「まあ、待ってよ。まず空き地に行きましょう」とコン。すると、まるでコンの中でたががはずれでもしたように、笑いと雄叫《おたけ》びのまじったような咳《せき》をした。「わたし、木のぼりなんて、一度もしたことなかったの！」

「一度も？」とライラ。「なら、とんでもなくすごいじゃない」

「ええ」とコン。「わたしもそう思う」

かくれがに到着《とうちゃく》するなり、フレッドはシャツをぬぎ、幅広《はばひろ》の葉の上にハチミツの詰《つ》まった巣を山のようにかきおとした。

フレッドは水たまりまで行って、胸《むね》とシャツに水をかけた。樹皮《じゅひ》や土がハチミツにくっついて、びっくりするほどべたべただった。

「いそいで、フレッド！」マックスがよんでいる。

フレッドはあきらめて、べたつくシャツを元どおり着ると、かくれがに走ってもどった。ライラがタバコ入れの袋《ふくろ》を慎重《しんちょう》に引っくりかえしていた。のどもとにバカがネックレスみたいにぶらさがって、ライラの鎖骨《さこつ》をくんくんとかいでいる。

「赤ね」とライラ。「タバコ入れの袋《ふくろ》はたいてい茶色だわ」

「それが？」とコン。

ライラは目をかがやかせて、身を乗りだした。「ハチは赤い色が見えないの。黒に見えるのよ。だれかがハチに、この袋《ふくろ》をほかの動物から守らせたんだとしたら？　ハチにはこれが木の一部にしか見えないから、あやしんだりしないわ」

「ハチが、あやしんだりする？」コンが疑《うたが》わしそうにきく。

ライラは赤くなった。「単なる仮説《かせつ》よ。でもママが言ってたわ、ジャングルでは赤いものを避《さ》けなさいって。毒《どく》のある色だから。この袋《ふくろ》の持ち主はそれを当てにしたのかもしれない。取りにもどってくるつもりだったにちがいないわ」

フレッドは皮膚《ひふ》に電気が走るように感じた。「まだあるんだ。見てよ」

「地図？」ライラは、幅《はば》のある平らな石の上で紙を広げた。「この×は何？」

「見えなかったわ」とコン。「遠すぎて」

「宝物《たからもの》とか？」とライラ。「それとも秘密《ひみつ》の部族？」

「たいほう！」とマックス。

「おだまり！」とコン。

「あるいは、自分でもそれが何か知らなくて、ただ、これから行く予定の場所だっただけとか」とフレッド。「なんなのかを知ってたかどうかは――」

マックスが、小さな手でフレッドの口を押《お》さえた。「おなかすいた！　ハチミツ、たべるんでしょ？」

ハチミツは、みんなに薬のような効《き》き目《め》をもたらした。ライラは前より背筋《せすじ》をのばしてすわり、コンのほおには赤みがもどった。ハチミツの味は、ただもう驚《おどろ》きだった。あまくて、土くさくて、野性味《やせいみ》たっぷり。フレッドは、ジャングル中をとんぼ返りしてまわりたい気分になった。それは、だれもが半時は地図のことを忘《わす》れてしまうほど、豊《ゆた》かで深い味わいだった。

コン

翌日《よくじつ》は水曜日だった。学校の水曜日は、二時限《じげん》続きの地理からはじまる。いちばん楽しみなのは、年寄《としよ》りのマーティン先生の生物学だ。この先生ときたら、思いがけない時におならしたっけ。

今週の水曜日、フレッドは熱帯雨林の嵐《あらし》に目覚めた。かくれがの屋根から雨水がもれ、耳の中にしたたりおちた。

ライラとコンはもう起きていて、頭をくっつけるようにして、一心に地図をながめていた。マックスは雨水のたまった中で、前髪《まえがみ》と眉毛《まゆげ》に泥《どろ》をつけたまま寝息《ねいき》をたてている。バカの毛はびしょぬれで、体にぺたりとくっついて骨格《こっかく》があらわになっている。ナマケモノにしては、ひどく凶暴《きょうぼう》に見える。

郵便はがき

おそれいりますが、
切手をおはりください。

1	8	0	-	0	0	1	1

東京都武蔵野市八幡町 4-16-7

ゴブリン書房 行

ご住所 〒

お名前（フリガナ）

性別

男 ・ 女

年齢

歳

ゴブリン書房ホームページ http://www.goblin-shobo.co.jp/

※お送りいただいた個人情報は、小社資料以外の目的で使用することはありません。

ゴブリン書房の愛読者カード

この本の書名

この本のご意見・ご感想をお聞かせください。

※頂戴したご意見・ご感想を、匿名にてご紹介させていただく場合があります。ご承知おきください。

この本を何でお知りになりましたか。

1. 書店　2. 図書館　3. 人に聞いて（友人・親・その他）

4. 新聞・雑誌広告（紙誌名　　　　　　　　）

5. 書評・紹介記事（紙誌名　　　　　　　　）

6. その他（　　　　　　　　）

この本を購入した書店名

お好きな作家・作品をお聞かせください。

●ご協力ありがとうございました。小社特製しおりをお送りします。

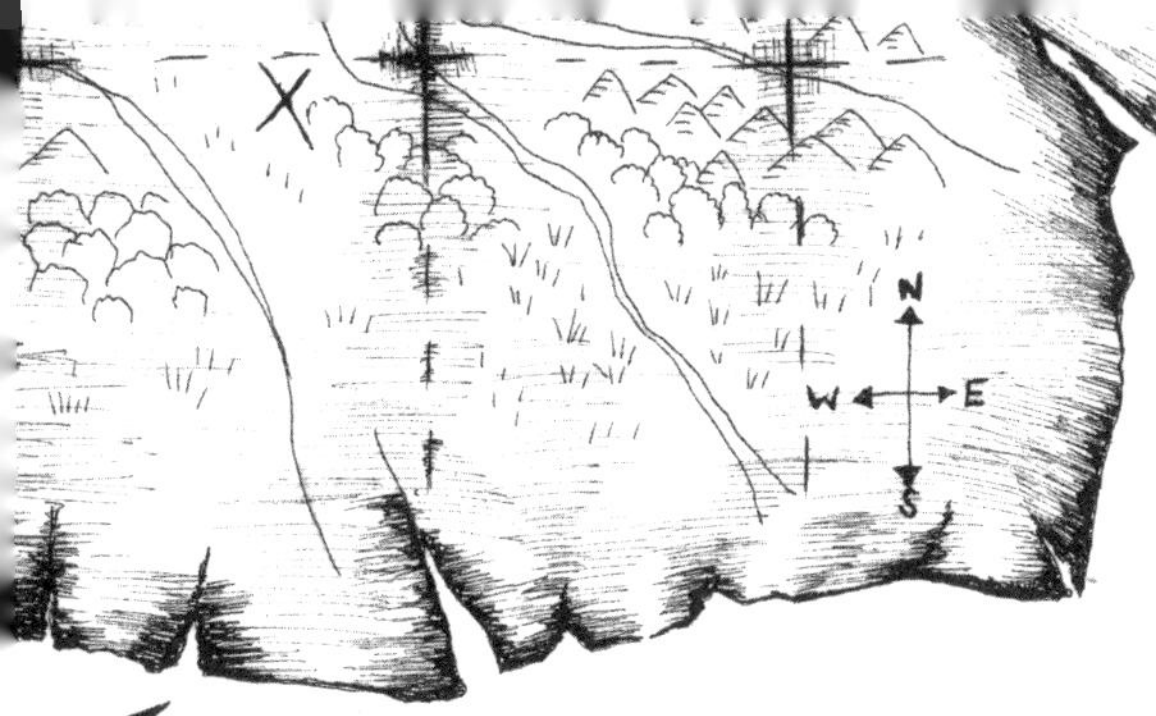

ライラが地図の上の×に親指をおいた。「マナウスよりずっと近いわ」そう言って、ふりむくと、フレッドが起きているのに気づいた。「フレッド！　いかだでそこまで行けると思う？」

フレッドは地図を見ようとして、皮膚《ひふ》の下で筋肉《きんにく》がきしむのを感じた。女の子たちは二人ともふるえている。寒くはない。だが、こんな日は、湿気《しっけ》が体に入りこむのだ。

「この茂《しげ》みを通りぬけないといけないな」とフレッド。「それから、その印も」

「この、ヘビみたいな印？」

「うん」フレッドは川のほうに顔を向け、事務机《じむづくえ》みたいな灰色《はいいろ》をした空を見やった。「でも、まあ――行けるんじゃないかな」

「でも、そうすべきとは思ってないわよね？」とコン。ちがうと答えてほしがっているのが、見え見えだ。「わたしたち、木の上から見たわよね！　何キロも先なのよ！」

「永遠《えいえん》にここにいるわけにはいかないよ」とフレッド。いかだを川《かわ》面《も》に浮《う》かべ、×を見つけに川を下りたい。今までこれほど切実に何かを望んだことはなかった。探検家《たんけんか》になりたいなら、×が何かを見つけなくては。フレッドの内には、食べものとは関係のない飢餓感《きがかん》があった。それは希望とないまぜになった、恐怖《きょうふ》と可能性《かのうせい》だった。

「冗談《じょうだん》よね？」コンは、ライラからフレッドへと目をうつした。

「でも、わたしたちには地図があるわ」ライラが静かに言った。「こんどは、どこに向かっているかがわかるのよ」

「でも、その先に何があるかはわからないでしょ！」コンの青白い顔が、まだらに赤くなった。

「でも、何かがある。でなきゃ、地図があるわけないよ」とフレッド。

「でもその×が、けっして近づくな、暗闇《くらやみ》でおそわれるぞっていう意味だったら、どうするのよ！」

「でも、そこに行くか、ここにとどまるか、どっちかしかないなら、きみだって出ていきたいだろう？」とフレッド。

「そりゃ、出ていきたいわよ！　こんなとこ、まっぴら！」コンは吐《は》きすてるように言った。

「何もかも、大きらい——蚊《か》も、アリも、ほかのかむ虫も！　いつまで続くかわからない飢《う》えに苦しむのも！　でも、地図をたどっていって、結局どこにも行きつかなかったら？　わたしはただ、家に帰りたいの」

マックスがびくっとして目を覚まし、ライラのそでを引っぱって、ぐずりはじめた。ライラはそれをはらいのけた。

「わたしだって家に帰りたいわ！」憤慨《ふんがい》して、ライラの眉《まゆ》が額《ひたい》に真一文字を描《えが》いた。「つらい思いをしているのは、みんな同じよ」

「いいえ、ちがう」コンはかすかに顔をゆがめた。「あなたにはわからない。あなたは、慣《な》れてるんだもの、ましよ！　ここで生まれたんだから！」

ライラは目を大きく開いた。「わたしは都会で暮《く》らしているのよ」ショックで、声がか細《ぼそ》くなった。「うちにはダイニングルームがあるわ！　銀製《ぎんせい》のろうそく立てだって！　わたしはジャングルに住んでるんじゃないわ！」

「でも、うんざりしてばかりじゃないでしょ」コンはくっと口を引きむすんだ。「わたしは毎朝、吐《は》き気《け》で目が覚めるのよ！」コンはずぶぬれの大地をふみつけた。泥《どろ》が跳《は》ね、コンのこぶしに点々《てんてん》としみがつく。

「わたしだってよ！　わたしが望むのは――」

「ここの何もかも、だいっきらい。息がつまりそう」

「この状態《じょうたい》がうれしい人がいるとでも？」

「でも、あなたは一人じゃないわ！」コンは爆発《ばくはつ》した。「あなたにはマックスがいる！」

「そう！　そのとおりよ、いつも泣いてばかりで、もし死にでもしたら、わたしのせいになるのよ！」

それを聞くなり、マックスは、うわあ、とわめいた。全身をふるわせて泣きじゃくる。フレッドはマックスの手首をぱっとつかむと、どこかに走っていってしまわないようににぎっていた。

「少なくとも、あなたが死んだら、気にかけてくれる人がいるって、知ってるでしょ！」コンは泣き声をかきけすほどの大声で言った。

「あなたを気にかける人がいなくても、それはわたしのせいじゃないわ」ライラが言いはなつ。

「あなた、わかってないのよ――」

「やめろ！」マックスが叫《さけ》んだ。マックスは二人をめがけて走っていくと、両方に足をふりあげた。靴《くつ》から飛びちった泥《どろ》が、二人の肌《はだ》に点々《てんてん》とつく。「いますぐ、やめろ！」

ライラはぱっと口をつぐんだ。弟に向きなおり、抱《だ》っこされようとよじのぼってくるにまかせた。ライラは疲《つか》れきった目をして、マックスの背中《せなか》をさすった。「泣かないで。泣いたらよけい悪くなるだけ」

涙《なみだ》がひと粒《つぶ》、コンのほおを流れおちた。フレッドはかくれがの壁《かべ》から葉っぱを一枚《まい》引きぬき、手わたした。コンはそれで顔をぬぐったが、たいして役には立たなかった。「ただ、疲《つか》れただけ」とコン。「それにひどく空腹《くうふく》だし。体も痛《いた》い」

ライラは自分の手を見おろした。「本気じゃなかったの、わたしの言ったこと」

沈黙《ちんもく》があった。天井《てんじょう》の葉の上で、雨が音をたてている。

「悪夢《あくむ》を見るわ、ママの」とライラ。「ママがわたしを捜《さが》している。わたしは木にからまって、叫《さけ》ぶことができないの。ママに、上を向いてわたしを見つけてもらうことができないの」ライラは、ためらいがちに聞いた。「あなたたちも、お父さんやお母さんの夢《ゆめ》を見る?」

フレッドの夢《ゆめ》は、それ以外になかった。父親が、声も手もとどかないところにいる。暗闇《くらやみ》の中で、なんとか指先で父親にふれようともがく。フレッドは、あいまいにうなずいた。

コンの口が何か言いかけて、止まった。しばらくして、ようやく「わたしの場合は、ちょっとちがうわ」と言った。「わたし、大おばと暮《く》らしてるの」

「ご両親はどうしたの?」とライラ。

「死んだわ」コンはまた口をつぐみ、歯をくいしばった。まるで、同情《どうじょう》しようっていうならしてみなさいよ、と言わんばかりに。「母はわたしが三歳《さい》の時に死んで、父は戦死したの。で、ある家族がわたしを養女にした」

「でも、あなた、今――」

「その家に自分たちの子どもが生まれて、追いだされたの。それで、大おばのところに送られたわけ」コンはたいしたことないと言いたげに、肩《かた》をすくめてみせた。「大おばはわたしを引きとりたかったわけじゃないんだけど、ほかにどうしようもなかったから」

「養父母があなたをほうりだしたってこと？」

「わたしが赤ちゃんをいじめたって言ったわ。そんなこと、しなかった。でも一度だけ……赤ちゃんが泣きやまなくて、ごく軽くピシャッとたたいたわ」

「まあ」とライラ。唖然《あぜん》とした顔だ。

「それから――わからない」コンは言いよどんだ。つばを飲みこみ、親指の爪《つめ》から甘皮《あまかわ》をかみきって、話しだした。「彼《かれ》らはわたしが赤ちゃんに何か叫《さけ》んだと言ったわ。それって一回きりよ、本当に。それに、赤ちゃんにはわからないのよ、何がまずいっていうの？」

フレッドはうなずいた。

「大おばは――夏になると、わたしを尼《あま》さんたちのところに行かせるの」

「尼《あま》さん？」

「修道院《しゅうどう》の付属《ふぞく》学校に送りこむのよ。わたしがブラジルにいたのはそのためよ。去年はインドだった。大おばに言わせると、旅行がわたしの性格《せいかく》を直してくれるんですって。うんざりだったわ」

「あなた、性格《せいかく》を直してもらいたいの？」ライラは、本気でたずねているわけじゃないとわかるように、聞いた。

コンはほほ笑《え》もうとした。「べつに。でも大おばは、女の子はおとなしくて礼儀《れいぎ》正しくあるべきだと思ってる。わたしは無礼者だそうよ。そんなつもりはなかったんだけど。それに、わたしがいい子でいようと努力しても――わたしが思う〝いい子〟だけど――大おばは気づかなかった。それとも、どっちでもよかったのかしら。だからいつもわたしは……わからない。もう、いいわ」

コンは人さし指と親指で鼻をぬぐった。「だからきっと……きっと大おばは、人を送りこんでわたしを捜《さが》してもらおうなんて、考えないわ。お金もないし。ここに来るための船賃《ふなちん》だって、修《しゅう》道院《どう》の付属《ふぞく》学校が出してくれたわ。『戦争孤児基金《せんそうこじききん》』だそうよ」コンは自分の話に心底うんざりしていると言わんばかりに、しかめっ面《つら》をした。「施《ほどこ》しってわけ」

「じゃあ、あなたが前に――」

「嘘《うそ》ついたの」

「あなたの大おばさん、ものすごくやなやつに思えるわ」とライラ。

「やなやつだよ、本当に」とフレッド。ここでコンの腕《うで》をこぶしで小突《こづ》くべきかな、学校で男の子同士《どうし》がやるみたいに、とフレッドは考えたが、すぐに、今はそんな場合じゃないと考えなおした。

「ただ年寄《としよ》りなだけよ」コンはふるえつつ、深く息を吸《す》った。まるで重荷をおろしきったというように。髪《かみ》をひとつかみして、目をこする。「だれにも話したことなかった。里親一家のこと。お願い、だれにも言わないでね」

「だれに言うのさ？」とフレッドは、緑一面のジャングルを見まわした。

ライラはバカの鉤爪《かぎづめ》を首からはずすと、コンの肩《かた》に乗せた。「ほら。この子、あなたの耳を食べようとするかもしれないけど、それって愛情表現《あいじょうひょうげん》よ」

コンのほおを、ひと粒《つぶ》の涙《なみだ》が転がりおちた。それをバカがなめた。

フレッドはコンに目をやった。フレッドはこれまで、だれかをハグしたことがない。父親はハグを信じていなかった。ぶしつけで、非衛生的《ひえいせいてき》だというのだ。でも、急にコンが、あまりにもやせて、打ちひしがれて見えた。フレッドはこぶしをにぎると、コンの肩《かた》にやさしく押《お》しあて、コンをそっと揺《ゆ》さぶった。

コンは、思ったよりも長くそのままでいた。それから背筋《せすじ》をのばすと、ちょっと笑って、フレッドの手をどけた。

「オーケー」コンがふるえる声で言う。「わかった。あなたたちの勝ちよ。地図のとおりに行きましょう」

フレッドは何か激《はげ》しく熱いものが、体の奥《おく》で燃《も》えだすのを感じた。「今日、芋虫《いもむし》と木の実を集めれば」とフレッド。「明日には出発できる」

ライラはコンの緊張《きんちょう》した顔を見た。「明日」とライラが言う。

コンは肩《かた》をすくめると、頭をちょっと下げた。うなずいたように見えた。

煙《けむり》

翌日《よくじつ》、夜が明けるころにはすでにうだるような暑さだった。四人とも汗《あせ》びっしょりで目覚めた。トンボがみんなの肌《はだ》から汗《あせ》を吸《す》おうと飛びまわっている。

朝食には、コンがバナナの木を見つけ、みんなでマックスの上着を袋《ふくろ》がわりにして、襟元《えりもと》からバナナが突《つ》きだすまでつめこんだ。四人は熟《じゅく》していないバナナをがつがつ食べて、しまいにはマックスが靴《くつ》の上に吐《は》いてしまった。

朝食後、風が出はじめた。フレッドがいかだの準備《じゅんび》で、すべての結び目を二度ずつ確認《かくにん》していると、顔に心地いい風が吹《ふ》いてきた。

ほかでもない、その風のせいで、みんなは死ぬ思いをしたのだった。

フレッドとライラは川に浮《う》かべたいかだに乗りこんで、自分たちの重みがあってもいかだがちゃんと動くかをためし、つるを結びなおしていた。コンとマックスは食料のたくわえをふやそうと、木の実を探《さが》しにいった。バカはライラのポケットに半分もぐり、半身を乗りだして風のにおいをかいでいる。ジャングルから一陣《いちじん》の風が吹《ふ》くと、バカがミューと鳴いた。フレッドの背骨《せぼね》にふるえが走った。

「何か変なにおいでもするのかい?」

バカは神経質《しんけいしつ》になっているようだった。ライラの服の裾《すそ》を細長くかみちぎろうとしている。

ライラはふりかえって、空き地に続く道をじっと見た。緑の木漏《こも》れ日《び》がちらちら落ちているはずのところに、灰色《はいいろ》の渦《うず》が見える。

「あれって……土ぼこり？」

「煙《けむり》だ」とフレッド。もう一度、においをかぐ。「火事だ！」

一瞬《いっしゅん》、二人とも麻痺《まひ》したように、逆巻《さかま》く灰色《はいいろ》を見つめた。そして、ライラがいかだをふるわすほどの悲鳴をあげた。「マックス！　マックスはどこ？」

「すぐ近くにいたよ。川岸に、コンといっしょだ！」煙《けむり》が水のように流れだす。木々《きぎ》のあいだをぬって押《お》しよせてくる。フレッドの目がちくちくした。

足音がして、コンが茂《しげ》みから飛びだしてきた。髪《かみ》が後ろになびき、木の枝《えだ》にからむ。コンは川に半ば飛びこみ半ば落っこちると、くるったように水しぶきをあげながら、いかだに向かって泳いできた。

「わたし、見たの！」コンはいかだのへりによじのぼると、叫《さけ》んだ。「空き地が火事よ！　おそろしい！」両目が充血《じゅうけつ》し、平静を失っている。コンがあたりを見まわした。「マックスはどこ？」

「あなたといっしょだと思ってた！」ライラは血相をかえた。

「なんですって？　いいえ！　あなたを探《さが》しにいくって言ったのよ――バカと遊ぶんだって」

「いや！　そんなの、だめ！」ライラはいかだの上に立ちあがった。「マックス！」

「マックス！」フレッドが叫《さけ》ぶ。「マックス！」

「ここだよ！」か細い声がした。ひどく不安げな声だ。

マックスは木の上にいた。川の上に張《は》りだした枝《えだ》の上にすわり、叫《さけ》ぶこともできずに、めそめそと泣いている。マックスを見あげ、フレッドは、ショックと恐怖《きょうふ》に引きさかれそうだった。

「どうやってあそこまでのぼったの？」とコン。「あんな高くまで！」

「飛びこんで、マックス！　水に飛びこむのよ！」ライラが叫《さけ》ぶ。

「むり！」

「マックス！　命令よ！」ライラが鋭《するど》く叫《さけ》んだ。「おねえちゃんの言うことをききなさい！」

「できない！」マックスは金切り声で叫《さけ》ぶと、長く悲しげな声で泣きはじめた。川のはるか上で落ちまいとしている。

フレッドが靴《くつ》をぬごうとした時にはもう、ライラがバカをコンに押《お》しやって、水に飛びこんでいた。これほど速く泳ぐ人を、フレッドは見たことがなかった。ライラは泥《どろ》に爪《つめ》を立てて川岸をよじのぼると、木に向かってダッシュした。

ライラが木をのぼりはじめる。足がかりがないところでは、両腕《りょううで》だけで体を引っぱりあげる。

「マックス！」ライラが叫《さけ》ぶ。「そこにいなさい！」

フレッドとコンはいかだにすわり、コンは両手でバカを抱《だ》いたまま、二人ともどんどん濃《こ》くなる煙《けむり》にむせながら目をこらした。

マックスは、ナマケモノみたいに両腕《りょううで》と両足を枝《えだ》に巻《ま》きつけて、縮《ちぢ》こまっている。フレッドは目を細めて、ライラを見あげた。ライラはマックスのいる枝《えだ》をふるえながらはっていって、マックスに話しかけ、なだめ、枝《えだ》から手足をほどかせようとしている。マックスは泣きやんで、顔を引きつらせたまま黙《だま》りこくっている。泣きさけんでくれたほうが、まだましかもしれなかった。

炎《ほのお》が見えはじめた。空き地に続く道を、ヘビのように身をくねらせながらせまってくる。熱風が火花をふきあげ、ライラの肌《はだ》とマックスの足におそいかかる。二人の下のほうで豆のさやが熱ではじけ、空《から》っぽの紙袋《かみぶくろ》を勢《いきお》いよく破裂《はれつ》させたような音をたてた。

「飛びこめ！」フレッドがどなった。「とにかく飛びこめ、ぼくたちが引きあげに行く！」

今は煙《けむり》しか見えない。煙《けむり》と、ライラがマックスによびかける声。ライラが歌をきかせ、必死になだめようとする。

「飛んで！」コンが金切り声をあげた。「お願い、今よ！」

その時、二つの体が真《ま》っ逆《さか》さまに落下した。川が二人をのみこむ。

二人は水の渦《うず》の中に落ち、川の中ほどへと、ぐんぐん押《お》しながされていく。

フレッドは煙《けむり》の向こうに目をこらした。二人の頭が水面にあらわれない。「棹《さお》を持ってて」とコンに言う。深呼吸《しんこきゅう》した。「もしぼくらが死んだら、父さんに言ってほしい……ごめんって」フレッドは頭から茶色い水に飛びこむと、急流に向かって水をかいた。

目をあけたが、渦巻《うずま》く泡《あわ》しか見えない。だれかの体がぶつかってきた。引っつかむ。マックスだ。フレッドはパニックになりながらも、おぼれている人の救助《きゅうじょ》について読んだことを思いだそうとした。相手のあごに、手のひらをまるくして、そっとあてがう——確《たし》かにそう書いてあった。でも、どうやって？　流れが速すぎて、何かをあてがうなんて、できそうにない。

フレッドはくるりと仰向《あおむ》けになると、自分のお腹《なか》にマックスを引っぱりあげた。マックスの頭が水から上に出ているようにしつづける。マックスが息をしているかどうかはわからない。片《かた》方《ほう》の腕《うで》で、岸に向かって後ろ向きに泳ぎはじめた。水は二人を川底に引っぱりこもうとする。フレッドに見えるのは煙《けむり》と、しぶきと、ひとかきするたびに顔面にかぶる川の水だけだ。

「おちつけ」自分にささやく。今はパニックになるわけにはいかない。

二人からほんの数センチの水面に、炎《ほのお》につつまれた枝《えだ》が落下した。マックスがごほっと虫を吐《は》きだす。ふたたび水をかぶり、弱々《よわよわ》しく咳《せき》こんだ。

もうパニックになるしかないと感じはじめた時、煙《けむり》の中に何かが見えた。火の燃《も》えさかる音の向こうから、耳に入った水をもこえて、よび声が聞こえた。「フレッド！　マックス！」

コンだった。

「ここだ！」とフレッド。

「こっちに泳いできて！」コンが叫《さけ》ぶ。

「無理だ！　流れが！」流されずにその場にとどまることすら、ひどくむずかしい。一方の足がつりはじめた。マックスの頭が水につかってしまうのではないか、と恐怖《きょうふ》にかられる。

煙《けむり》の中に形が見えた。いかだだ。コンは灰色《はいいろ》のすすまみれだった。両手で必死にこいで、二人の名を大声でよびながら近づいてくる。

フレッドが流れの渦《うず》に巻《ま》きこまれかけた、まさにその時、いかだが到着《とうちゃく》した。フレッドの耳にいかだの丸太が当たり、ガツンという音とともに痛《いた》みが走った。コンの悲鳴。必死にはいあがる。筋肉《きんにく》が焼けるように痛《いた》む。フレッドはいかだにひざをつき、ごほごほと水を吐《は》いた。マックスもいかだの上でつばを吐《は》き、水と葉っぱとバナナをもどした。

「ライラはどこ？」とコン。せっぱつまった、大声で聞く。「ライラはどこ？」

「見つけられなかった！」

フレッドはむせながら口いっぱいの水を吐《は》くと、いかだのへりまではっていった。もう一度飛びこむために深く息を吸《す》いこもうとするのだが、そのたびにのどがつまる。

いかだが、がくんと大きく揺《ゆ》れ、斜《なな》めに傾《かし》いだ。二つの手があらわれ、ついでライラの顔が見えた。あごをいかだのへりに乗せた。

「ライラ！」フレッドののどから、自分のものとは思えない、うなり声とも叫《さけ》び声《ごえ》ともつかない音が出た。ライラの手首をつかむ。つぎに肩《かた》をつかみ、いかだの中央に引っぱりあげる。ライラは横たわったまま、荒《あら》い息をした。鼻のつけ根に切《き》り傷《きず》があり、血が口とあごまで流れている。でも、生きている。

「マ、マックス」ライラがあえぎつつ、よぶ。

「ここにいる、無事よ！」コンが、ライラの鼻先に顔を寄《よ》せているのに、叫《さけ》んだ。「息をして！マックスは無事。誓《ちか》うわ」

コンがいかだを、流れの安定している川の反対側に棹《さお》で押《お》しやって、炎《ほのお》から離《はな》れた。ようやく大気が澄《す》み、炎《ほのお》の燃《も》えさかる音が遠ざかると、コンはいかだを浅瀬《あさせ》に寄《よ》せた。いかだは停止《ていし》したまま、水に揺《ゆ》れた。

かたわらの岸に、青いチョウの群れがとまっている。マックスの頭には、水草が王冠《おうかん》のように乗っている。ライラがマックスを抱《だ》いて、やさしく揺《ゆ》する。マックスはバカを揺《ゆ》すり、バカはマックスの親指を揺《ゆ》すっている。

長いあいだ、だれも口をきかなかった。

「で、これから、どうする？」とライラ。「もどる？」

「わからない。何もかも燃《も》えてしまったわ」とコン。今もショックでふるえている。日ざしは暖《あたた》かいのに、腕《うで》の毛《け》が逆立《さかだ》ったままだ。「わたし、見たの」

「かくれが？　ハチ？」

「何もかも。空き地のすべて」コンは顔から灰《はい》を、ぐいとぬぐった。パンダみたいだ。「わたしたちのたき火のせいよ。だれかが見張《みは》りに残るべきだったわ。おき火が熱すぎたの」

フレッドは静かに言った。「それじゃ、地図のとおりに行こう」

「待って――地図って、あなたのポケットの中だったんじゃない？」とライラ。

フレッドのみぞおちがひやりとした。「ああ」と声がもれた。「ああ、まずい」フレッドはポケットに手を入れて、赤い革袋《かわぶくろ》を引っぱりだした。

地図のインクがひどくにじんで、黒いしみにしか見えない。紙そのものがふやけて、ライラに手わたそうとして、ふたつに裂《さ》けた。

フレッドは、ごくりとつばを飲みこんだ。「ごめん」

ライラは泣きそうだった。「ううん」

二人の背後《はいご》で、じれったいと言わんばかりの、ちっというような舌打《したう》ちと、何かをこそげるような音がした。「あなたたちって、すぐにあきらめるのね」とコン。コンはポケットから引っぱりだした石器を使い、二人の見ている前でいかだから樹皮《じゅひ》を一枚《まい》、細長くはぎとった。それに何かを刻《きざ》みだす。

「ここが——くねくねしてて——ここで、川が曲がってて」とコン。

「コンのいいぞーきよくのーりょくだ！」とマックス。

「映像記憶能力《えいぞうきおくのうりょく》」とコンが言いなおし、刻《きざ》みつづける。「ほら」とコン。「どう思う？　あってそう？」

フレッドはコンの地図をよくよく見た。「ほとんど正確《せいかく》に——」

「ほとんど正確《せいかく》なんかじゃない、正確《せいかく》よ」コンがぴしっと言う。「謙遜《けんそん》してみただけよ。これが正しいことはわかってる」

フレッドは樹皮《じゅひ》から目をあげ、ライラを、ついでマックスを、そしてコンを見た。「地図の印がなんにせよ、今では、あの空き地よりましなはずだよ。どう思う？」

フレッドの内部で、またあの感覚——恐《おそ》れと、希望と、父さんが〝蛮勇《ばんゆう》そのもの〟とよぶのはこれだろうなと思える何か——が渦巻《うずま》きだしていた。

コンは唇《くちびる》をかんだ。それから、何も言わずに棹《さお》を取りあげると、いかだを岸から遠ざけて、川に押《お》しもどし、緑の木漏《こも》れ日《び》がまだらに落ちる回廊《かいろう》のような水路を進んだ。「次の分岐点《ぶんきてん》を左？」とコン。

「次の分岐点《ぶんきてん》を左」とライラが応《おう》じた。

四人はまる一日、岸に沿《そ》って進んだ。支流《しりゅう》のいくつかは川幅《かわはば》が2、3メートルしかなく、頭上には大聖堂《だいせいどう》の屋根を思わせる枝々《えだえだ》がおおいかぶさって、真夜中のように暗かった。そうかと思うと、川幅《かわはば》が広く、まぶしくて対岸がよく見えないような支流《しりゅう》もあった。

空がピンクに染《そ》まりだした時、フレッドは遠くの岸に、グレート・デーンのように巨大《きょだい》なカイマンがいるのを見つけた。泥《どろ》の中に寝《ね》そべり、半開きの目でまっすぐ前方を見ている。フレッドの心臓《しんぞう》がすくみあがった。

「どうする？」コンが歯のすき間《ま》から息をもらし、顔の筋肉《きんにく》をぴくりとも動かさずに聞いた。

「何もしない」とライラ。フレッドは両手で棹《さお》を、銛《もり》のようにかまえた。けれどもカイマンは、みんなが川を通りすぎるあいだ、じっとしたままだった。

太陽が川の前方に沈《しず》んでいく。陽光は紫《むらさき》がかって弱まっていく。もう、水面の下は何も見えなかった。

「わたしたち、安全じゃないわよね？」とコン。

「うん」とフレッド。「でも、安全なんだってふりはできる」

ライラはバカの足先をぎゅっとにぎった。「川は味方だっていうつもりでいきましょうよ。ジャングルはわたしたちに勝利をおさめてほしがっている、そのつもりでいきましょう」

星が出はじめ、銀色の点がちりばめられた空の下、水は黒々《くろぐろ》と見えた。

「たとえ、川が味方でなくても？」

「たとえ、そうでも」

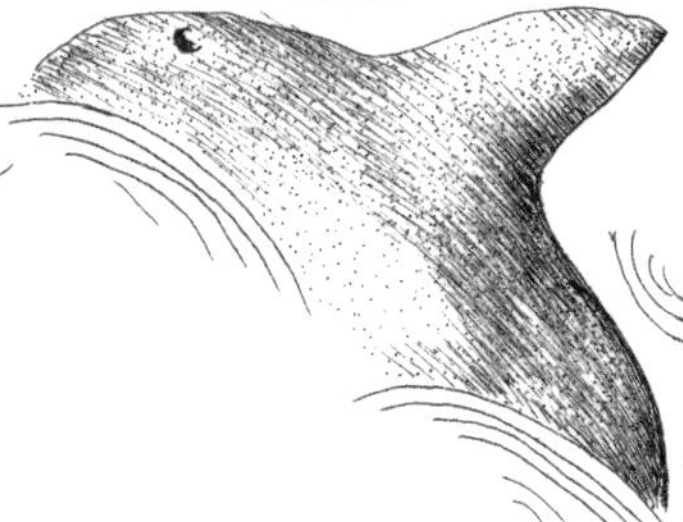

川の上で

いかだをつなぐ場所を見つけたのは、あたりが真っ暗になるころだった。ここなら川岸の傾斜《けいしゃ》がゆるやかで、木々《きぎ》も軍隊が整列するみたいに密生《みっせい》していない。

ライラが舵《かじ》をとっていかだを陸地に近づけ、フレッドが岸に飛びおりた。

「カイマンのいた跡《あと》がないか、見てくる」とフレッド。

「わたしも行く」とコン。

「だめ」とマックス。コンの足首をにぎって言った。「ぼくといて」

コンは真っ赤になって、浮《う》かびかけた笑《え》みをのみこむと、その場にとどまった。

フレッドは木立の中を歩きまわった。鼓動《こどう》が耳まで響《ひび》く。棒《ぼう》で前方のシダをかきわけつつ、最近何かが殺《ころ》されたりしていないか、あたりのにおいをかいだ。成長

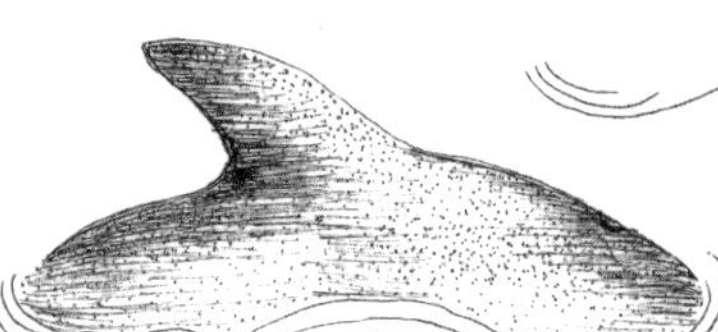

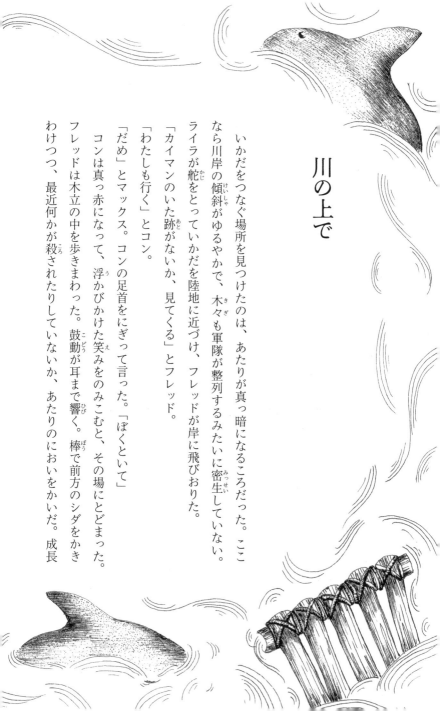

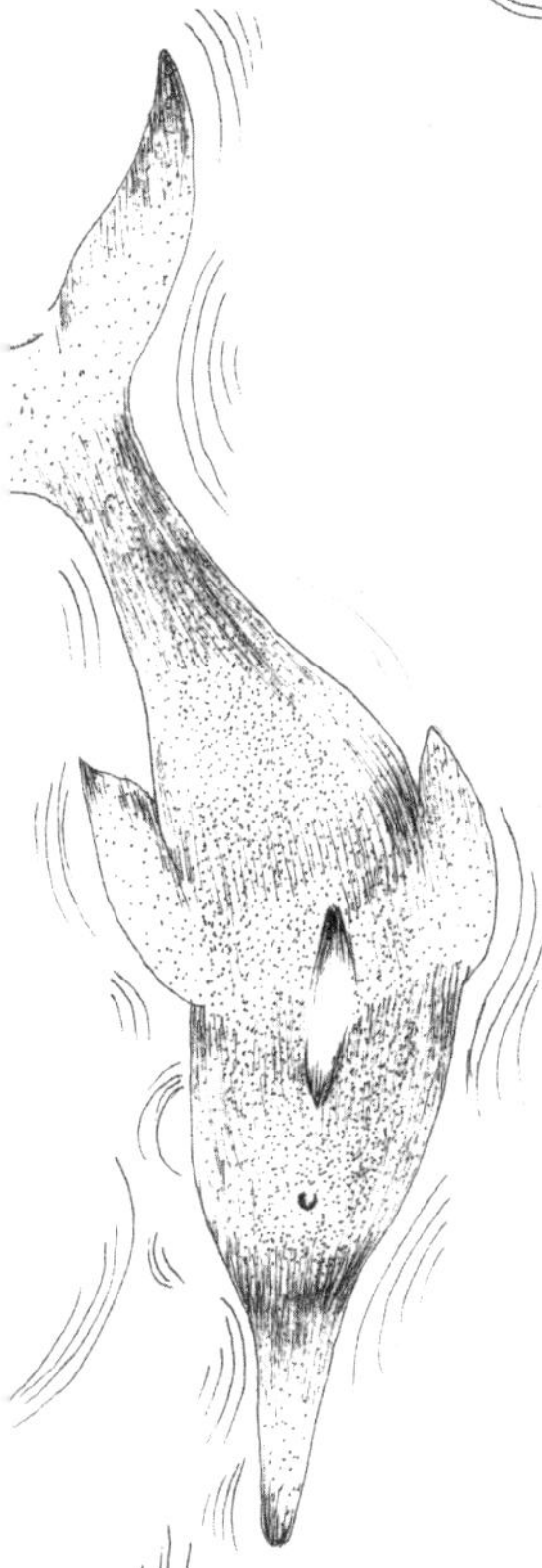

するもののにおいしかしない。それと、松ヤニと鳥のにおい。
「だいじょうぶだよ！」フレッドが叫《さけ》んだ。「安全だ！」フレッドの声はらせんを描《えが》いて木々《きぎ》のあいだにこだましつつ、ほかのみんなのもとにとどいた。四人は大声で指示《しじ》しあいながら、いかだを岸に押《お》しあげた。

今やみんなは、おたがいに不信感を抱《いだ》いたりなんかしない、とフレッドは思った。ぼくらはひとまとまりの集団《しゅうだん》になったんだ。いや、ちがう、探検隊《たんけんたい》だ。そう、これこそ、探検家《たんけんか》の集まりだ。

その晩《ばん》は木立のあいだで、背中《せなか》をくっつけあって眠《ねむ》った。日中は日ざしがきびしかったのに、夜は雲がなく、冷えこんだ。

フレッドはまるくなり、曲げたひざにシャツの裾《すそ》をかぶせて眠《ねむ》った。夜中に寝返《ねがえ》りをうって鼻先にマックスの足を感じると、今では安心感を覚えることに気がついた。悪夢《あくむ》を見た時、ほかの人の寝息《ねいき》が聞こえるのは救《すく》いだった。

翌日《よくじつ》は、昼も夜も前進した。川は川のペースで、その銀色の背《せ》に四人を乗せて運んでいく。だれもあまりしゃべらない。両岸を見つめ、待ちかまえ、警戒《けいかい》し、緊張《きんちょう》していた。

三日目の朝、いかだのもやい綱《づな》をほどいていると、雨が降《ふ》りだした。マックスはすわったまま、川面《かわも》でしぶきがあがるのをながめていた。と、悲鳴をあげた。

「サメ！　ライラ！　サメだ！」

「どこ？」ライラがマックスの手首をつかむ。「わたしにつかまって」とライラ。「動いちゃだめ」

フレッドがあたりを見まわす。そこにあるのは、ただ水面の広がりと、糸のように降《ふ》る雨ばかりだ。

「アマゾンにサメはいないよ、マックス」とフレッド。「心配しなくていい」そう言いおえるより前に、フレッドはマックスの見たものを目撃《もくげき》した。背《せ》びれが、水面からせりあがってくる。

コンが悲鳴をあげた。ライラは声にならない声をあげた。フレッドは凍《こお》りついて、歯を食いしばったまま言った。「マックス、いかだのへりから離《はな》れるんだ」

ひれがもぐって見えなくなった。すると、ピンクがかった灰色《はいいろ》の体が弓なりに、水の外に飛びだした。雨をはじき、稲妻色《いなずまいろ》した太陽に向かって弧《こ》を描《えが》く。

「イルカ！」とライラが顔をくしゃくしゃにほころばせて言う。

フレッドは思わず目をこすり、見なおした。ありえない。イルカがピンクだなんて。

ピンク色の曲線がもうひとつあらわれた。弓なりの背中《せなか》が半分だけ水上に見えている。もう一頭いる。頭の穴《あな》からプシューッと水をひと吹《ふ》きした。こちらに近づいてくる。

「もぐってみようか？」とフレッド。「いっしょに泳がせてくれるかな？」

「だめよ」とコン。「ピラニアがいるかもしれない！」

イルカの群れがいかだを遠巻《とおま》きにした。五頭、いや六頭かも、とフレッドは思った。一頭が、全身を水上におどりあがらせた。ほんの1、2メートル先だった。

マックスが手をたたき、奇声《きせい》をあげた。「しーっ！」とライラ。「静かにしてなきゃ、マックス。わたしたちを信用していいか、様子を見てるんだから」

まさしく、イルカたちはそうしているように見えた。近づいたかと思うと倍も離《はな》れ、また近づくさまには、何か考え深げなものがあった。ふいに、なんの前ぶれもなく、群れは向きを変えて、離《はな》れていった。雨がさらに強まった。

フレッドは胸《むね》がしめつけられた。彼《かれ》らが行ってしまうのをただ見ているのは耐《た》えられない。靴《くつ》をぬいで立ちあがると、川に飛びこみ、遠ざかるイルカたちのほうへとけんめいに水をけった。

フレッドが近づくと、四頭のイルカは速度を上げ、水中深くもぐっていった。ふと一頭が向きを変えた。フレッドはその場で立ち泳ぎしながら、片手《かたて》をのばした。

フレッドはできるかぎりじっとしていようとした。イルカがこちらに向かって上昇《じょうしょう》してくる。その姿《すがた》が水面下を近づいてくる。フレッドは思わず息をのみ、口に入った水を吐《は》きだした。ピンクがかった灰色《はいいろ》の体。背中《せなか》は深い傷《きず》だらけだ。突《つ》きでた口には、おそろしげな歯がならんでいるが、目はおだやかで、やさしげだ。

フレッドは息を整えようとした。これまでに見た何よりも驚嘆《きょうたん》すべき存在《そんざい》。傷《きず》だらけの川の神だ。フレッドはもう一度、手をのばした。

「やあ」とささやく。「ぼくはフレッド」

イルカがフレッドの手のひらに突《つ》きでた口をうずめた。そのざらついた肌《はだ》の感触《かんしょく》に息をのんだ。イルカはフレッドの手を口でぐっと押《お》してから、がっかりしたように息をもらし、水中に深くもぐっていった。

フレッドはてっきりそのまま遠ざかっていくものと思って、イルカの影《かげ》を見おくった。けれどもフレッドがいかだにもどろうとすると、目の前の水面からイルカが飛びだし、フレッドの頭上をみごとに飛びこえた。水しぶきがフレッドに降《ふ》りそそぐ。ふたたび水にもぐると、イルカは姿《すがた》を消した。

ほかのみんながいかだの上で叫《さけ》びながら、手招《てまね》きしている。フレッドを引っぱりあげようと、三人はいっせいにフレッドに手をのばした。

フレッドは言葉が出なかった。というより、しゃべりたくなかった。記憶《きおく》を鮮明《せんめい》なまま心に刻《きざ》みつけたかったのだ。この話をしたら、父さんはどんな顔をするだろう。フレッドの胸《むね》の内で、心臓《しんぞう》が歌い、リズムを刻《きざ》んでいた。けれどもあとの三人は、聞きたいこと、言いたいことであふれそうになっていた。

「あなたを信用したみたいね！」とコン。

「あるいは、餌《えさ》をくれると思ったのかも」とライラ。

「だれかが、あの缶詰《かんづめ》のイワシで餌《え》づけしていたのかもしれない」とフレッドは言った。

その日、フレッドの頭が空腹《くうふく》でくらくらしはじめたころ、ライラが岸辺にイチジクの木を見つけた。フレッドがよじのぼって木を揺《ゆ》すり、いかだの上に実を落とした。みんなはフレッドのクリケット・セーターのそでと襟首《えりくび》を結んで袋《ふくろ》にし、マックスが数をかぞえながら実を入れた。

「ひゃくじゅうにじゅう！」マックスが高らかに叫《さけ》ぶ。

その後ろで、ライラが「五十三」とぼそっと言った。

「学校では、イチジクが大きらいだった」とコン。「だれかがかんだ鼻水みたいな味と思ったの――でも、本当は、この世で最高のものだったのね」

マックスは袋《ふくろ》からイチジクをひとつかみ取りだすと、自分のポケットに押《お》しこんだ。「これはぼくの。わけっこは、やだからね」と、えらそうに言う。

ライラはイチジクをひとつ、バカに食べさせた。バカはがつがつと食べて――半時もすると、ライラのひざにたっぷりとうんちをした。

ライラは声をたてて笑い、いかだのへりに行ってスカートを洗《あら》った。「ナマケモノは週に一度しか排泄《はいせつ》しないの」とライラ。「だから、少なくともあと数日は出さないわ」

バカはげっそりとして、いつもより目が大きく見えた。「一度に体重の半分のうんちを出すのよ」とライラ。

「それって……たいへんそうね」とコン。

いかだの上はつねに川の水に洗《あら》いながされている。ライラはきれいになったスカートをかわかそうと、肩《かた》にかけた。まるで、水に浮《う》かんだかかしが川下りをしているようだ。フレッドの靴《くつ》とズボンはびしょぬれだが、シャツはからからにかわいたままだった。

今日の日ざしは、二日分を合わせたよりも強い。コンのほおとおでこは日焼けでピンク色になった。ライラはコンのために、水草と編《あ》んだ葉で冷湿布《れいしっぷ》をこしらえた。コンのおでこにあてると、眉毛《まゆげ》から下に緑色の水がしたたる。それでも、ほてりはわずかにおさまっただけだった。

その晩《ばん》、落ち葉のベッドに横たわっていると、バカがライラの首のにおいをかぎながら肩《かた》を乗りこえ、フレッドのふくらはぎによじのぼってきた。もともとナマケモノは夜行性《やこうせい》だが、バカはナマケモノにしては並《なみ》はずれて活動的なようだ。腕《うで》と足でフレッドのひざのあたりをしめつけると、シャツをかじりはじめた。

フレッドは、じっと足を動かさないように寝《ね》ころがったまま、星を見あげていた。星たちはらせんを描《えが》いて散らばり、疾走《しっそう》する動物の群れに見えたり、夜をまたいで身を寄《よ》せあって飛んでいく白いチョウの大群のように見えたりする。

ライラも見つめていた。「フレッド?」とささやく。「起きてるの?」

「うん」フレッドもささやき声で答えた。

「月がこんなに近いわ」ライラの声は眠《ねむ》たそうだ。「帽子《ぼうし》にしてかぶれそうね」

フレッドは暗がりで、黙《だま》ってうなずいた。

「あなたのところでは」ライラがささやく。「ちっちゃな四角い空しか見えないでしょ——高い建物や教会のとんがり屋根のあいだを、どんなに探《さが》しても」

「うん」とフレッド。「こんな空、見たことないよ」

ライラはさらに声をひそめた。「フレッド？　わたしたち、だいじょうぶかしら？」

フレッドは空を見あげたまま、言った。「わからない」

コンが身じろぎして、二人に向きなおった。「こわい？」コンもささやく。

「うん」とフレッド。これまで生きてきた中で、今ほどこわかったことはない。でも、みんな生きている。その思いを、フレッドはぐっと手でにぎりしめた。

「わたしもよ」とライラ。「マックスにはないしょにして」

「わたしも」コンはそうささやいてから、いまいましそうにため息をついた。「ばればれよね。わたしは、あなたたちみたいにかくしておけないもの」

みんなはおたがいの呼吸《こきゅう》が聞こえるくらい身を寄《よ》せあって横になっていた。「これが終わったら」とライラ。「わたしたちみんな、絶対《ぜったい》にどこかで会いましょうね」

「どこで？」とコン。

「ロンドンでいちばん有名なレストランって、どこ？」

「リッツホテルかな？」とフレッド。

「じゃ、そこで会いましょうよ」とライラ。「全種類のケーキをひとつずつ注文して食べるの。夢《ゆめ》のようでしょうね」

「それと、ホット・チョコレート」マックスがもごもごと言った。4分の3は眠《ねむ》ったまましゃべっている。

「マックス」ライラは身をよじってマックスの額《ひたい》に手をおいた。「眠《ねむ》って」

フレッドは三人をそっと見た。コンは目を閉《と》じていた。眉《まゆ》をしかめているが、唇《くちびる》の両端《りょうはし》に、ほのかな笑《え》みが浮《う》かんでいた。


四日目、川の様子が変わってきた。木々《きぎ》は頭上にアーチを描《えが》くように茂《しげ》り、流れは水草が生《お》いしげって、よどんだ。もう、新鮮《しんせん》なにおいはない。アシのあいだを魚がすりぬけていく。

「あの魚たち、ピラニアズ？」とコン。「じゃない、ピラニア、だわね」

ライラはいかだのへりから水中をのぞきこみ、口をかたく閉《と》じたまま、うなずいた。そして首からぶらさげたバカをなでながら、その毛にあごをうずめた。ライラの吐《は》く息がふるえている。

まだ午前中なのに、頭上の枝葉《えだは》が密《みっ》になり、あたりが薄暗《うすぐら》くなった。

「これって、わたしだけかしら。川が急に味方でなくなった気がするの」とコン。

「きみだけじゃないよ」とフレッドは短くこたえた。上唇《うわくちびる》と額《ひたい》に汗《あせ》がしたたる。汗《あせ》をかくのは、棹《さお》をこぐ作業のせいばかりではなかった。でも、ポケットには、コンが樹皮《じゅひ》に刻《きざ》んだ地図がある。そう思うと、胸《むね》の奥《おく》が暖《あたた》かくなって、みぞおちにある冷え冷えとした疑念《ぎねん》を打ち負かしてくれた。川の流れは悪くないのだが、水草をかきわけて進むのは、腕《うで》が痛《いた》み、背中《せなか》が突《つ》っぱり、手の皮がすりむける重労働だった。

「気をつけて！」ライラが叫《さけ》ぶ。

フレッドは首をすくめ、何か顔に当たりそうなものがあるのかと見まわした。一匹《ぴき》のヘビが枝《えだ》をすべるようにはっていき、体をくねらせながら幹《みき》をのぼっていく。フレッドが無言で見つめていると、ヘビは頭上に茂《しげ》る葉の中に消えていった。マックスですら、身じろぎひとつしなかった。

「危険《きけん》なやつじゃなかったな！」とフレッドは言ってから、げんなりした。安心させるつもりで言ったのに、その声ときたら、〝必死の嘘《うそ》〟と〝死にかけた厳格《げんかく》なおばさん〟のまざったようなものになってしまった。

フレッドは水草の茂《しげ》みを抜《ぬ》けきるまで、速度を倍にすることに集中した。木々《きぎ》がおおいかぶさった、狭《せま》くて暗緑色の支流《しりゅう》に入ってからは、速度を落とした。

「もうじきだ」とフレッド。「地図では、このまま川を進むと、湖に出る――あと三、四時間ってとこかな、はっきりわからないけど――そうしたら黒い四角、それから短い線のところだ――道か川か、ただの書きそんじかもしれない――そして、×の印だ」

コンが水中に手をのばし、流れてきた平らな木切れを拾いあげた。それで水をかきはじめる。

「到着《とうちゃく》が早ければ早いほど、最悪の事態《じたい》を知るのも早くなるってことね」

いかだは川をたどっていく。この先に何が待ちうけているか、一刻《いっこく》も早く知りたい。フレッドの焦《あせ》りで、棹《さお》は水しぶきをたてた。川に浮《う》いた倒木《とうぼく》をよける。続く五分のあいだ、いかだは黒々《くろぐろ》とした水の上をまっすぐにすべっていった。そして、なんの前ぶれもなく、気づくとみんなは小さな湖の入り口にいたのだった。

この上なく美しい青い湖が、雲ひとつない空の下できらきらときらめいている。けれども、フレッドはそれに目をとめすらしなかった。四人とも、いかだの上にうずくまり、ひたすら上を見ていた。あんぐりと口をあけ、目をまるくして。

長いこと、だれも何もしゃべらなかった。

ついに、ライラが口を開いた。「わたし、高いところがこわいって、言ってあったかしら?」

がけをのぼって

つる植物におおわれた巨大《きょだい》ながけが、ジャングルからそそりたっていた。高さは、フレッドの身長の五十倍はある。岩の断面《だんめん》はもとは灰色《はいいろ》のようだが、地上からはいあがった植物におおわれ、まるでジャングルの地面が緑の幕《まく》となって立ちあがり、そのまま上にのびていったようだ。

「あれが、黒い四角か」フレッドはため息まじりに言った。

「ああ、だめ」コンがつぶやく。「わたしには無理」

肩《かた》に乗ったバカを、ライラはふるえる手でぎゅっとつかんだ。「フレッド、あなたはのぼれそう？」

フレッドはごくりとつばを飲んだ。「もちろん」と、嘘《うそ》をついた。巨大《きょだい》な緑の壁《かべ》をじっ

とながめる。緑の大聖堂《だいせいどう》をよじのぼるようなものかもしれない。

「できるよ、みんな。つかむところがたくさんある。はしごをのぼるようなものさ」

「マックスははしごをのぼれないわ」とライラ。

「それじゃ、だれかの背中《せなか》につるでくくりつけよう」とフレッド。

「わたしにはとても――」コンが言いはじめる。

　でもフレッドは、何をおいても、このがけの頂上《ちょうじょう》に何があるのか知りたかった。「どこに行くのさ、もしここで引きかえすとしたら？」

　ライラはおさげの一方をかんでいる。こわくて、歯をくいしばっているが、まなざしは冷静だ。「やるしかないのよね？　頂上《ちょうじょう》にだれかいて、わたしたちを家に帰してくれるかもしれない」

　いかだを岸につなぐと、がけをめざし、みんなでジャングルを進んだ。木々《きぎ》があまりに密生《みっせい》していて、かきわけなくてはならない。がけまで200メートルもなさそうだったのに、木の幹《みき》の上にマックスを引っぱりあげたり、

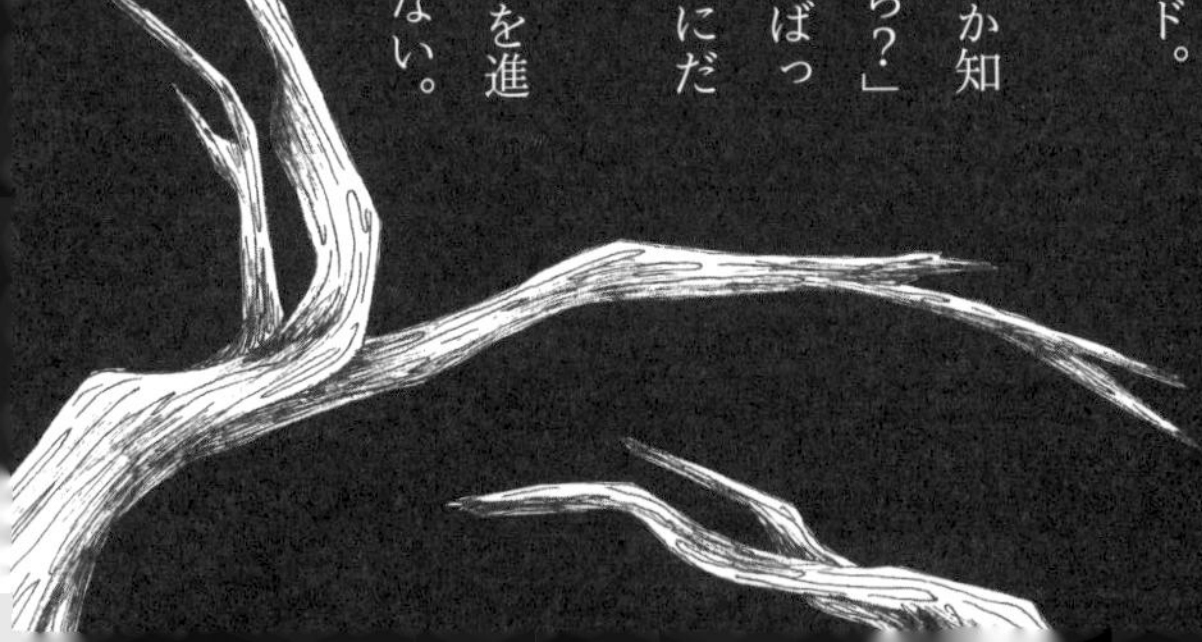

やっかいな棘《とげ》だらけの枝《えだ》の下をくぐるように指示《しじ》したりで、たっぷり半時はかかってしまった。

がけの真下にたどりつくと、フレッドはその岩肌《いわはだ》に手を当てた。温《あたた》かく、ごつごつしている――これなら手をかけられる、と思った。岩をおおっているつるは、見たところじょうぶそうだ。細いつるをひとまとめにつかんで、ぐいっと引っぱってみる。切れない。

「ほらね？　体育の授業《じゅぎょう》でやる、綱《つな》のぼりみたいなものさ」とフレッド。「簡単《かんたん》だよ！」

「綱《つな》のぼりなんて、大きらい」とコン。「だからね、簡単《かんたん》なんかじゃない」

「ぼく一人でのぼってもいいよ」とフレッド。「上に何があるか、下に向かって大声でどなろうか？」

ライラが首を横にふった。にわかに、ほかのみんなよりずっと年上で、毅然《きぜん》とした人物に見えた。

「見知らぬ場所で別行動をとってはだめよ」とライラ。「いっしょに行くわ」ひじからバカを引きはがすと首の後ろにしっかりとのせ、落ちないようにバカの体におさげを巻《ま》きつけてしばった。

「マックスは運べないわ。二人とも死ぬことになる」

「ぼくがおぶっていく」フレッドは、自分の声からかすかな不安も感じさせないように努めた。

「マックスにどうするかきかないの？　マックスはいやだっていってる」マックスが言う。

「だめよ」とライラ。きっぱりとした顔つきが、きびしさを増《ま》した。「どうするかは、選べないの。家では、あなたがいやがることをやらせたりはしなかったでしょう、マックス。でも、これはやらなくちゃいけないの」

「やらない！」

「やるの！　あなたをロープでフレッドに結びつけるわ。そうしたら、落っこちたりしないから。泣きたきゃ泣けば。でも、むだよ」すすり泣きをはじめたマックスに、ライラが言った。

マックスのおかげでよじのぼるのが楽になった、はずがない。非《ひ》協力的なマックスの重みで、フレッドはいつものリズムが乱《みだ》されて、のろのろとしかのぼれなくなった。マックスはフレッドの耳元に荒《あら》い息を吹《ふ》きかけ、髪《かみ》につばをはき、しかも重たかった。半分ものぼらないうちに、フレッドは痛《いた》みを覚えた。

まずフレッドが進み、フレッドが手をかけた場所をたどってコンとライラがのぼっていく。二回ほど進みあぐね、フレッドは下に「ごめん」と叫《さけ》んであとずさりした。身もだえするくらいゆっくりと、しかもマックスの足があばらに食いこむ状態《じょうたい》で、横にずれる。

「少しもどって――でも、下は見るなよ！」フレッドは女の子たちに叫《さけ》んだ。

「二人とも、もう、見ちゃったわよ」コンが叫《さけ》びかえした。神経《しんけい》が高ぶって、のどをしめられたような声だ。「やめときゃよかった」

フレッドは目からコガネムシをはらいおとし、もうひとつかみ、つるをまとめてつかんだ。体を上に引きあげる。ゆっくりと、1センチずつ進む。岩に食いこんだ木々《きぎ》の根が見えてくる。次いで、上部がなめらかにカーブした岩。その先の低木の生《は》えた斜面《しゃめん》を進み、ついに平らな地面に到達《とうたつ》した。フレッドは勝利の雄叫《おたけ》びをあげた。

コンとライラがあとに続く。コンは近くの木にはっていくと、口の中に広がる苦いものと唾液《だえき》、恐怖心《きょうふしん》と達成感を、その根元にぺっと吐《は》いた。

「信……じ……られない……のぼりきった」コンがあえぐ。

ライラはマックスのつるをほどいて、両腕《りょううで》できつく抱《だ》きしめた。ライラはまだふるえている。

「やったわ!」とマックスの耳にささやく。「ママとパパはどんなに誇《ほこ》りに思ってくれるかしらね」

「ママとパパに、はなせる?」

「家に帰ったら、真っ先にね」二人は頭を寄《よ》せあった。たった今わかれたばかりの、一対のもののように見える。フレッドははじめて、二人がどれほど似《に》ているか、ライラの目がマックスの目と、マックスの口がライラの口と、どれほどそっくりかに、気がついた。

「まもなく目的地だ」とフレッド。「これが、あのくねくねした線かもしれない」

たしかに前方にはそれらしきものがある――小道か、けもの道か、あるいは単なる気のせいかもしれないけれど。みんなは茂《しげ》みをかきわけて進んだ。やっかいなことに、棘《とげ》のある、ひざ丈《たけ》ほどの草が少なからずまじっていた。フレッドのひざに、点々《てんてん》と血の跡《あと》がついた。地面がぬかるんできて、小さな羽虫が群がってくる。虫は、フレッドの口にも鼻にも入りこんだ。

コンは馬みたいに鼻息を荒《あら》くし、顔の前で両手をふりまわしている。「まだ遠いの？」フレッドをふりむいて聞く。「いつまでがまんできるか、わからないわ」

コンがそう言いおわらないうちに、地面が消えうせた。

突然《とつぜん》地面が落ちこんで、つるつるした苔《こけ》の生《は》えた、なめらかな石の斜面《しゃめん》になっていたのだ。コンは体勢《たいせい》を立てなおす間《ま》もなく背中《せなか》から落ちて、石や木の根にぶつかりながら滑《すべ》っていった。フレッドも続いて身をおどらせると、なんとか体を起こして木をつかもうとした。ライラとマックスもあとに続く。マックスはしりもちをついて、ショックのあまり、息もできない様子だった。

みんなは下に、ひとかたまりになって転がりおちた。フレッドのあごにだれかの足首がおかれている。フレッドはそれを押《お》しのけ、目にかぶさった葉っぱをはらいのけた。ライラはバカを腕《うで》に抱《だ》き、マックスのひじをつかんだ。

四人は斜面《しゃめん》を背《せ》にして立ちあがった。目の前に、石の地面が広がっていた。

とてつもなく大きな石敷《いしじ》きの広場だ。牧場ほども横幅《よこはば》があり、奥行《おくゆ》きは少なくともその四倍はある。地面には白と黄の石が敷《し》きつめられている。形はあらけずりだが、石の表面はまるで何万人もの足にふまれてきたかのようになめらかだった。広場は地面をやや掘《ほ》りさげた中につくられていて、四方を囲《かこ》む土の斜面《しゃめん》が、自然の壁《かべ》になっている。巨大《きょだい》な石の広場の中心部には、木が二列にならんで生《は》えていた。並木《なみき》のある大通りだ。大通りの両側には、小さな家が立ちならぶみたいに、五か所、いや六か所、石が積みあげられていた。

「なんてこと」ライラがため息をついた。

フレッドは一歩、進みでた。並木《なみき》のあいだに、つくりかけの石柱が見える。腰《こし》の高さのものもあれば、フレッドの背丈《せたけ》より高いものもある。そしてはるか頭上には、びっしりと生《お》いしげった緑の樹冠《じゅかん》が広がり、広場全体をおおう屋根になっていた。

「見ろよ!」とフレッド。「向こう!」

広場の向《む》こう端《はし》に、巨大《きょだい》な石の壁《かべ》があった。半ばくずれかけて、パッションフルーツのつるにおおわれている。壁《かべ》に沿《そ》って、巨大《きょだい》な彫像《ちょうぞう》が四体、立っている。木と石でつくられたそれは、人の背丈《せたけ》の二倍はあった。石の一部は欠けおちていたが、彫像《ちょうぞう》がもともとなんだったのかはわかる。サル、ジャガー、それから人の女性《じょせい》と男性《だんせい》だ。

「これ、都市よね」とライラがつぶやく。

突然《とつぜん》の足音に、フレッドは、はっと身をひるがえし、投げるものはないかとかがみこんだ——数日前にしたように。

一人の男が、石柱の後ろから姿《すがた》をあらわした。こちらにナイフを向けている。

「何をするつもりかは知らないが」男が言った。「やめておくんだな」

滅《ほろ》びた都市

男は背《せ》が高かった。腕《うで》も手も、切《き》り傷《きず》とやけどだらけだ。白くなった古傷《ふるきず》を横切るように、真新しい赤い傷《きず》がいくつもついている。ナイフをフレッドたちの首の高さに、まるでパン切りナイフでも持つように無造作《むぞうさ》にかまえている。

「ミノタウロスみたい」コンがささやく。

男の足元近くを、体を左右に揺《ゆ》らしながら歩いてきたのは巨《きょ》大《だい》なハゲワシだ。頭は赤く、くちばしは大きく曲がっている。

頭の高さは、男のひざよりも上だ。

「そのみじめなズボン姿《すがた》のちいさいのは」男が小鼻を大きくふ

くらませた。みんなはびくびくしながら男の話をきいている。低い声だ。腕《うで》のいい仕立て屋か、レーサーのようなしゃべり方だ、とフレッドは思った。「そいつは、どうしたんだ？」

みんなは黙《だま》りこくっている。マックスのすすり泣きだけが聞こえる。

「ん？」と男が聞く。指のあいだでナイフをくるくると回した。親指の先がなかった。

「泣いているんです」とフレッド。

「なんでだ？　死にかけたコノハズクみたいだぞ。まるで出港を知らせる汽笛だな」

フレッドの心臓《しんぞう》がカッと熱くなり、鼓動《こどう》が倍速になった。それなのに自分が落ち着いた声を出したことに驚《おどろ》いた。「五歳《さい》なんです」

「理由にならん」

「頭にナイフをつきつけるんですもの」とライラ。

「それもたいした理由じゃないな」そう言いつつも、男はナイフを下におろした。

男が数歩近づいて、木漏れ日《こもれび》の下に進みでたので、姿《すがた》がもっとよく見えた。身なりは申し分ないが、つんと鼻を刺《さ》すようなにおいがする。よくあるズボンだ、とフレッドは思った。緑がかったカーキ色で、ひざの部分がすりきれてはいるものの、しみひとつない。でも、ふつうなのは——白シャツのひじの部分のほころびがココナッツの繊維《せんい》らしきものでつくろってあるのも、まあいいとして——そこまでだった。

靴《くつ》は、ワニの皮のように見える。靴《くつ》ひもは、植物の細いつる。肩《かた》にかけた上着は、黒い毛皮を何枚《なんまい》もていねいに縫《ぬ》いあわせたもの。ボタンは、カイマンの歯だ。両手首に革《かわ》の腕輪《うでわ》をし、小指には印章のついた指輪をしている。

遠目なら、いなかの金持ちのパーティーにでかけるところに見えなくもない。でも近づくと、死体をかきあつめて一国の首相に仕立てあげかねない男に見える。

コンがごくりとつばを飲みこんだ。ささやき声で言う。「人殺《ひとごろ》しを絶対《ぜったい》にしないとは言いきれない人物に見える、そう思うのはわたしだけ？」目を大きく開いて、骨格《こっかく》があらわになるほど顔をこわばらせている。

フレッドも全身がこわばって、背骨《せぼね》も肩《かた》もひざも、凍《こお》りついたようだ。それでもなんとか5ミリほど、うなずくことができた。ほとんど口を動かさずに「きみだけじゃないよ」と答える。

男はもう一歩、こちらに近づいた。右足がわずかに外にふれた。フレッドはこの時はじめて、男の右足に、よくみがきあげられた細い木が三本、しばりつけられているのに気がついた。片足《かたあし》が不自由で、傷《きず》だらけで、不精《ぶしょう》ひげも生やしているのに、フレッドが男から思いうかべた動物は、ジャガーだった。強じんなあごをもつ、機敏《きびん》な動物。

「おまえたちは、何者だ?」男がきいた。

子どもたちのだれ一人、口をきかなかった。おたがいに顔を見あわせる。最初に口をききたくないのだ。

「どうやってここに来た?」男はじれったそうにきく。

フレッドは深く息を吸《す》おうとした。「飛行機が墜落《ついらく》して」と話しだす。「パイロットが死んだんです。それで、地図をたどってきました」フレッドは両手をポケットに入れた。さりげないふうをよそおいながら、必要となったら、たたかうのに使えるものがないかを探《さが》そうとした。でも手にふれたのは、つぶれたアサイーの実がひとつかみだけだ。役に立ちそうにない。

「見せてみろ」

フレッドはズボンの後ろポケットを探《さぐ》って、樹皮《じゅひ》のかけらを男に手わたした。フレッドの指は、急に言うことをきかなくなり、ぎこちなくなった。

男は地図にちらりと目をやった。「だれがこれを書いた？」

黙《だま》ってコンが手をあげた。

「何を見ながら書いた？」

コンが頭をふると、髪《かみ》の毛が顔を守るように前に落ちた。

「ん？」と男がうながす。

「木の上で地図を見つけました」とフレッド。「それがぬれてしまって、コンが写しをつくったんです」

男は手の中で樹皮《じゅひ》をにぎりつぶした。

「お願い」とライラ。「怒《おこ》らないで。わたしたち、家に帰りたいだけなんです」

男はハゲワシを見おろした。そうすれば何かいい思いつきが得《え》られるとでもいうように。「で、わたしに何をしろと言うんだ？」

「何も！　ただ、しばらくのあいだ、ここにいさせてください。うるさくしませんから」とライラ。

「そのちいさいのは、うるさくするだろう」

マックスは男の視線《しせん》が自分に落とされるのを感じて、また泣きはじめた。男は、ため息とも、うなり声ともつかない音をもらした。

ライラがマックスを抱《だ》きあげる。「ごめんなさい」声がふるえている。バカはライラの肌《はだ》から恐怖心《きょうふしん》を感じとり、ミューとネコのような鳴き声をたてた。「まだ五歳《さい》なんです」ライラが小声で言った。

「おまえたちはそれで説明がつくと言わんばかりに、そいつをくりかえすな。幼《おさな》いからというだけで、わたしはその子を好きにならなくちゃいけないのかね。生煮《なまに》えの料理は好みじゃない。子どもというのは、まさしく生煮《なまに》えの大人だ」

コンが唇《くちびる》をわなわなとふるわせはじめた。それを見てフレッドは驚《おどろ》いたものの、片方《かたほう》の靴《くつ》を1、2センチ動かして、コンの足にふれることしかできなかった。

男は、目の前に一列になって、緊張《きんちょう》と期待でふるえている子どもたちを見わたすと、ため息をついた。

「のどがかわいているか?」男が聞いた。

「はい」とフレッド。

「とても」とライラ。

「とっても、とっても」とマックス。すすり泣きながら、手首で大量の鼻水をぬぐう。

「ここで待ってろ」男はマックスをじろりと見た。「ハゲワシにはさわるな。不安になると、かむからな。ハゲワシはちょっとしたことで不安になる。神経質《しんけいしつ》な生きものなんだ」

男は石敷《いしじ》きの巨大《きょだい》な広場を大またで歩いていく。木の幹《みき》の前で立ちどまった。井戸くらいの太さの切《き》り株《かぶ》だ。上にのせてあった分厚《ぶあつ》い石の板を持ちあげる。フレッドは目の上に手をかざし、じっと見た。切《き》り株《かぶ》の中はくりぬかれ、水が満たされている。男は大きな緑色の器を水中に突《つ》っこむと、大またでもどってきた。

「ほら」フレッドに向かって、器をぐいとさしだす。男がはめている指輪は金ではなかった。虹《にじ》色《いろ》に光る薄《うす》いヘビのうろこでおおわれた骨《ほね》、とフレッドは見た。

両手で受けとった器にフレッドは目を落とした。探検家《たんけんか》がよくかぶっている、ヘルメット型《がた》の帽子《ぼうし》だ。つばの部分を折り曲げて器の縁《ふち》にしている。においをかいでみる。男が眉《まゆ》をぐっと、あげた。

「安心しろ、そいつは清潔《せいけつ》そのものだ」

フレッドはひと口、水を含《ふく》んだ。ありがたいことに、髪《かみ》の毛のにおいはしない。わずかに木と鳥と熱帯雨林のにおいがする。フレッドはごくりと飲みこむと、器をライラにわたした。ライラはマックスにわたす。マックスは頭を帽子《ぼうし》に突《つ》っこむようにして飲んだ。

男は四人全員が飲みおえるのを待って、器を受けとると、ハゲワシにも水を飲ませた。

ハゲワシが水を飲むあいだ、男はその頭に手をおいて、親指でハゲワシののどにあるひだをなでた。かたい表情《ひょうじょう》で「何が望みだ？」と聞いた。

子どもたちは顔を見あわせた。

「わたしたちが家に帰れるように助けてください」とライラ。あまりに小さな声だったので、男は聞きとろうと身を乗りださなくてはならなかった。

「なんでわたしが助けなくちゃいけない？」

「ずっとマックスの面倒《めんどう》を見続けるのは無理です。アレルギーはあるし、悪夢《あくむ》を見るし、それにこんなふうに服に穴《あな》をあけてばかりだと、何を着せていいかわからないし。お願いです、助けてください」

ライラが話すあいだ、ハゲワシは男のそばからひょこひょこと離《はな》れ、まっすぐマックスに向かっていった。マックスはまだしゃくりあげている。と、鼻水がひと筋、足に落ちた。

ハゲワシはくちばしを下げてマックスの足に落ちた鼻水をつつくと、鼻孔《びこう》をマックスの靴《くつ》のわきに押《お》しあてて、深く息をすいこんだ。

「なにしてんの？」恐怖《きょうふ》で大きく見ひらかれたマックスの目は、硬貨《こうか》のようにまんまるだ。それでもマックスは、手をのばしてそのはげた頭にふれた。くちばしがパクンと音をたてて閉《と》じた。

マックスはさっと手を引っこめてから、今度はもっと大胆《だいたん》に、その頭に手をもどした。

ハゲワシは、ネコがのどを鳴らすのに似《に》たしゃがれ声をたてた。

マックスは笑顔になって男を見あげた。「これ、もうぼくのだ」

男はマックスからハゲワシに目をうつし、フレッド、ライラ、コンと、順に見やった。顔は無《む》表情《ひょうじょう》だが、目はちがう。

「鳥の本能《ほんのう》を信頼《しんらい》すべきじゃないな」と男は言った。「その子が肉のようなにおいがするとでも思ったんだろう。だが、いいだろう。ついて来い」

男はみんなを連れて、石敷《いしじ》きの大通りを進んだ。フレッドの頭に質問《しつもん》が次々《つぎつぎ》と、滝《たき》のようにあふれでる。この人は何者？　どうやってここに来たんだろう？　ぼくたちを助けてくれるだろうか？　けれども男の歩き方には、何か話しかけるのをためらわせるものがあった。

頭上を樹冠《じゅかん》が分厚《ぶあつ》くおおい、そのみずみずしい緑を透《す》かして、日光が通りにさしこんでいる。

男はみんなを、石と泥《どろ》を積みかさねて三方の壁《かべ》ができている貯蔵庫《ちょぞうこ》のようなところに連れていった。中は空《から》っぽで、壁《かべ》の割《わ》れ目からあざやかな青や緑の花が咲《さ》いている。てっぺんにはつるが縦《じゅう》横《おう》にのび、屋根のようになっていた。

「さあ」と男が言った。「ここで寝《ね》るといい」

「だれがつくったんですか？　あなたですか？」

「いや」と男はそっけなく答えた。「わたしじゃない」男は石の床《ゆか》を見おろした。「今夜、アシで敷布団《しきぶとん》をつくってやれるかもしれない。時間があればだが。ここなら雨が降《ふ》っても、つるが雨よけになる。多少は、だがな」

「ありがとうございます」とフレッド。コンはまだ口をきけずにいたが、感謝《かんしゃ》をこめてうなずいた。

「ただし彫像《ちょうぞう》の向こう、つたのカーテンがある――見えるか？」男が指さした。フレッドはその指の先をたどるように目をやり、広場の向こう端《はし》に立つ彫像《ちょうぞう》の後方の壁《かべ》から、つたがからみあいながらたれさがり、カーテンのようになっているのを見た。

みんながうなずいた。

「あそこに近づいてはならない。わかったか？　あそこはわたしの個人的《こじんてき》な空間だ」

コンが何か言おうとしたが、のどをつまらせたような音しか出てこなかった。

「わかりました」とライラ。

「絶対《ぜったい》に、だ。約束は守れ。さもないと、おまえたちの耳を切りおとして、ハゲワシの帽子《ぼうし》にするからな」

「だめえ！」マックスがわめいた。両手で自分の耳をおおう。「ハゲワシ、きらい！」

「しーっ、マックス」とライラ。「本気で言ったわけじゃないのよ」

フレッドは男に目をやった。たしかにライラの言うとおりだろう。だが、ボタンに歯を使うような男なのだ。冗談《じょうだん》と決めつけるのは、危険《きけん》な気がした。

マックスが男のズボンを引っぱった。「ごはんはいつ？」

男はとまどったようにマックスを見おろした。「好きな時に」

「あら――でも――あなたのご都合のいい時で」とコン。低くしゃがれてはいたが、声が出るようになって、コンはほっとしたようだった。

「いつだろうと、何かつかまえて料理したら、食べろ。そういうものだろう、ふつう。自分で何もつかまえないなら、別だが」

「でも――あのう――あなたは大人よね」

「大人だ、たしかに。見てみろ、ここには木の実がある。西の角にはバナナもなっている。夜のうちにサルたちに食われてなければ、だがな。狩《か》りだってできる」

「でも」とコン。「あなたは大人だわ」声はすっかりもとどおりだ。コンは顔をしかめた。「大人は子どものために料理するものだわ。決まってる。そういうものでしょ！」

男はいらいらしはじめたようだった。「おじょうさん」男はコンに危険《きけん》なくらい近づくと、身をかがめた。「この状況《じょうきょう》の――」と手をふって、石柱や、うろこだらけの靴《くつ》や、ハゲワシをしめした。「何をもって、わたしが世間の常識《じょうしき》を気にかけると思うのかね?」

「でも、本当の世界では、そういうものでしょう!」

「ここここそ、本当の世界だ」男はこぶしで石敷《いしじ》きの床《ゆか》を強く打った。「これ、まさしく、ここだ。本当の世界とは、自分がいちばん本当と感じる場所のことだ」

「でも、あなたは――」とフレッド。

「でも、お願い――」とライラ。

「でも、あなたが――」とコン。三人がいっせいに、男にすがろうとするみたいに手をのばした。

「やれやれ」と男が言った。「イヌがハチを食べようとするのを、手をこまねいて見ているようなものか。おまえたちには六本の手があるだろうに。いや八本か、そのトンボを食べようとしているちいさいのを入れれば」

「マックス!」とライラ。「やめなさい!」

「ナイフくらいは持ってるのか?」男がきいた。

「一本だけ」とフレッド。「見つけたんです」今はくわしく話すべきではなさそうだ。なんと言っても、そのナイフが、この背《せ》が高くて色の浅黒い、とんでもない身なりをした見知らぬ男のものであることは、ほぼ確《たし》かなのだ。返せと言われかねなかった。

男はため息をついた。「ひとつずつ、石器をやろう。そうすれば、なんとか狩《か》りができる」

男はまた別の切《き》り株《かぶ》に近づくと、てっぺんにのせてある小さな丸石をどけて、中の空洞《くうどう》から何かを引っぱりだした。「ほら。刃《は》はつけてある」

男は、石器をひとつずつ手わたした。大きなやじりの形に、みごとに打ち欠いてある。フレッドは親指で切れ味をためしてみた。刃《は》が皮膚《ひふ》に食いこみ、血が一滴《いってき》、まるくふくれあがった。

男は眉《まゆ》をあげた。「バナナの葉が包帯がわりになる。どの指でも、食べでのあるほど切りおとしたら、ハゲワシに食わせてやれ」男はマックスにも石器をひとつわたした。「ほら、やかましいちいさいの。いちばん鋭《するど》いやつだ」

「マックスは、ナイフを持つにはちいさすぎます」そう言って、ライラがナイフを取りあげようとした。マックスはさっと逃《に》げて、両手を後ろにかくした。

「そうかね？　どうしてそう言えるんだ？」男は、おもしろがっているようだ。

「だって……事実ですもの！　ちいさな男の子にナイフを持たせたりなんて、しないものだわ」

「まちがいなく、わたしはちいさいうちからナイフを持たせてもらっていた。それでも、ふつうに育ったがね」

フレッドは男のシャツのボタンに目をやった。日光を反射《はんしゃ》し、鋭《するど》く白く光っている。フレッドは何も言わなかった。

男はため息をつき、「もう、おそいな」と言った。「わたしのたくわえを少しやろう――ただし、今夜だけだ。いつもそうしてもらえるなんて思うな。自分たちで狩《か》りをしなくてはいけない」

四人はほっとして、大きなため息をついた。男は中をくりぬいた切《き》り株《かぶ》にもどると、となりに積まれた石の山にかがみこんだ。近くで見ると、それは単なる山ではなくて、計画的に積まれているようだった。長方形で、上に幅広《はばひろ》の背板《せいた》がならべられている。男は背板《せいた》を二枚《にまい》持ちあげると中に腕《うで》を突《つ》っこみ、鳥を一羽丸ごと取りだした。羽だけむしって、内臓《ないぞう》はまだそのままだ。

「カラカラだ」男はフレッドの両手に、どさりと鳥を落とした。ひんやりと湿《しめ》った感触《かんしょく》だ。「ここには、ネズミ並《な》みによくいる」

「ありがとうございます。どうやって内臓《ないぞう》を出したらいいですか」フレッドが、おずおずと聞いた。

「石器を使え」

「でも、どうやるのがいちばんですか。教えていただけますか?」フレッドは用心して、ていねいに言った。

「最初に料理した人間は、料理本なんぞなしでやったんだ。自分で工夫したのさ。おまえたちも工夫してみろ」

　四人とも、じっと男を見つめたままだ。

　男はため息をついた。「腹《はら》を上から下まで裂《さ》いて、ごちゃごちゃしたものを全部すくいだし、残りを料理しろ。経験《けいけん》から言えば、一色の絵の具で描《か》けない内臓《ないぞう》は食うな。つまり、腎臓《じんぞう》は食べてもいい――全体に赤茶色をしている――が、腸《ちょう》はすすめない。とびきり勇敢《ゆうかん》なら別だが」

「でも――行ってしまう前に、手短にでいいですから――どうやって調理するのか、教えてください」とライラ。

「火であぶれ」男は苦笑いした。「そうでなきゃ、そこの――金髪《きんぱつ》さんが、酒場のけんかにもってこいの顔つきをしてるが、そうやってにらみつけて焼きあがるか、やってみるんだな」

「待って――お願いします、ちょっとだけ――」きびすを返した男に、フレッドはなおも食いさがった。「あなたはだれですか？　なんとよべばいいですか？　この場所はなんですか？　あなたは、どうやってたどりついたんですか？　あなたは探検家《たんけんか》ですか？　ここに住んでいるんですか？　ぼくたちを助けてくれますか？　ぼくたち、どうしても知りたいんです！」

　フレッドは今まで本で読んだ探検家《たんけんか》たちのことを考えた――ジャングルにふみこんで、二度ともどらなかった探検家《たんけんか》たちは少なくない。パーシー・フォーセットと、彼《かれ》の息子のジャック。

ローリー・ライメル。クリストファー・マクラレン。新聞にのった彼《かれ》らの写真がどんなだったか、フレッドは思いだそうとした。

男はふりむいて、フレッドをまともに見た。しかめ面《つら》がくもり、読みとりがたい表情《ひょうじょう》になった。

「わたしは辺境《へんきょう》の地を飛ぶパイロットだ。探検家《たんけんか》ではない。マナウスと小さな町のあいだを行き来して生活用品を運んでいた。しばらく前に、ここに墜落《ついらく》したんだ」

「飛行機はどうなったんですか?」

「おまえたちの飛行機はどうなった?」と切りかえす。

「燃《も》えました」とフレッド。

男はうなずいた。「そういうことだ」

「お名前は? ぼくはフレッドです——こちらがライラ、コン、マックス」

男の顔を、鉄の壁《かべ》のような無表情《むひょうじょう》がおおった。「名前なぞ、どうでもいい。ここはアマゾンのジャングルだ。ロンドンのペルメル街にある旅行者の交流所なんかじゃない」

「でも、じゃあ、なんとよべば?」とコン。「たとえば、わたしたちがあなたに頼《たの》みごとがある時に?」

男の眉《まゆ》がぐいっとあがり、髪《かみ》の生《は》えぎわを押《お》しあげた。「かんべんしてくれ」と言って、立ちさった。

男は広場を大またで横切っていった。肩《かた》をいからせ、つたが生《お》いしげる、侵入禁止《しんにゅうきんし》のカーテンに向かっていく。枝《えだ》を何本か押《お》しのけて入り、奥《おく》へと姿《すがた》を消した。足を引きずっているのに、驚《おどろ》くほど足音をたてなかった。

「こわがらせたから、いっちゃったんだ！」マックスがコンを責《せ》めるように言った。

「わたしだけじゃないわ！　みんなのせいよ」とコン。「それに、正しく言えば、うるさがらせたのよ」

「知らなかったわ」とライラ。「だれかに名前をきくことが、いけないことだったりするなんて」

「ぼくはなんてよぶか、しってる」とマックス。胸《むね》をはり、目をかがやかせて、みんなを見あげる。「たんけんかって、よぶんだ」

「でも、そうじゃないって言ってたでしょ！」コンがいらつく。「聞いてなかったの？」

「たんけんかのぼうしをもってた」とマックス。「それに、ハゲワシも。でしょ？」

探検家《たんけんか》

四人が石の部屋の外にしゃがみこみ、カラカラの肉を木の枝《えだ》にさして焼いていると、探検家《たんけんか》がもどってきた。片方《かたほう》の腕《うで》に山ほどのマンゴーをかかえ、もう一方の手に水を入れたヒョウタンを持っている。男がごく近くに来るまで、なんの音もしなかった。コンは飛びあがり、自分の肉を灰《はい》に落っことした。

探検家《たんけんか》はだれにも目をやらずに言った。「みんな育ちざかりだ」しゃがれ声だ。「ことにそこのちいさいのは、な。鳥だけでは足りないだろうと思って」男はたき火のかたわらにヒョウタンをおきながら顔を赤らめ、マックスのひざにマンゴーを落とすと、くるりときびすを返した。

フレッドがぱっと立ちあがった。「あの――一分だけ！　うかがいたいんです――ここはどういう場所ですか？　ほかにも知っている人はいますか？　ここに一人で住んでいるんですか？」

「なぜだ？　パーティーでも開こうっていうのか？」

「ほかの人たちが来ることはあるかってことなんです」

「ときどき通りすぎる人はいる、イエスだ」探検家《たんけんか》はしゃがみこんで、マックスから火のついた肉を取りあげると、火が消えるまでふった。それから炎《ほのお》の先に当たるようにかざした。

「長くとどまる者はいない。遠くからの旅人とか、先住民。祖先《そせん》がここに住んでいた人たちだ。みな、たいてい二、三日ほどいる」男は、肉のかたまりを炎《ほのお》の先で引っくりかえした。ぽたりと肉汁《にくじゅう》が火に落ちる。

「いずれにせよ、イエスだ」と男は言った。「つまり、人は来る」

コンとライラはうれしそうに視線《しせん》をかわした。バカは、いつになく元気で――もっとも、ナマケモノにしてはだが――片方《かたほう》の爪《つめ》で宙《ちゅう》をかいている。

「その人たちは、わたしたちを助けてくれるかしら？」とライラ。「いっしょにマナウスに連れていってくれるでしょうか？」

「かもな。ありえることだ。どんな人たちかによるが」

「しょっちゅう来るんですか？」とフレッド。

「そうだな、二、三年に一度は」男は肉をふうふう吹《ふ》いてから、マックスに手わたした。「焼けたぞ」

ライラとコンががっかりしたのが、フレッドにはわかった。二人とも、さっきより少しくたびれて、年をとったように見えた。

「何年だなんて」とライラ。「わたしの両親は、そんなに長く待てないわ」

「だろうな」と探検家《たんけんか》。

「でもその場合、あなたが――」コンがそこまで言って、口をつぐんだ。石柱の背後《はいご》から羽をばたつかせて出てきたハゲワシが、男のひざに寄《よ》りかかるようにして、コンの肉に目をとめたのだ。ハゲワシはコンを威嚇《いかく》するように羽をふるわせ、カウと鳴いた。コンは自分の食べものを胸《むな》元《もと》に引きよせた。

ライラがコンの言葉を引きとった。「あなたが、家に帰る手助けをしてくれますか？」

探検家《たんけんか》はみんなを、値踏《ねぶ》みするような鋭《するど》い目で見た。「もしかしたら、な」

「もしかしたら？」とライラ。

「マナウスの方向をしめしてやろう。歩けばひと月、カヌーなら十日だ。食料を少しわけてやってもいい。それから地図も。少しだけならいっしょに行くかもしれない。様子をみなくては」

ライラの目がかがやいた。「そうしてもらえたら、どんなにありが――」

「ただし――」と探検家《たんけんか》。

「ただし？」フレッドは固唾《かたず》をのんだ。

「この場所のことはけっしてしゃべらないと誓《ちか》ってもらう。ジャングルで都市を見たと話してはいけない。誓《ちか》うだけでは足りない――けっしてしゃべらないと、わたしに証明《しょうめい》するんだ」

「なんですって？」フレッドは探検家《たんけんか》を見つめてから、その向こう、ジャングルに広がっている緑と黄と金色をちりばめた石の風景に目をやった。「このすべてを、人に話してはいけないって言うんですか？　なぜです？」

「わたしのこともだ。一生、ずっと。おまえたちみんなだ。ちいさいのもふくめてな」

フレッドは冗談《じょうだん》を言っているのではないかと、探検家《たんけんか》の顔をまじまじと見つめた。「でも父さんは、ぼくがどこにいたかを聞くに決まってます！」

フレッドはすでに、自分たちがかわすであろう会話を想像《そうぞう》していた。どう父親に都市の見取り図を描《か》くか、どうやって広場の大きさを歩幅《ほはば》で測《はか》って覚えておくか、どんなふうに父親がフレッドの肩《かた》を抱《だ》き、おまえはすばらしいことを成しとげたな、と言うかを。フレッドは、タイムズ紙の記者をしているオックスフォード大出身の友人に、父親が電話をするさままで思いえがいていた。「ティム？　聞いてくれ、息子がすごいことをやりとげたんだ」という父親の声まで想像《そうぞう》していたのだ。

男はフレッドをじっと見ていた。共感してくれそうな顔ではない。「おそらくは」と男は言う。「嘘《うそ》をつくしかないだろうな」

「でも――そんなの、だめです。探検家《たんけんか》の使命は、発見したことを人々《ひとびと》に伝えることです！　それが、探検家《たんけんか》のすべきことです」

「まさしく。そして、わたしは探検家《たんけんか》ではない。たまたまここにいる人間だ」

「でも、今まで何人もの人が、こういう場所があるはずだと語ってきたんです、何百年も！」とフレッド。「みんなに伝えるべきですよ、彼《かれ》らはおかしな説をとなえる、ただのいかれた年寄《としょ》りなんかじゃないって。彼《かれ》らは正しかったんだって！」

「なぜだね？」

「なぜって――この場所があるってことは、彼《かれ》らが愚《おろ》か者《もの》なんかじゃなかったってことです――それどころか、英雄《えいゆう》なんです！」それは、口には出さなかったけれど、フレッド自身の探検家《たんけんか》になりたいという夢《ゆめ》も、愚《おろ》かでいかれたことではない、ということでもあった。

「英雄《えいゆう》などいないよ、ぼうず――そんなものは、新聞記事や引用したくなるような台詞《せりふ》や、写真写《うつ》りのいい口ひげによって、つくりあげられたものだ」男はいまいましい、というように言いすてた。「わたしはひげなんぞ、まっぴらだ。あんな、おぞましい口の上の眉《まゆ》」

「そんなことないです！　彼《かれ》らは、ここみたいな何かを探《さが》して命を落としたんだ！　それが本当にあるってことを、世界に証明《しょうめい》したいと望みながら死んだんです！」

「人はいろんなもののために死んできた。死ぬのはむずかしいことじゃない」

「でも、まちがってます！　世界は知りたがっているんです！」フレッドは額《ひたい》が燃《も》えるように熱いのを感じた。きっと顔が真っ赤にちがいない。でも、ここのことを話せば、自分の名前は、それからライラとコンとマックスの名前は、歴史《れきし》に刻《きざ》まれるのだ。自分たちの名前が、偉大《いだい》な発見をした人々《ひとびと》のリストに加わるのだ。

まるでフレッドの考えを読んだみたいに、探検家《たんけんか》は唇《くちびる》をゆがめた。「そしておまえが、話す人間になりたいんだな」

フレッドは、熱湯を浴びせられたかのように、頭をのけぞらせた。「ちがいます!」

探検家《たんけんか》はゆっくりと、あざけるようにまばたきをした。「そうかね?」

フレッドは片方《かたほう》の手をにぎりしめた。「話さないのは、身勝手だ!」

「そうかね?」

フレッドは、この時はじめて、ほかの三人が話に加わっていないことに気がついた。コンはすわって下を向き、自分の両手を見つめている。ライラはいつになく熱心にバカをなでている。マックスは口をへの字にして、自分の手首をしゃぶっていた。

「フレッド」ライラがとても静かな声で、フレッドを見ずに言った。「わたしたち、家に帰らなくちゃ」

コンがフレッドのほうに体を寄《よ》せると、フレッドの耳に必死にささやく。「あなた、どうかしてるわ! ここから連れだしてもらうために、あの人の望むことはなんでも約束してちょうだい」

「いやだ」とフレッド。あとずさりして、コンから離《はな》れる。

コンのささやきは鋭《するど》くなった。「家に帰ったら、みんなに話せばいいじゃない——あの人にはわかりっこないでしょ? ここでは新聞なんて、手に入りやしないんだから!」

「いやだ」とフレッドは大きな声で言う。「ぼくは何も約束しない」

探検家《たんけんか》が立ちあがった。たき火の炎《ほのお》で赤く照らされている。ひじや、こぶしについた傷《きず》までもが照らされていた。

「わたしは簡単《かんたん》な務《つと》めを果たしてくれと頼《たの》んでいるんだ――口をつぐめ、と。したがわないつもりか？」

「したがいます！」とコン。「あなたの望むようにします。フレッド、お願いだからあなたも言って！」

「秘密《ひみつ》にはしておけないよ」とフレッド。「あなた一人の秘密《ひみつ》にしておくべきじゃないんだ」

「あの」とコンが探検家《たんけんか》によびかけた。「彼《かれ》は約束しないかもしれないけれど、わたしたちは約束します！　だから、わたしたちだけでも助けてくれませんか？　彼《かれ》はここに残ってもかまいませんから」

探検家《たんけんか》の顔から首までが真っ赤になった。鼻と口のまわりだけが白く残っている。怒《いか》りで顔がまだらになったのだ。「おまえ」とフレッドをじろりと見る。「おまえは名声をほしがる、考えの足りない大ばか者だ――そして、おまえは」とコンをにらみつける。「喜んで友だちを見すてるようなやつだ。うんざりする！」

「彼《かれ》は友だちじゃありません！　今はちがいます」

「だまれ！」がまんするのは得意《とくい》ではなさそうだった。荒《あら》らげた声はほえ声のようだ。「おまえたちのだれであれ、わたしが助ける理由などない！　なぜわたしが助けなくてはいけないんだ？　まったく、子どもなんてなんの役にも立たん、とっくにわかっていたことだがな」

男はくるりと背《せ》を向けた。両方のこぶしをポケットにねじこむ――と、何かを引っぱりだした。「忘《わす》れていた。これを持ってきたんだ。わたしの要求にあんな反応《はんのう》をされるとは、思ってもいなかったがな。これをやるに値《あたい》しないやつらだ」

マックスが哀《あわ》れっぽい声をたてて、ひざをかかえた。探検家《たんけんか》は何かを地面にほうると、暗がりへと大またで歩いていった。四人が転がりおちた壁《かべ》まで行くと、のぼりはじめた。両腕《りょううで》と一方の足だけを使い、もう一方の足はぶらぶらさせたまま、すばやくのぼっていく。

「フレッド！」とコン。「いいかげんにしてちょうだい――あなた自身は、どうぞここで死んでくれてけっこうよ。でも、わたしたち三人のすべてを台無しにする権利《けんり》はないわ」

マックスが目に涙《なみだ》をため、はなをすすって、しゃくりあげはじめた。

フレッドは、探検家《たんけんか》が落としたものを拾いあげた。やわらかい葉で何かを包み、口をひねって太い草でしばってある。あけてみた。ひとつまみの塩に、乾燥《かんそう》させて砕《くだ》いた緑色のかけらがまぜてあった。

「調味料だ」とフレッド。「鳥肉の」

「話をそらさないで！」コンがぴしゃりと言う。「ね、わかってちょうだい。あの人を追いかけていって、気が変わったって言ってきて」

「できない」

「なんでよ。本当にそうでなくたっていいのよ——ただ、そう言ってくれさえすれば！」

「とにかく、できない」フレッドは父親のことを考えた。そして、学校にもどることを——ただの、母親のいないピーターソン家の少年としてでなく、ジャングルに立ちむかい、ひとつの世界を発見した少年としてもどることを、考えた。

「お願い、フレッド」とライラ。「お願いだから——コンの言うように——あの人を追いかけて。わたしの両親はものすごく心配しているわ。そのせいで死んでしまうかもしれない」マックスが目をまるくした。ライラはため息をついた。「本当にそうなるってことじゃないわ、マックス。単なる言いまわしよ」

「手おくれだよ、もう」とフレッド。「言ってただろ。今は、ぼくたちのだれも助けるつもりはないんだ。ものすごく怒《おこ》ってて」

「あなたが怒《おこ》らせたせいよ！」とコン。

「きみだってだろ！」フレッドもぴしっと言いかえす。「きみはきみで、好きにすればいいさ。ぼくは、嘘《うそ》の誓《ちか》いはしない、わかった？」

「何よ、あなたは高潔《こうけつ》で道徳心があるから、いやだってわけ？」

マックスが両手で耳をふさいだ。

「そうじゃないよ！　ぼくはそうしないってだけだ。だって、ぼくに起きた、これまでのいちばん大切なことで、嘘《うそ》をつくことになるんだから！」

「あの人には、わかりっこない！　あなたは自分の名前を新聞にのせたいだけでしょ！」

「彼《かれ》にはわかるさ！　あの人にはわかってしまう、そうだろう？　――たくさんの人が、もう一度発見しようと押《お》しよせてくる。写真をとり、遺跡《いせき》の発掘《はっくつ》をするに決まってる」

「わたしが家に帰れたら、あとはどうなろうと知ったこっちゃないわ！　ここが丸焼けになろうとね！」とコン。

「やめて！」ライラが叫《さけ》んだ。その声は広場中に響《ひび》きわたった。二人はびっくりして、ライラに向きなおった。「だまりなさい、二人とも！」全身を怒《いか》りでこわばらせている。「あなたたち二人とも、うんざりだわ。もう手おくれだというなら、今さらけんかしてなんになるの？　もしもまたマックスを泣かせたら、二人ともひっぱたくわよ」

マックスはライラのひざによじのぼって、バカの毛に顔をうずめた。

フレッドは、ごくっとつばを飲んだ。心を静めようとする。調味料を取りだす。

「これ、いる？　みんな、食事したほうがいい」

「いらない。毒《どく》かもしれないもの」とコン。

フレッドは自分の肉を火からおろした。ところどころ黒くなって皮が焦《こ》げ、湯気がたっている。指で皮をはがそうとして、熱さに手を引っこめた。塩と未知のハーブをひとつまみ、鳥肉にまぶす。

フレッドは、コンの視線《しせん》をはねつけるように目をそらし、肉にかぶりついた。はじめての味が全身をつらぬく。指先までしみわたるような香りと味。辛《から》くて、濃《こ》くて、野性味《やせいみ》たっぷりだ。

「毒《どく》なんかじゃないよ」とフレッド。「うまい」

「のどをつまらせたらいいいんだわ」とコンが言った。


じきに真っ暗になった。たき火と月の明かりがあるだけだ。炎《ほのお》は広場を照らし、隅《すみ》のほうを薄《うす》暗《ぐら》く奇妙《きみょう》な形に見せた。雲が月を通りすぎ、影《かげ》が長くなると、コンが身ぶるいした。ライラは背《せ》中《なか》をまるめ、フレッドの視線《しせん》をさけるように、バカの毛をわけながらダニを探《さが》している。

フレッドはつたのカーテンのほうに目をやった。闇《やみ》の中にたれさがったそれは、広場の右隅《みぎすみ》をおおう、大きな緑の影《かげ》だ。

「あの後ろに、何があると思う?」フレッドが聞いた。「ぼくたちに見られたくないものって、なんだと思う?」

「知らない」とコン。「どうでもいいわ」コンは髪《かみ》を目の前にたらして、指ですいている。そのせいで、顔は見えなかった。

「動物かも」とライラ。ちらっと目をあげ、また落とす。「ヒョウとか。『ジャングル・ブック』のお話に出てくるみたいな」

「食料がたくわえてあるのかも」とフレッド。

マックスが背中《せなか》をのばしてすわりなおす。「ほんもののたべもの?」

「なぜあそこにかくすの?」とライラ。

「考えたんだけど、この都市に人が住んでいた時には、食料の貯蔵場所《ちょぞうばしょ》があったはずだよ。あそこなら貯蔵《ちょぞう》に使えそうだよね。あまり人目につかない場所だしさ」フレッドはあたりを見まわして、探検家《たんけんか》が近くにいないことを確認《かくにん》した。「行って、のぞいてみるべきじゃないかな」

「おやまあ、なんとすばらしい思いつき!」とコン。「あなたは彼《かれ》をじゅうぶん怒《おこ》らせたわ。わたしたちをここでのたれ死にさせそうなくらいにね――この際《さい》だから、食料も盗《ぬす》んだら? あの人はあなたを素手《すで》で殺《ころ》しかねないけど、あなたなら気にしないでしょう」

「盗《ぬす》んだりしない！　借りることはあってもね。借りるのだって、そうする以外にない時だけだ」

「どういう意味？　そうする以外にない時って？」

「あの人がぼくたちを助けてくれないなら、ほかの方法を探《さが》すしかないだろう」

「何をしようっていうの？」とコン。

「マナウスに向かうのに、じゅうぶんな食料を見つけるのさ」フレッドは、がらんとした都市を手でぐるりとしめして言った。「ここにはたいして食べものがない」

コンは真っ赤になった。「わかってるの、あなたのせいよ？　地図をたどっていけば家に帰れるって、あなたが言ったのよ！　で、ここにたどりついたとたん、あなたがそれを台無しにした！」

「そうじゃない！」フレッドは自分の首とほおが赤くなるのを感じた。「あの地図の先に都市の遺跡《いせき》があって、ただ一人の住人がハゲワシをペットにしているおかしな男だなんて、思いもしなかった！　だれにもそんなこと、予測《よそく》できなかっただろ！」

「家に帰るって、約束したじゃない！」

「家には帰るさ」とフレッドは言ったが、そんな約束などしていないのは確《たし》かだった。だいたい何かを約束するなんて、フレッドにできたはずがない。それでも、ただこう言うにとどめた。

「ぼくは知りたい。きみたちは、気にならない？」

「ならない」とコン。地面におしりをついたまま、くるりとフレッドに背《せ》を向けた。ブラウスごしに、やせてとがった肩甲骨《けんこうこつ》が突《つ》きだして見える。

「あの人には、わからないさ」もし食べものを見つけたら、探検家《たんけんか》が何を言おうがしようが関係ない、とフレッドは思った。みんなでいかだのところにもどり、マナウスをめざすのだ。食べものが見つかれば、この気まずい空気、コンの怒《いか》りとライラの落胆《らくたん》も、吹《ふ》きとばせるかもしれない。

「あなたの好きにして。わたしはあそこへは行かない」とコン。

「ライラは？」とフレッド。ライラは二人が言いあらそうあいだ、二人の顔を交互《こうご》に見ながら、だんだんと悲しげな目になった。「もう暗くなってきたし、見つからないよ。いっしょに行かない？」

ライラはためらった。「どうかしら。あの人、わたしたちを信頼《しんらい》してたわ」

「でも今はちがう！　あきらかに、ぼくたちをまったく信じていない。自分の名前すら教えようとしないんだ！　ね、頼《たの》むよ」とフレッド。つたの壁《かべ》は広場の片隅《かたすみ》で、さあ、どうする、と迫《せま》るようにたれさがっている。「ちょっと見るだけ」

ライラは暗くなった広場をながめわたした。「いいわ、わかった。いっしょに行く」

「ありがとう！」フレッドは勢《いきお》いよく立ちあがった。「ほんとに行かないの、コン？」

「絶対《ぜったい》に行かない」

「マックスを見ててくれる？」とライラ。「この子、静けさがどういうものか、まだよくわかっていないの」

コンはしぶしぶながら、承知《しょうち》した。

フレッドとライラは暗がりを手探《てさぐ》りしつつ、ゆっくりと広場を横切っていった。並木《なみき》にはさまれた通りは地面がなめらかで、雑草《ざっそう》も落ち葉もなく、ジャングルから吹《ふ》きよせられたごみがまったくない。けれども両わきには、石の小山や、円形で半分くずれかけた穀物貯蔵庫《こくもつちょぞうこ》のような土の建物が二つあって、あちこちから草や木の芽が生《は》えていた。

「ここ、なんだったと思う？」フレッドがきいた。

「さあ。でも、もしここが都市の広場だったのなら、あそこにある彫像《ちょうぞう》は都市の記念碑《きねんひ》かもね。あるいは、神さまとか」

「トラファルガー広場にあるライオン像《ぞう》みたいな？」それを思いだしたとたん、フレッドは、もうれつに家に帰りたい思いにかられた。

「そうよ！　パパがそんな話をしていたわ。中心に大通りがあって、人々《ひとびと》はその両側に住んでいただろうって。それとも、ジャングルの中のツリーハウスにだったかしら――わたしなら、そっちがいいけど」

「これを秘密《ひみつ》にしろだなんて、あの人はどうかしてるよ」とフレッド。「こんなにすばらしいんだ――今までに見たこともないようなものなんだ」フレッドは横目で、ライラをちらっと見た。

「このすべてを自分だけのものにしておくなんて、いけないことだよ」

ライラは何も答えなかった。ただ、じっと前方を見つめている。

背後《はいご》で走る足音がした。フレッドはぎくりとしてふりむいたが、コンと、コンに引っぱられてきたマックスだった。

「気が変わったの」息を切らしてコンが言った。「あなたに言ってるんじゃないけど」

「むりやり、ぼくをつれてきたんだ」とマックス。「かげをみたって、ヘビだって」

「ちがうわよ、このちびすけ!」

ライラとフレッドは目を見かわした。「おとなしくしていてね、マックス」とライラ。

「ぼくはいつでもおとなしいさ」マックスはえらそうに言った。姉に向かって、べーっとべろを出したとたん、石につまずき、眠《ねむ》っている鳥たちを起こすような大声でわめいた。「ぼくのつまさきが!」

「しー！」とライラ。

一本の木がざわついて、急に静かになった。コンはびくびくしながらあたりを見まわした。

「もどったほうがよくない？」

フレッドは首を横にふった。「きみはそうしてもいいよ」とフレッド。「ぼくは見にいく」四人が広場の端《はし》にたどりついた時、雲が月をよぎり、彫像《ちょうぞう》の顔の上を黒い影《かげ》がなでていった。彫像《ちょうぞう》がまるで生きているように見えた。

彫像《ちょうぞう》の後ろには、泥《どろ》と石でできた壁《かべ》が、みんなの頭より高くまでのびている。壁《かべ》の左端《ひだりはし》はくずれかけていて、あざやかな黄色の花が点々《てんてん》と咲《さ》いている。右端《みぎはし》はつたのカーテンの中にのみこまれている――探検家《たんけんか》がさわるなと命じたつただ。

フレッドはつたに近よった。つたが、さわさわと音をたてた。フレッドはあとずさった。風だったのかもしれない。あるいはつたの向こうに、何か生きものがいるのだろうか。フレッドはヘビのことを考えまいとした。

フレッドは手をのばし、つたをひとまとめにつかんで押《お》しのけた。ライラも同じようにする。つたの向こうに、またつたの分厚《ぶあつ》いカーテンがあった。竹細工のように、きっちりと編《あ》まれているようだ。とても密《みっ》に編《あ》まれていて、緑のかたまりの向こうにすんなりと手を入れることができない。フレッドは両腕《りょううで》をひじまでつたの中に突《つ》っこんでから、引きよせた。緑のすき間《ま》に、ちらりと色が見えたが、すぐにつたが黒々《くろぐろ》とおおいかぶさった。

「何か見える！」フレッドが鋭《するど》くささやいた。

「しー！」とコン。

「なんだった？」とライラ。

「わからない――ちらっと黄色いものが見えた――それ以上はわからない。つたを切らなくちゃだめだ」フレッドはポケットからナイフを取りだした。

「だめよ、待って！」とコン。「いい考えかどうか、わからないわ」

「そいつは」と頭上から声がした。「おそろしく悪い考えだな」

フレッドは凍《こお》りついた。石に当たる靴《くつ》の音。探検家《たんけんか》が壁《かべ》の上から飛びおり、フレッドの鼻先数センチのところに着地したのだった。悪いほうの足を地面にぶつけて、悪態《あくたい》をつく。背筋《せすじ》をのばした男の顔はきびしく、怒《いか》りに満ちていた。

「近よるな、と言ったはずだ」静かな声で男が言った。「それが、そんなにむずかしいか？」

冷たい恐怖《きょうふ》がフレッドの体をつらぬく。探検家《たんけんか》のこんな表情《ひょうじょう》を見るくらいなら、学校でむちで打たれるほうがましだった。「本当に――ごめんなさい」フレッドの舌《した》が急にかわいた。「ぼくたち、ただ、こう考えたんです——」

「考えた、か。おまえたちは、ばかげた考えが心をよぎったら、そうせずにはいられないほど、おそろしく自制心《じせいしん》に欠けているのかね？」

「ごめんなさい、本当に——」ライラが口を開いた。

「ここから出ていけ！」探検家《たんけんか》は怒《いか》りで真っ赤になっている。

絶望感《ぜつぼうかん》がフレッドの血管をかけめぐった。マックスが、恐怖《きょうふ》でふるえているのが見えた。フレッドはマックスをかばうように前に立った。「何も盗《ぬす》むつもりはありませんでした」嘘《うそ》をついたという、焼けるような思いが体中に広がる。フレッドは口ごもった。「ぼくたち、どうしても——」

「行け、と言ったんだ！　出ていけ！」

「ぼくが悪いんです」とフレッド。「ぼくの思いつきです。みんなのでは——」

「だれの思いつきだろうと、関係ない」探検家《たんけんか》はベルトからナイフを引きぬいた。それをフレッドの胸《むね》につきつける。「寝床《ねどこ》にもどれ。もしまた、つたのあたりでだれかを見かけたら、眠《ねむ》っているうちにおまえたちの指を切りおとして、バナナ油であげて、ハゲワシのデザートにくれてやる」

フレッドは向きを変え、大通りの中央をもどっていった。恥《は》ずかしさが、胸《むね》の奥《おく》で脈打《みゃくう》っている。マックスですら、なんの音もたてなかった。

わな

フレッドはその晩《ばん》、二度、目が覚めた。石と泥《どろ》でできた床《ゆか》に鼻を押《お》しつけて眠《ねむ》り、息苦しくなったのだ。父親はフレッドに背《せ》を向けたまま、フレッドが肺《はい》を空《から》っぽにするまで悲鳴をあげても、ふりかえろうとしなかった。

「夢《ゆめ》さ」フレッドはつぶやいた。「たかが夢《ゆめ》だ。現実《げんじつ》じゃない」でも、それはあまりに現実味《げんじつみ》を帯びていて、体を流れる血と同じくらい、本物に感じられた。

フレッドは頭上のつるを透《す》かして、その上に広がる樹冠《じゅかん》を見あげた。あらゆる細部を覚えておこうと、目を細める。家に帰りついたら、すぐに父さんに樹冠《じゅかん》の絵を描《か》くんだ。色をつけて。父さんは何本もの、さまざまな色合いの緑の色鉛筆《いろえんぴつ》を買ってくれるだろう。

もう一度目をつぶる気には、なれなかった。日がのぼると、心の底からほっとした。フレッド

は石造《いしづく》りの小屋からはいでて、太陽の暖《あたた》かさに包まれた。

フレッドの腹《はら》の奥《おく》には、冷え冷えとした罪悪感《ざいあくかん》が前の晩《ばん》からいすわっている。これまでフレッドは盗《ぬす》みをはたらいたことがなかった。やってみようとしたことすらない。例のつたに目をやると、朝日に照らされ、あざやかなエメラルド色に光っていた。探検家《たんけんか》の顔に浮《う》かんだ表情《ひょうじょう》を思いだす。あれは単なる怒《いか》り以上のものだった。そこには、恐《おそ》れがあった。

あやまりにいかなくては。そう考えると、フレッドの胃《い》は、恥《は》ずかしさでよじれそうだった。でも探検家《たんけんか》に、盗《ぬす》みの常習犯《じょうしゅうはん》で、嘘《うそ》つきで、ぺてん師《し》だと思われたままにはしたくない。謝罪《しゃざい》を受けいれるような人かどうかは、わからない。あの彫像《ちょうぞう》のひとつにあやまるようなものかもしれない。それでも、やってみよう。

フレッドはサソリが入りこんでいないかと、靴《くつ》を引っくりかえした。今まで読んだどの本にも、サソリに注意しろと、くりかえし書かれていた。

フレッドの指はいつもより動きがぎこちなかった。上半身が緊張《きんちょう》でふるえている。

朝日が当たると、遺跡《いせき》はちがって見えた。もっと生き生きして見える。広場の向こう端《はし》にそってのびた壁《かべ》は半ばくずれかけていて、つたにおおわれている。つたが切られている場所もある。石の表面には、もとの岩石から切りだされた時の跡《あと》が見える。

フレッドは頭上をながめながら、広場をゆっくりと歩いた。都市の上をおおう樹冠《じゅかん》は入念につくられたものだった。石のあいだからのびて周囲《しゅうい》の壁《かべ》にもたれかかっている木々《きぎ》の枝《えだ》と、からまりあったつる植物とを編《あ》んである。まるで、木立の上に広げられた、巨人《きょじん》のための緑のテーブルクロスだ。

緑のあちこちに穴《あな》があいていて、そこから明るい陽光が降《ふ》りそそいでいる。ぽっかりと大きくあいた穴《あな》の下に彫像群《ちょうぞうぐん》があって、石が黄色くかがやいていた。穴《あな》の真下に一本、木が生《は》えているが、葉が一枚《まい》残らず焼けおちてしまっている。太陽に焼かれたか、ごく小さな山火事があったのだろうと、フレッドは思った。

耳の大きなネズミに似《に》た小動物が、朝日を浴びて日向《ひなた》ぼっこをしている。フレッドが近づくと、あわてて走りさった。

石の彫像《ちょうぞう》に一歩一歩、近づくにつれ、フレッドの胃《い》がぎゅっとしめつけられる。彫像《ちょうぞう》は、フレッドの背丈《せたけ》の倍はある。雨に打たれ、時を経《へ》てすりへって、顔の表情《ひょうじょう》は失われている。男女は体つきのちがいで、ジャガーは尻尾《しっぽ》で、かろうじて見分けがつくだけだ――それでも、ところどころに石をけずった道具の跡《あと》が認《みと》められた。フレッドは手をのばし、ジャガーの足にさわった。半分しか残っていなかったが、爪《つめ》がどこについていたかはわかる。真新しかった時、この黄色い石はどんなに光りかがやいていたことだろう。

けれども、探検家《たんけんか》の姿《すがた》はどこにもなかった。

前方から深い呼吸音《こきゅうおん》が聞こえた時、フレッドは思わず、尻尾《しっぽ》を巻《ま》いて逃《に》げだしかけた。彫像《ちょうぞう》の左に一本の木が、石の床《ゆか》を突《つ》きやぶって生《は》えている。その木の葉陰《はかげ》に、つる植物を編《あ》んでつくられたハンモックが張《は》られ、探検家《たんけんか》が眠《ねむ》っていた。ハンモックに対して斜《なな》めになるように体を入れて横たわっている。その角度にするとハンモックが広がって、ベッドのように平らになるのだ。これからハンモックに寝《ね》る時は、斜《なな》めにしよう、とフレッドは心のメモに書きこんだ。

ハンモックの下にはさまざまなものが散らばっていた。小さなインクつぼ、ハゲワシの羽でつくった羽ペン、何か書きつけてある樹皮《じゅひ》、大きな靴《くつ》が一足。

フレッドは近づいた。眠《ねむ》っていると、探検家《たんけんか》はずっと若《わか》く、やさしそうに見える。

「ぼうず」男は目をあけなかった。少なくとも、あけたようには見えなかった。「わたしを起こすだけの理由があるんだろうな」

フレッドの胸《むね》が熱くなった。「ごめんなさい、ぼく――」フレッドが話しだす。どうして、ぼくだとわかったのだろう。まつ毛のあいだからのぞき見していたにちがいない。

「においでわかる」まるでフレッドが声に出してたずねたとでもいうように、探検家《たんけんか》は言った。「それに、おまえたちの呼吸《こきゅう》の仕方はみなちがっている。イギリス人の少女は歯のすき間《ま》から息をするし、髪《かみ》を縄編《なわあ》みにしたブラジルの少女は世界を起こしてはいけないと気づかうように息をする。ちいさい男の子は鼻水という、正真正銘《しょうしんしょうめい》、革命的《かくめいてき》なバリケードごしに呼吸《こきゅう》するようだしな。そして今、おまえは、わたしがおまえのひざ頭《がしら》にナイフを投げつけるんじゃないかとおびえたように息をしている」

フレッドはたじろいだ。でも探検家《たんけんか》は気づかなかったようだ。ため息をつくと、うーんとのびをした。

「仕方ない。目が覚めてしまった」

「あの、よく眠《ねむ》れましたか?」とフレッド。

探検家《たんけんか》は身を起こすと、あごをかいた。「ここはボーンマスにある下宿屋じゃないんだ。そんな、ばあさんみたいなことは言わなくていい」

フレッドは額《ひたい》がかっと熱くなるのを感じた。「礼儀正《れいぎただ》しくしようとしたんです。父が言うには、『とにかく礼儀正《れいぎただ》しくしろ、それが、ほかの何より簡単《かんたん》だからという理由でも』って」

「なんとも実際的《じっさいてき》なことだ」探検家《たんけんか》はズボンの折り目からハチに似《に》た赤と黒の昆虫《こんちゅう》をつまみとると、手のひらのあいだでつぶした。「これからは、ぼうず、わたしが寝《ね》ている時は近づかないほうがいい。もしも起こす必要のある時は、安全な距離《きょり》から何かを投げろ」

「どうしてですか?」

「驚愕反射《きょうがくはんしゃ》がおきる」フレッドには意味がわからなかった。実際《じっさい》、きょとんとして見えたのだろう。探検家《たんけんか》はこう言いたした。「昔、つかまって監禁《かんきん》されたことがある」

「ドイツ人に?」

「いや」

「先住民に?」

「おまえの考えている人たちではない——つまり、この土地の本来の持ち主というべき人々《ひとびと》ではない。ゴム園の所有者たちだ。わたしはやつらの、周辺の森に住む人たちに対するやり口が気にいらなかった」

「それで足を——」

「そのことは、あまり話したくない」

フレッドはあとずさりした。自分自身の後ろにかくれたくなるような視線《しせん》、というものがあるのだ。それでも、ふんばって、こう言った。「ごめんなさいって言いにきたんです。昨夜のことで」全然ダメだ——まるで、後ろから来る人にドアを押《お》さえておかずに、失礼、と軽くあやまるような調子に聞こえる。フレッドは、ごくりとつばを飲みこんだ。「きちんと、あやまりたかったんです」

探検家《たんけんか》は一方の眉《まゆ》を、だから？　とでも言うようにあげた。

フレッドは話しだそうとして口ごもった。恐怖《きょうふ》で胃《い》がきりきりする。「あれは——ぼくたちは、何かしようとしてたんじゃないんです。何かを取ろうとか、こわそうとか、そんなつもりはなかったんです。でも——」

「でも、不正直で、不毛なことだった、か？」探検家《たんけんか》がそっけなく言う。「まさしく、そのとおりだな」

フレッドは真っ赤になった。はじめて、探検家《たんけんか》と目があった。フレッドはうなずいた。「はい。そうです。そんなつもりじゃなかったんです。でも、たしかにそのとおりでした。怒《おこ》るのは、当然です」フレッドは床《ゆか》に目を落とすと、きびすを返して寝床《ねどこ》にもどろうとした。

「待て」

フレッドはふりかえった。探検家《たんけんか》は靴《くつ》ひもを結びはじめた。左右の長さが同じになるように、慎重《しんちょう》にひもを引っぱっている。そのあと、ポケットからナイフを取りだし、石の上で刃《は》を研《と》ぎだした。フレッドは待った。緊張《きんちょう》で胸《むね》がつまりそうだ。この人は本当にぼくの指を切りおとすつもりなんだろうか。フレッドは両手をポケットに深く突《つ》っこんだ。

ようやく探検家《たんけんか》が口を開いた。「わなをしかける」顔にぱしゃぱしゃと水をかけた。「どうやるのか覚えておいたほうがいいだろう、家に帰る途中《とちゅう》、自分たちで食料を調達するつもりならな」男はナイフでひげを、注意深く入念にそりはじめた。「いっしょに来るか?」

「はい!」とフレッド。「行きたいです」

「それなら、ちょっと待て」男は口をすぼめ、ほおの皮膚《ひふ》をぴんと張《は》るようにした。「忠告《ちゅうこく》しておこう——ジャングルでは、ひげを長くのばすな。さもないと、もみあげの中にツチボタルの一家が住みついていた、ということになる」男はきびしい目をフレッドに向けた。「楽しそうに聞こえるかもしれないが、実際《じっさい》はそんなものじゃない」

「ありがとうございます」フレッドは、笑わないようにした。「覚えておきます。ぼくはまだ、ひげは生《は》えないですけど」

探検家《たんけんか》は上着をぬぐと、木の枝《えだ》に引っかけた。さまざまな黒っぽい毛皮をはぎあわせた上着だ。何枚《なんまい》かにはまだ足がついている。どうやらその木は、一種のクローゼットになっているようだ。手ごろな枝《えだ》に、替《か》えのシャツもぶらさがっている。

フレッドは近よってみた。上着を引っかけてある枝《えだ》は、つるを、8の字を描《えが》くようにぐるぐる巻《ま》きにして、あとから木に結びつけてあった。そうだったのか、という衝撃《しょうげき》が血管をかけめぐり、フレッドは身ぶるいした。

探検家《たんけんか》はびっくりしたようだった。「ぼうず、どこか具合が悪いのか？」

「いいえ！　そうじゃないんです。ただ——ぼく、こんなふうに結んである枝《えだ》を見かけたんです。いかだをつないでおく枝《えだ》です。かくれがのところの。ハチの巣のそばです。あれは、あなただったんですね」

「そうかもしれない。この結び方は、よく使うからな。きちんと結べば、何年ももつ。本当に、気分が悪いわけじゃないのか？」探検家《たんけんか》は射《い》るような目でフレッドを見た。「病気の子どもの世話はごめんだからな。どこかにわたしのつくった防水《ぼうすい》オーバーがあるはずだ。魚のにおいが気にならなければだが」

「だいじょうぶです、本当に」

「そういえばサルをスカーフにしたこともある」

「サルを？」フレッドは、ぞっとしたことをおもてに出さないようにした。

「そうだ。あいつらはケンカしてばかりで、ノミほどの価値《かち》もなかったが」

「生きたサルでスカーフをつくったんですか？」

「スカーフとよぶほどのものではなかったな――六匹《ぴき》の小さなサルを肩《かた》の周りに下げていたのさ。理想的とはいえなかった」

探検家《たんけんか》は広場を囲《かこ》む急斜面《きゅうしゃめん》をのぼりはじめた。「ついてこい」

「サルは、慣《な》れていたんですか？」

「そう思っていた」探検家《たんけんか》はマチェーテを手にとると、平らな面で手のひらをパシッと打った。「一年かけて飼《か》いならしたんだ。予想以上に扱《あつか》いにくかったな。鼻をイチジクとまちがってかじられてはじめて、突然《とつぜん》起こされるってのがどういうことか、思いしったよ」

探検家《たんけんか》は大またで、木が密生《みっせい》しているほうへ向かっていく。「おくれるな」

フレッドはほかのみんなにすまない気がした。今ごろ目を覚まし、フレッドがいないことに気づいただろうか。でも、それどころではない。探検家《たんけんか》のペースに追いつくので精一杯《せいいっぱい》だ。探検家《たんけんか》は片足《かたあし》を引きずりながら、フレッドの二倍の速さで、五倍は静かに移動《いどう》していく。

「帰り道がわかるように、木に印をつけなくていいんですか？」あえぎながら、フレッドが聞く。探検家《たんけんか》がふりかえった。驚《おどろ》いたようだ。あるいは、恥《はじ》をかかされたというような表情《ひょうじょう》だったかもしれない。

「わたしをなんだと思ってる？　そんなもの、いらん。木に印をつける必要はない。おまえが寝室《しんしつ》からトイレまで、壁《かべ》に印をつけなくていいように、な。ここはわたしの家だ」

探検家《たんけんか》はあたりの森をぐるりと手でしめした。ここに生《は》えた木々《きぎ》は都市を囲《かこ》む木々《きぎ》より細く、緑の木漏《こも》れ日《び》も明るかった。

「ここで、わなに使う木をとる。これを見ろ」探検家《たんけんか》は、フレッドの手首くらいの太さの枝《えだ》を指さした。

「こういう枝《えだ》を二本、切れ。できるだけまっすぐなのを。あそこのあれは、いい木だ。ほら」探《たん》検家《けんか》はフレッドにマチェーテを手わたし、自分はつるの皮をはいで、細いロープをつくりはじめた。

マチェーテは手にずしっとくる。みごとなつくりで、柄《え》には彫刻《ちょうこく》がほどこされ、刃《は》は日の光を受けて、銀と緑にかがやいていた。

「きれいだ」とフレッド。ためしに、斜《なな》め切《ぎ》りしてみた。

「気をつけろ！　自分の手を切りおとさないようにな。それから、まっすぐに切るんだ、ぼうず！　木を傷《いた》めないように」探検家《たんけんか》はかがむと、白と言っていいくらい淡《あわ》い緑色をした芽生《めば》えのまわりから、枯《か》れ葉《は》などをはらいのけた。

「必要な分だけ、切るようにしろ。余分《よぶん》に切るな。木が回復《かいふく》できるように残すんだ。生きものにとって最大の脅威《きょうい》は、人だ。それは、誇《ほこ》れることではない」

探検家《たんけんか》は、密生《みっせい》する木立がどこまでも緑の葉を茂《しげ》らせているのを包みこむように、片手《かたて》をふった。「このすべてに終止符《しゅうしふ》をうつのは、人間なんだ。わかるか？　都市、そしてそれを大地からも空からもかくしている森のことが？　守ってやる必要があるんだ」

「それって、ぼくたちから守るってことですよね？」とフレッド。フレッドはもう一度、マチェーテを空中でふるってみた。快《こころよ》く空《くう》を切る音がした。「そのために、ぼくたちに何ができるんだろう？」

「しゃべるがいいさ。子どもというのは、およそ秘密《ひみつ》を守れないものだからな。だが、ある種の知識《ちしき》は、生きものみたいに傷《きず》つきやすく、取《と》り扱《あつか》いに注意がいる。慎重《しんちょう》に扱《あつか》うべきなんだ」

「ぼくは山ほど秘密《ひみつ》を守ってきました！」とフレッドは言った。けれどもあらためて森を見ながら、本当かな、と自問した。これほど重要な秘密《ひみつ》をもったことなど、今までになかった。父さんが思わず新聞を下におき、フレッドに向きなおるほどの秘密《ひみつ》など、もったことはなかったのだ。

「この場所は、人間から守ってやる必要がある」探検家《たんけんか》が言った。「わたしは自分と同じ、イギリスの連中を警戒《けいかい》しないわけにいかない。やつらは、気にかけるものをまちがえている。かつてわたしは、朝7時15分発パディントン行きの電車に、毎日同じ顔ぶれで乗っていた——で、それを見て考えたものさ。こいつらは朝になれば起きて、ズボンをはき、アマゾン川がどんなに美しいかなんて考えもしない！ それが正しいことか？ とね。それに、わが国の首相も気にいらん。身なりはたいそう結構《けっこう》だがね。本人が何度反論《はんろん》しようと、やはり読み書きできるか疑《うたが》わしい人物だな」

探検家《たんけんか》はぱっと手を出すと、マチェーテをふるおうとしていたフレッドの手首をつかんだ。「ぼうず！ 気をつけろ——刃《は》を自分に向けて持つんじゃない。マチェーテで自分を切るのは、ひどくぶざまだぞ。さあ、その枝《えだ》を切れ——その緑のだ」

フレッドは自分の手首くらいの太さの枝《えだ》に向かってマチェーテをふりおろした。最初はマチェーテが木に食いこんで、力いっぱい引きぬくことになった。

「気をつけろ」と探検家《たんけんか》。「おたがいの意見がどんなにちがおうと、おまえの血管が開くのを見たいとは思わん」

二度目には、小気味いい音とともに枝《えだ》が切りおとされた。

「よし。しっかり見ていろ。二度はやらないからな」

探検家《たんけんか》はしなやかな若木《わかぎ》を選んだ。丈《たけ》が1、2メートルほど、幹《みき》の太さはフレッドの親指よりわずかに太い。「若木《わかぎ》の先端《せんたん》にロープを結びつけろ」

フレッドが言われたようにするあいだ、探検家《たんけんか》はあたりを調べ、パチンコになりそうな大きさのY字型《がた》の枝《えだ》を地面に立てた。「よし。マチェーテをくれ」手術中《しゅじゅつ》の外科医のように、片手《かたて》を突《つ》きだす。マチェーテの柄《え》で、Y字型《がた》の枝《えだ》を若木《わかぎ》のそばの地面に慎重《しんちょう》に打ちこんでいく。Yの頭の部分だけが飛びだしたようになった。

「次はロープのもう一方の端《はし》を、さっきおまえが切った緑の枝《えだ》に結びつけろ――中央だ、よし――ロープの端《はし》は残しておけ。その端《はし》に輪をつくって、引くとしまるように結ぶんだ。跳《は》ねあげ式のわな、くくりわなだ」

ぎこちなく、フレッドは男の指示《しじ》にしたがった。ロープの結び方なら、以前自分の部屋で、深夜こっそりと、ベッドの中で練習したことがある。探検家《たんけんか》は、よしというようにうなずいた。フレッドは誇《ほこ》らしさがこみあげてきて、指先がちくちくするようだった。

「いいか、見ていろ」探検家《たんけんか》がロープを引きさげると、若木《わかぎ》がおじぎするようにたわんだ。緑の枝《えだ》をYの枝《えだ》に引っかける。ロープが、ぴんと張《は》った。

「ちょっとでも動かせば、緑の枝《えだ》がはずれる。えものが輪の中に足を突《つ》っこむと若木《わかぎ》が跳《は》ねあがり、輪がぎゅっとしぼられて――夕食にありつける」

「何のわな？」フレッドはわなをあらゆる角度から調べながら聞いた。「何をつかまえるんですか？」

「来い」探検家《たんけんか》が言った。「行くぞ。ほかにもやることがある。わなは、地面を走りまわって輪をふむものならなんでもつかまえる。ネズミに、アルマジロ」

「ネズミを食べるんですか？」

「もちろんだ。必要ならな。何年にもわたって、うまいとは言えないものもずいぶん食べた。それでもありがたかった。カタツムリ、クモ」

「クモ？」

「ある種のクモはじつにうまい。探《さが》す手伝いをしてやってもいい。ただし、この場所について沈黙《ちんもく》を守ると誓《ちか》わないかぎり、助けるつもりはない」

フレッドは唇《くちびる》をかんだ。

「いやか？」と探検家《たんけんか》が聞いた。「他人の土地と歴史《れきし》から略奪《りゃくだつ》する人間たちと、ならぶほうがいいか？」

「そんな人たちじゃない！」フレッドは自分が読んだ本の中でさっそうと歩きまわっていた男たちのことを思った。「みんながみんな、そんなことをするわけじゃない！」

「たしかに、そうしないやつもいる――だが、いったい何人いる？　おまえは世界に、ここに来て見てくださいと言いたがっている。世の中の道徳心を全面的にあてにして、賭《か》けをしようというんだ、ちがうか？」

フレッドの胃《い》が、ぎゅっと縮《ちぢ》んだ。何も言わなかった。心臓《しんぞう》が痛《いた》いくらいに鼓動《こどう》する。でも、目をそらすまいとした。

探検家《たんけんか》はぶっきらぼうにフレッドの手からマチェーテを取ると、たき火用の太い枝《えだ》を切りはじめた。指輪がきらりと光った。

フレッドは話題を変えようとした。「その指輪」続けて、こう言うつもりだった、「なぜジャングルで指輪をしてるんですか？」と。でも、考えなおした。探検家《たんけんか》は個人的《こじんてき》なことを聞かれるのはきらいだろう――それに、フレッドのひざのすぐそばでマチェーテをふるっている。「あの……何でできているんですか？」

「魚のうろことカイマンの骨《ほね》だ」指輪を誇《ほこ》らしく思う気持ちと、フレッドに対する怒《いか》りがせめぎあっているようだった。探検家《たんけんか》は指輪をはずして、さしだした。「そら」輪の内側に文字が刻《きざ》まれている。

フレッドが読んだ。「ネク……アスペラ、テレント？」

「ラテン語だ。ざっくり訳《やく》せば〝逆境《ぎゃっきょう》なんぞ、クソくらえ〟だ。こんなところで指輪をするなんて、おかしいと思うか？」

まさにフレッドはそう考えたのだった。でも、今、ここで、それを言うのはまずそうだ。かわりに、ぎこちなく笑った。

探検家《たんけんか》は眉《まゆ》をぐっとあげた。「それを言うなら――なぜおまえは、ジャングルに来るのに小国の役人みたいな格好《かっこう》をしてるんだ？　まるでタンブリッジ・ウェルズあたりの市長選に立候補《りっこうほ》でもするみたいだぞ」

フレッドはびっくりして、自分の格好《かっこう》をあらためて見た。「これ、学校の制服《せいふく》なんです――だったというか。それと、クリケット用のセーター。父は、どこにいようと、できるだけ制服《せいふく》を着るようにと言うんです。そういう人なんです。それに、ぼくはジャングルに来るなんて思わなかったし」

「つねに、ジャングルに行くかもしれない格好《かっこう》をしておくべきだな。いつ何時《なんどき》、冒険《ぼうけん》に出くわすか、だれにもわからない」

「ぼくは、寄宿学校《きしゅく》にいるんです。ノーフォーク州の。グレシャム校です。クローマー通りにある」

「だから？」

「だから、ぼくが出くわすとしたら、冒険《ぼうけん》より地理の先生のほうがずっと可能性《かのうせい》が高いんです」

探検家《たんけんか》は周囲《しゅうい》をながめわたし、それから、きびしい顔つきでフレッドを見た。「だが、きみはここにいる」

探検家《たんけんか》はベリーの実が鈴《すず》なりになった枝《えだ》を用心深く木からもぎとると、フレッドにほうりなげた。さっとそれをつかむ。枝《えだ》が棘《とげ》だらけだと気づいた時にはもう、おそかった。フレッドは、学校なら許《ゆる》されない、きたない言葉を吐《は》いた。

探検家《たんけんか》の左の眉《まゆ》が、数ミリあがった。フレッドはぴたっと毒《どく》づくのをやめた。

「かならずあのちいさいの――鼻水をたらしたぼうずに少し食べさせろ。あの子はやせすぎだ。味見してみろ」

フレッドは大粒《おおつぶ》の実を口に入れた。舌《した》の上で果汁《かじゅう》がはじける。おそろしくまずい。ぺっと吐《は》きだしたかったが、探検家《たんけんか》はそれをよしとしないだろう。ぐっと飲みこんで、手の甲《こう》で舌《した》をこすった。「ガソリンみたいな味！」とフレッド。「それとアナグマと」

「たしかに。だが、とにかく食え。ビタミンが豊富《ほうふ》だ。マナウスに行く途中《とちゅう》でも簡単《かんたん》に見つけられる。川のそばに生《は》えるからな」

「これなら飢《う》えるほうがマシかも」

「だめだ。長く歩くことになるだろう。できるかぎり、腹《はら》をすかさずにいるべきだ。あまりに空《くう》腹《ふく》になると、悪い考えも良く思えてくるものだ。本物の飢餓状態《きがじょうたい》になると、フランスの哲学者《てつがくしゃ》のような気分になってくる。そいつは賢《かしこ》いことじゃない」

そう言って、探検家《たんけんか》は森の中を大またでもどっていった。フレッドがおくれまいと、木の根やアリ塚《づか》を飛びこえて走らなくてはならなくても、おかまいなしだった。

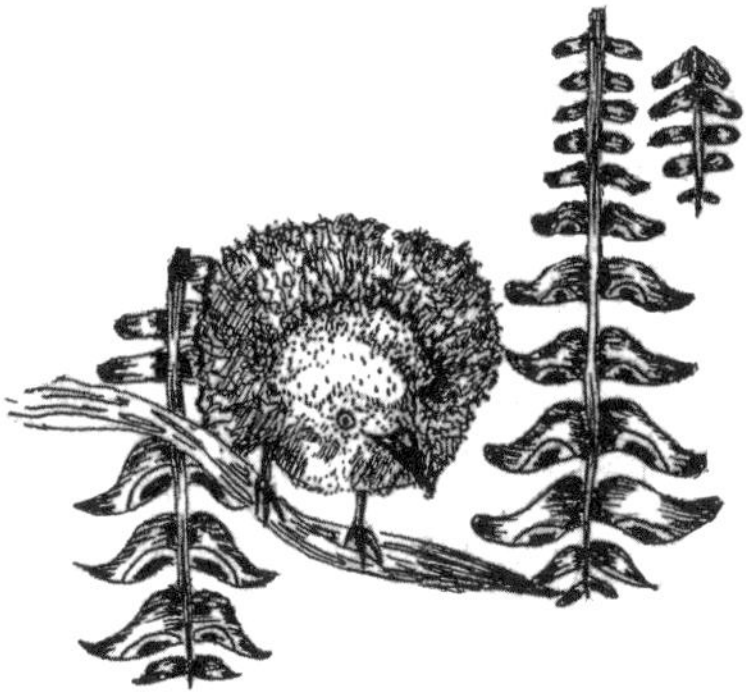

タランチュラ

フレッドがもどってみると、みんなはとっくに目を覚ましていた。かんかんになって、食事をしている。

怒《おこ》った顔をしながら、ものをかむのはむずかしい。そこで三人はバナナを下において、フレッドをにらみつけた。

「どこにいたの?」とライラ。

「あの人があんたの指を切りおとしたんだと思ったわ」とコン。

フレッドは説明した。わなのこと、彫像《ちょうぞう》のこと。そして、おわびの印にベリーの実をさしだした。

みんながベリーの実を吐《は》きだし、マックスがフレッドの靴《くつ》の上に吐《は》くまねをするころには、コンとライラはにらむのをやめていた。

ライラはフレッドにバナナの四分の三をさしだした。

「あっちのほうで見つけたのよ――ほら、石の山の後ろに木が生《は》えてるでしょ――あそこだけ土の地面が出ているの。実は五つあったけど、三つだけ持ってきたわ。まずいでしょ、だれかの――」ライラは頭で彫像《ちょうぞう》のほうをしめした。「あの人のだったりしたら」

バナナは少し緑だったけれど、フレッドはそのほうが好きだった。できるだけゆっくり食べようとしたが、むずかしかった。家ではめったにバナナを食べられない。それはごほうびの味だった。

軽やかな足音が広場に響《ひび》いた。探検家《たんけんか》がとりでの中心を、みんなのほうに向かって歩いてくる。

四人は大あわてで身だしなみを整えはじめた――コンは髪《かみ》の毛を指ですき、ライラはバカの毛をなでつける。マックスはネコみたいに、ひじから先をぺろぺろなめた。

その時、いくつかのことが一度に起きた。探検家《たんけんか》が近づいてくる。みんなのことを実際《じっさい》には見ていないようだった。考えにふけっている様子で、歩きながら樹冠《じゅかん》を見あげている。

カラカラカラという音に、フレッドは探検家《たんけんか》から地面へと目を向けた。地面に落ちた枝《えだ》の後ろから、ふいに一匹《ぴき》のヘビがかま首を持ちあげた。まるで潜水艦《せんすいかん》の潜望鏡《せんぼうきょう》のように、まっすぐに体を立てている。毒々《どくどく》しい緑色に、白い腹《はら》。目は赤い。フレッドは、しっと息の音をたて、みんなに手ぶりで教えた。三人は凍《こお》りついた。

「パニックになっちゃ、だめ」ライラがささやく。「ヘビはおそってこない——知ってるでしょう?」

フレッドはあとずさりした。ヘビはフレッドに向かって首を立てたまま、枝《えだ》にはいのぼった。

フレッドの凝視《ぎょうし》が気にいらないらしい。

「このヘビは、そのことを知らないようだよ」フレッドがささやく。

ヘビは枝《えだ》をこえて、みんなのほうにすべるように進んでくる。フレッドの息はのどの半ばで止まった。棒《ぼう》がないか、必死にあたりを見まわす。

探検家《たんけんか》が、悪だくみをするように小枝《こえだ》をかみながら、まっすぐに歩いてきて、みんなを通りすぎた。立ちどまることなく、何気ないふうにポケットから石をとりだすと、ヘビに投げつけた。石は空《くう》を切って飛び、ヘビの首に当たった。どさり、とヘビが地面に落ちた。

探検家《たんけんか》は、そのまま歩いていく。ふりかえらない。ふたたび頭上の樹冠《じゅかん》を見あげた。

フレッドはライラに、次いでコンに目をやり、そのどちらも、自分と同じように衝撃《しょうげき》を受けたことを見てとった。

「どこであんな技《わざ》を身につけたのかしら？」ライラがささやく。

「それに、なぜ？」コンがかすれ声で言う。「わたしたちみんなに死んでもらいたがってると思ってたわ――あの人にとっては、そのほうが都合がいいでしょ」

「そんなこと、いうな！」とマックス。「だめだ！」顔いっぱいに正義《せいぎ》の怒《いか》りが広がっている。「ぼくたちのために、ヘビをころしてくれた！　あのひとはぼくのだ！」

探検家《たんけんか》は立ちどまると、くるりとふりむいてみんなを見た。コンはさっと口をつぐみ、フレッドの後ろにかくれた。けれども、男の目はマックスに向けられていた。

探検家《たんけんか》はみんなのほうにもどってきた。身をかがめると、ぐにゃりとなったヘビを拾いあげ、ポケットに押《お》しこんだ。

ぶっきらぼうな、やさしさのかけらもない声が言った。「おまえたちに死なれて、気がとがめる羽目になるのはごめんだ。ヘビを見たらどうするべきか、だれも何も知らないのか？」

「はい」フレッドは、聞くまでもないだろうと思いながら答えた。

探検家《たんけんか》はため息をついた。「今後のために言っておく。できるだけすみやかに歩きさるか、あとずされ。走ってはいけない。そして、離《はな》れていきながら、ハミングしろ」

「ヘビに子守唄《こもりうた》を歌えって言うの?」とコン。「なんで?」

「やつらは振動《しんどう》をきらう。あるいは、もし殺《ころ》せるようなら――なかなかのごちそうになる。本気でマナウスに向かうつもりなら、知っておくべきだ。どうすればいいか、おまえたちが知っておくべきことは山ほどある。魚はとれるか?」

「いいえ」とフレッド。「ちゃんとはできません」

「狩《か》りは?」

「できません」とライラ。

「わなはしかけられるか? フレッド以外に、知っている者は?」

「いません」とコン。「知っているはずがないわ。わたしは大おばと暮《く》らしていて、大おばが追いこんでとるのは、ほこりだけ。それとネズミ。でも、どちらも食べないわ」ライラがコンに、にっと笑いかけた。ライラの曲がった歯が、共犯者《きょうはんしゃ》めいた光を放っている。

「なるほど」探検家《たんけんか》は息を吸《す》い、決心を固めるみたいに吐《は》きだした。「わかった。それなら、いっしょに来い」

「コンだけ？」とライラ。「それとも全員？」

「全員だ。フレッドもだ、愚《おろ》か者だがな」探検家《たんけんか》の目つきはきびしかった。「カーディガンを着たちいさな洪水《こうずい》もだ」

「あんたのことよ、マックス」とコン。

「巣を見つけてある」と探検家《たんけんか》。「それを教えよう。ただし、はっきりさせておきたい——助けてやれるのは、ここまでだ。わたしには子どもにかまけているひまはない」

「なんの巣？」とライラ。バカをすくいあげて、両腕《りょううで》にかかえる。バカはライラの二《に》の腕《うで》をつかむと、ひじの内側に鼻を押《お》しつけた。

「行けばわかる」

行けばわかる、か。フレッドはみんなといっしょに探検家《たんけんか》の後ろを一列になって、小走りに追いかけながら、胸《むね》につぶやいた。「行けばわかる」は、毛皮に足や頭がついたままのコートを着るような人物が言う場合、信用ならない言葉だった。

たどりついた時、みんなは汗《あせ》でべたべたで、髪《かみ》の毛は小枝《こえだ》だらけになっていた。巣は、フレッドが思っていたようなものではなかった。地面にあいた穴《あな》だ。実際《じっさい》は、穴《あな》とも言えない。かわいた落ち葉でおおわれて、穴《あな》はほとんどかくれて見えなかった。

「中に何がいるの？」フレッドがたずねた。ネズミかもしれないと思いながら。ネズミは穴《あな》を掘《ほ》ったっけ？　ネズミを食べるのって、どんな気分だろう。

「タランチュラだ」と探検家《たんけんか》。

「うう」フレッドは、とたんにネズミがはるかにおいしそうに思えてきた。

「うまい。エビのような味だ」探検家《たんけんか》は、口をあんぐりとあけたコンに目をやった。「その顔、何かするつもりか？　それとも、そのままにしておくのか？」

「本当にタランチュラを食べたりなんか、しないわよね？」とコン。

「ナマケモノをおそわないかしら？」とライラ。バカはライラのひじのあいだから外をのぞいている。

「クモをたべるぞ！」とマックス。

三者三様のもの言いだな、とフレッドは思った。嫌悪感《けんおかん》と、用心深い好奇心《こうきしん》と、まったくもって罪深《つみぶか》い歓喜《かんき》と。フレッドは何も言わず、ただもっと近くで見ようとひざをついた。

「そう、食べるんだ。マフィンみたいに火にかざして焼いて」

「でも、毒《どく》はないの？」とライラ。

「わたしはタランチュラは食べないわ」とコン。

「お好きなように」と探検家《たんけんか》は肩《かた》をすくめた。「もしマナウスまで歩くなら、つかまえ方を知っておいてよかったと思う日が来るだろう。さて、長くて細い枝《えだ》が何本か必要だ」

「わたしは食べない」とコン。「驚《おどろ》くようなことじゃないでしょ？」コンは同意を求めるように、ライラとフレッドを見た。「ふつうでしょ！」

「ぼくは、食べてみたい」とフレッド。

「いったい、なんでよ？」

「マナウスに歩いていく途中《とちゅう》で、ひもじい思いはしたくないからね。だって、ほかの何を食べるって言うのさ？　それに、もしおいしかったらどうする？」

ライラは興味津々《きょうみしんしん》の顔をした。「その可能性《かのうせい》はどれくらいだと思う？　パーセントでいうと？」

「低い」とコン。「ぞっとするくらい、低いわよ」

「最初にやりたい者は？」探検家《たんけんか》が聞いた。目にかすかな光がある。フレッドはこの人物を心から信用する気にはなれなかった。

フレッドは穴《あな》を見おろした。中で影《かげ》が動いたような気がした。空腹《くうふく》で、お腹《なか》が鳴っている。

「ぼくがやる」

「よし」探検家《たんけんか》がほほ笑《え》んだ。感じのいいほほ笑《え》みではない。どことなくオオカミっぽい。「とても簡単《かんたん》だ――棒《ぼう》で穴《あな》の中をつつけ。タランチュラが、何事だろう、と見に出てくる」

フレッドは穴《あな》にかがみこんで、タランチュラの巣の入り口で棒《ぼう》の先を前後に動かした。

「これであなたは正式に、勇敢《ゆうかん》を通りこして正気を失ったってことね」

「時間がかかることもある、あきらめるな」と探検家《たんけんか》。「今はタランチュラの旬《しゅん》だ。身がよくついているはずだ」

「いかれてる」コンはライラにささやいた。「ジャングルには、わたしたちと、本物のいかれた男が一人いるだけなんだわ」

フレッドは棒《ぼう》を揺《ゆ》らしつづけた。何も起きない。コンが、明らかにほっとしたようだった。

「空《から》っぽね！」とコン。「やれやれ、空《から》っぽだわ！」

巣から放射状《ほうしゃじょう》に広がる四本の、細くて毛の生《は》えた脚《あし》があらわれた。フレッドは凍《こお》りついた。

「続けろ！」探検家《たんけんか》が吠《ほ》えた。「棒《ぼう》を引いて！　おびきだせ！」

姿《すがた》をあらわしたのは、フレッドの手のひらほどもある明るい茶色のクモだった。

「メスだ」と探検家《たんけんか》。「オスは黒い」フレッドの前に探検家《たんけんか》の手がさっとのび、タランチュラの体の真ん中をつかんだ。怒《おこ》ってふりまわしている脚《あし》がとどかない位置に、指をおいている。

「なでてみるか？」と探検家《たんけんか》。

ナマケモノは不安な時、ヒツジとカモメの中間のような声を出す。バカが、小さな甲高《かんだか》い鳴き声をたてた。ライラはあとずさりして、腕《うで》でバカの目をかくした。

正直に答えるなら、「いいえ」だとフレッドは思った。ジャングルを根こそぎ揺《ゆ》さぶるほどの大声で言う「いいえ」だ。けれども、口をついて出てきたのは、「どっちに向かって、なでるんですか？」だった。

「毛の生《は》えている方向に――頭からしりに向かって」

「やめて、フレッド！」とコン。コンは背中《せなか》を木にぺたりとつけて立っていた。ほこりまみれの顔が真っ青になっている。「この人は、あなたに腹《はら》を立ててるのよ、思いだして！　あなたを傷《きず》つけようとしているのよ！」

探検家《たんけんか》の声は、こわいくらいにおだやかだった。「この種類にかまれるのは、せいぜいハチに刺《さ》されるようなものだ」タランチュラをそっとつかんでいる。「あの子もよく――」そう言いかけて、ふと口をつぐむと、ぶるっと体をふるわせた。「以前、ある子どもを知っていた。タランチュラをペットにしていたんだ。その子が食事しているあいだ、ひざに乗ってじっとしているくらい、慣《な》れていた」

フレッドは探検家《たんけんか》にちらりと目をやったが、その顔からはなんの感情《かんじょう》も読みとれなかった。フレッドはタランチュラの上に指をおいた。思いがけなくやわらかくて、さわられて、ふるえていた。

「じゃあ」探検家《たんけんか》はポケットからナイフを取りだすと、急にきびきびした口調になった。「背中《せなか》に浅く切りこみを入れる、首のところだ――ここ、そうすれば痛《いた》みを感じない、こんなふうに。ただし、頭を切りおとすな」探検家《たんけんか》はクモの首に切りこみを入れた。「それから葉で包むんだ」探検家《たんけんか》はクモを大きな葉の上に落とし、ライラに手わたした。ライラは身ぶるいしたものの、両手で受けとった。

「それを草でしばるんだ、小包みたいに――そうだ、いいぞ。ほかにも巣がある。ここの東に。覚えておけ、タランチュラの穴《あな》かどうかは入り口でわかる。正面は浅く、すぐに下降《かこう》してトンネルになっている。マナウスまでは岩場が続く。簡単《かんたん》に巣穴《すあな》が見つかるだろう。わたしはまる一カ月、クモとバナナだけですごしたことがある。ひどく黄色い下痢《げり》をしたが、生きのびた」

探検家《たんけんか》はふりむきもせずに、ジャングルを進みだした。フレッドは自分の手を見おろした。かすかに、すっぱいにおいがした。

みんなが探検家《たんけんか》に追いつくと、探検家《たんけんか》は別の穴《あな》の上におおいかぶさるようにして、カイマンの皮でできた靴《くつ》で葉や草をはらいのけていた。さっきよりもはるかに大きな穴《あな》だ。

「さてと、きみがバースデー・プレゼントのように包んだタランチュラは、よくいるやつだ。けれどもこの穴《あな》は――」と棒《ぼう》でつつく。「ちがう。これはゴライアスタランチュラ、学名で言えばテラフォサ・ブロンディの穴《あな》だ」探検家《たんけんか》は、ちらっとコンの髪《かみ》に目をやった。「ゴライアスタランチュラはしりに毛が生《は》えていて、危険《きけん》を感じると毛を落とす。わたしが子どもの集団《しゅうだん》に出くわすと身の危険《きけん》を覚えることは神のみぞ知る、だがな。やつの毛が皮膚《ひふ》につくと、ちくちくと痛《いた》む。イラクサみたいだが、もっとひどい。わかったか？」

「はい」

「けっこう。もしタランチュラをなでるつもりなら、種類をまちがえるな」

もっともな助言だけど、それが役に立つ状況《じょうきょう》なんてめったにないな、とフレッドは思った。

「バードイーター（鳥食い）とよばれるクモ？」とライラ。

「まさしく」探検家《たんけんか》は感心した様子でライラを見おろした。「めったに鳥は食べないがな。たいていはヒキガエルか芋虫《いもむし》、たまにネズミといったところだ」

ゴライアスタランチュラは、さそいだす必要はなかった。フレッドが穴《あな》の中をのぞきこもうと身をかがめただけで、前脚《まえあし》があらわれたのだ。フレッドはすばやく、あとずさった。

もう四本の脚《あし》が、続いて巨大《きょだい》な毛むくじゃらのまるい体があらわれた。コンが、おえっと吐《は》きそうになった。マックスは歓喜《かんき》の叫《さけ》びをあげた。ライラは弟の前に立ちはだかり、背後《はいご》に押《お》しやった。バカをさらにしっかりと抱《だ》きしめる。

クモはマックスの顔ほどもあった。ゆっくりとマックスの足元に進んでくる。探検家《たんけんか》はまるで靴《くつ》ひもでも結ぶように落ち着いて身をかがめると、棒《ぼう》でクモを地面に押《お》しつけた。指で脚《あし》を背《せ》の側に引きあげ、まとめてつかむ。「だれか、葉を何枚《なんまい》かくれ。それと足元に気をつけろ！　まだ、いるからな」

午後おそくになるまでに、六匹《ぴき》のタランチュラが手に入った。たき火のところに持ちかえると、ライラはそれをきれいに一列にならべた。

「よし。さあ、棒《ぼう》に刺《さ》して、毛がぜんぶ焼けおちるまであぶるんだ」と探検家《たんけんか》。「ピィーという甲高《かんだか》い音がしだす——熱せられた空気が脚《あし》の関節にあるすき間《ま》からもれる音だ。それが、焼けた印だ。顔もふくめ、すべて食えるぞ」

「顔ね」コンが弱々《よわよわ》しくつぶやく。

探検家《たんけんか》が笑った。包みを二つ取りあげ、みんなには四つ残し、「あとは自分たちでやれ」と言う。「二度とわたしのじゃまをするな。さもないと、おまえたちの目玉をカイマンにくれてやる。カクテル・パーティーのオリーブみたいにな」探検家《たんけんか》が大またでジャングルに向かうと、四人は遠ざかる大きな背中《せなか》をじっと見おくった。

フレッドは自分のタランチュラを棒《ぼう》に刺《さ》すと、火にかざし、それが炎《ほのお》にあぶられ、焦《こ》げ茶色になるのを見つめた。ライラはマックスのタランチュラをあぶった。コンの分は包まれたままだ。コンはそれを見ようともしなかった。

「クモなのよ」とつぶやき続けている。

十分後、クモがピィーと、お湯がわいたことを知らせるやかんのような音をたてはじめた。フレッドは勇気をかきあつめた。タランチュラを棒《ぼう》から引きぬく。熱くてカリカリに焦《こ》げているが、どう見てもクモだ。フレッドは鼻をつまむと、脚《あし》を一本、かじった。驚《おどろ》きだった。ちょっと魚みたいな味がする。海みたいに塩からい。もうひと口、もっと大きくかじった。「わるくない！」フレッドは言った。

コンは疑《うたが》わしそうにフレッドを見つめている。「あなた、クモを食べてるのよ、わかってる？」

マックスが自分のクモにかじりついた。「すっごくおいしい。たべないなら、ぼくがたべていい？」

「だめ」とコン。

「一本、脚《あし》をあげるから、食べてみてごらんよ」とフレッド。クモのおかげで意識《いしき》がはっきりした気がする。フレッドははじめて、帰還《きかん》の旅を想像《そうぞう》できた――現実《げんじつ》のこととして思いえがいてみることができたのだ。昼間は歩きつづけ、夜ごとクモや、なんの果実だろうと見つけたものを食べる。父親がポーツマスの船着場で出むかえ、フレッドを抱《だ》きしめようと身をかがめる姿《すがた》さえ、頭に浮《う》かんだ。ぶるっと身ぶるいして、フレッドはその考えをふりはらった。

「魚っぽい鳥肉の味」とライラ。「本当よ、嘘《うそ》じゃない、まずくないわ」

「誓《ちか》って、嘘《うそ》じゃない？」

「誓《ちか》うわ。わたしのを食べてみて。フレッドのは焦《こ》げてるから」ライラはタランチュラの脚《あし》を一本、さしだした。

ひどく用心深く、コンはライラから脚《あし》を受けとった。くんくんとにおいをかぐ。「なんのにおいもしない——火のにおいだけ」疑《うたが》わしげに言う。コンは目をつぶり、脚《あし》の先をかじった。驚《おどろ》きで目があいた。「これって……悪くない！」とコン。「食べものみたいな味だわ」

「ぼく、だいすき」マックスが口からクモの脚《あし》を半分たらしたまま言った。「にんぎょうげきのとき、アイスクリームといっしょにうればいいのにな」

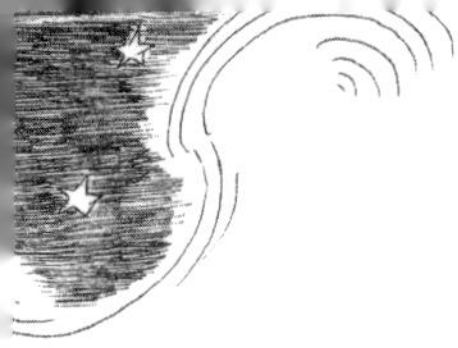

二度焼きオワゾースペクタクル

その夜、フレッドとライラとコンは作戦会議を開いた。たき火のそばで小さな輪になってすわり、頭をよせあって、ささやき声で計画を練ったのだ。マックスは石の上に仰向《あおむ》けに寝《ね》ころがっていた。その足元にはクローバーのような小さな葉が生《お》いしげり、マックスを飾《かざ》っている。バカはライラのひざにすわり、注意深く目を見ひらいていた。

「あの人のために、何か料理したらどうかしら」ライラがあごで、彫像《ちょうぞう》とつたのほうをしめした。

「そうすれば、またわたしたちを助けてくれるかもしれない」

「そうよ！」とコン。「男の人は食べものが好きだもの」

「だめえ！　ぼくのみみをとられたくない！」とマックス。

「あれは冗談《じょうだん》よ、マックス」とライラ。

「だといいけど」とコンが、この時ばかりは声をひそめた。

「いい考えだけど――ぼくたち、ろくに料理できないよ」

とフレッド。

「あなたに意見を言われたくないわ」コンがぴしゃりと言う。「あなたがいなければ、あの人のことで気をもむ必要はなかったのよ。とにかく、〝おいしく料理するには、細心の注意をはらい、時間をかけよ〟よ」コンは朗読《ろうどく》するみたいに言った。

「いいわね！　だれの言葉？」とライラが聞く。

「わたしの体育の先生」

「体育の先生が料理上手で知られてるの？」とフレッド。蚊《か》に刺《さ》されたところをかいて、血が出たのでやめた。

「いいえ。彼女《かのじょ》は、体育の先生としてもひどいもんだったわ。わたしたち、馬に乗ったふりをしながら体育館の中をぐるぐる歩かされたのよ。そうすると、自信を持てるようになるって」

「どうだった？」

「どうだったと思う？」

ライラがにやっと笑った。「わたしたちにはまだ、ベリーの実があるわ。それを焼いたらどうかしら？　鳥肉のあまりといっしょに」

三人は鳥肉に目をやった。日に当たって、少しひからびている。「いかにも残りものって感じのにおいよ」とコン。

「うちでは」とライラ。「前日の残りものの豆をもう一度焼くの。ママはスパイスを使うわ。おいしいのよ」

ママという言葉のところで、ライラの笑《え》みが少し消えた。コンは一秒間たっぷりライラを見つめてから、すっくと立ちあがった。「フライパンになりそうな石を探《さが》すわ」とコン。

「名づけて、二度焼きスペシャル鳥料理ね」とライラ。

「二度焼きオワゾースペクタクル」とコン。「フランス語よ。こった料理って、決まってフランス語の名前でしょ」

突然《とつぜん》、音がして、みんなは話すのをやめた。広場の向こう側、つたのあいだから、うなり声が聞こえたのだ。クマかトラ、エンジン、あるいは人が苦しんでいる声みたいだった。

ライラは肩《かた》の上のバカに手をのばした。「あれ……あの人？」

音ははじまりと同じように、唐突《とうとつ》にやんだ。「たぶんね……あの人、あそこに叫《さけ》びにいくのかしら？　というか、ほえるために？　きっと、そうよ」とコン。「わたしも、叫《さけ》ぶための部屋がほしいもの」

何分も黙《だま》ってすわっていたが、もう音は聞こえなかった。みんなは料理にもどった。ハゲワシが近づいてきて、マックスの靴《くつ》の上にとまると、邪悪《じゃあく》な目つきで料理するのをじっと見た。あきらかに、分け前をもらえないことに憤慨《ふんがい》しているのだ。

「ハゲワシがこんなに、おばさんっぽいって、思いもしなかった」とコン。

やがて探検家《たんけんか》が姿《すがた》をあらわした。けれど、子どもたちがいることを忘《わす》れていたようだ。一瞬驚《いっしゅんおどろ》いた顔をして、それから通勤電車《つうきんでんしゃ》で乗りあわせた人にするみたいに会釈《えしゃく》した。無言でもどっていこうとする背中《せなか》をマックスが追った。都市の石畳《いしだたみ》のすき間《ま》からのびた若木《わかぎ》を縫《ぬ》うように走っていく。

「もどって！」とマックス。頼《たの》むというより、命令だった。「ごちそうをつくったの、あなたに！」

探検家《たんけんか》は驚《おどろ》いたようだった。「なんだって？　そりゃ、ご親切に。でも、いらんよ。ありがとう」

「たべなきゃだめ！　とくべつにつくったんだから」

探検家《たんけんか》はマックスの前にしゃがんだ。「きみの、世界を堂々《どうどう》とわたっていこうという決意には拍手《はくしゅ》をおくるよ。だが、髪《かみ》にハゲワシのうんちをくっつけていては、威厳《いげん》が台無しだな」

「お願い」とライラ。まるで野生動物のように音もたてずに広場を進み、探検家《たんけんか》に近づいた。バカはライラの髪《かみ》の毛ごしにのぞいている。「ちょっと味見するだけでも」

ライラは、鳥肉と焼いたベリーの実を少しずつのせた一枚《まい》の葉をさしだした。できるだけレストラン風《ふう》に盛《も》りつけたつもりだ。ハゲワシとマックスのひじによる事故《じこ》のせいで、肉が予定より灰《はい》まみれになったものの、フレッドが思うに、それでもけっこう期待どおりの料理になった。

「にどやきわずー」とマックス。「とくべつなの」

「ふむ。ありがとう」と探検家《たんけんか》は言って、ひとかじりした。とたんに、叫《さけ》び声《ごえ》をあげて、茂《しげ》みに吐《は》きだした。「たまらん！　墓場《はかば》でぶんなぐられたような味だ」

「まあ！　まあ、ごめんなさい」とライラ。消えいりそうな声だ。「何か気にいってもらえるようなことをしたかったの。それで――」

「おねがい、みみをきりおとさないで」とマックス。

「しないさ――すまなかった。ありがとう」探検家《たんけんか》は、小指にはめた指輪にふれた。「子どもらがどんなに親切になれるか、忘《わす》れていたようだ」それから頭を強くふったので、髪《かみ》から汗《あせ》が飛びちって、石の上に落ちた。探検家《たんけんか》は中途半端《ちゅうとはんぱ》なおじぎをしながら背中《せなか》を見せた。「失礼するよ――暗くなる前に火をおこさなくちゃならん」

探検家《たんけんか》は広場の向こう端《はし》、ハンモックのほうへと歩いていくと、木立のあいだにひざまずいた。たき木から炎《ほのお》があがるのに、一分とかからなかった。探検家《たんけんか》の作業はすばやく、手の動きを追えないほどだった。ポケットから魚をとり出し、三角形に組んだ串《くし》の上においた。ハゲワシが足元近くに控《ひか》えている。

探検家《たんけんか》が火のそばにしゃがみこんだ。フレッドは目の端《はし》でその様子をうかがった。ほかの三人は二度焼きの鳥肉をかみきるのに夢中《むちゅう》だ。探検家《たんけんか》はひざの上にひじをついてすわり、ぼんやりとしている。

「あの人、だいじょうぶかな？」フレッドがささやいた。「なんだか――よくわからないけど――悲しそうだ」

コンがちらりと目をやった。「石でヘビを殺《ころ》すのよ。そんな人は悲しまない」

みんなが話していると、探検家《たんけんか》は立ちあがり、木の根元に積まれているココナッツのほうへ行った。どれもてっぺんがうすく切りおとされ、別のふたがしてある。探検家《たんけんか》はひとつをごくごくと飲みほすと、殻《から》をほうりなげ、もうひとつ取りあげた。三個目《こめ》を飲んでから、ふいに子どもたちを見た。

「飲むか？」広場の向こうから大声で聞く。

「どんな飲みものかによるわ」コンが叫《さけ》びかえした。

「カシャッサだ。わたし流のな。少しやってみろ」

みんなは広場を、ハゲワシから目をそらさないようにしながら、おそるおそる横切った。ライラはバカの頭を片手《かたて》で守るように抱《だ》き、もう一方の手はマックスの肩《かた》においた。

四人とも、たき火が放つ光のへりまで来て、もじもじした。フレッドがすわろうとひざを折ったが、あとの三人はだれもすわろうとしなかったので、ひざの具合をためしてみただけ、というふりをした。

「すわれ、ぼうず！」と探検家《たんけんか》。「みんなもだ。なんのために神がケツを与《あた》えたもうたか、知らんのか？　さ、――飲め」

「なんなんですか？」とフレッド。

「サトウキビだ。ココナッツミルクと、ほかにも少し。ハーブも」

「どんなハーブ？」とライラ。

「死ぬか、さもなければ不死身になる、そんな味のものを飲んだことはあるか？　これが、そうだ」

フレッドは、がぶりとひと口飲むなり、体を二つ折りにしてむせた。実際《じっさい》のところ、なんの味もしなかった。ただ熱く、燃《も》えるようだ。鼻水と涙《なみだ》が出る。

「もっとどうだ？」と探検家《たんけんか》。

「けっこうです。感電死しそうな味です」

探検家《たんけんか》は声をたてて笑った。笑いには、棘《とげ》があった。「大人になればなるほど、好きになるさ」

コンは液体《えきたい》のにおいをかいだ。「お酒？」

探検家《たんけんか》は肩《かた》をすくめた。「正確《せいかく》に言えばそうだが、おまえの考えているのとはちがう。ワインのような味もしないし、同じ効果《こうか》もない」

コンは頭をふった。フレッドが驚《おどろ》いたことに、ライラはココナッツに手をのばした。「そういうことね、わかった。科学者になるつもりなら、実験しなくちゃ」

ライラが飲んだ。バカも飲もうとして、上半身をココナッツの器から引っぱりだされることになった。ライラは頭を激《はげ》しくふった。「なんだか、吐《は》いたものを飲んでるみたい」

探検家《たんけんか》は憮然《ぶぜん》として「ありがたみのわからん小娘《こむすめ》だ」とつぶやいた。

それから串《くし》から魚を取りあげると石の上で二枚《まい》に開いた。そこから四切れの身を切りとる。

「食べろ。おまえたちのこしらえた、すさまじい悪夢《あくむ》のような鳥より、うまいぞ」

魚は熱々《あつあつ》でおいしかった。思いがけず肉のようで、煙《けむり》にいぶされた濃厚《のうこう》な味だった。フレッドは二口で自分の分を食べ、残りをものほしげに見た。

「ピラニアだ」と探検家《たんけんか》。「つかまえた魚が年をとっていればいるほど、鳥肉のような味がする」

探検家《たんけんか》はびっくりするほど、話好きになったようだ。手であたりをはらうような仕草をし、ハゲワシの胸《むね》にぶつけてココナッツの中身を少し鳥にひっかけた。

「教えてくれ――これを、どう思う?」

「ハゲワシのこと?」いぶかるようにコンが聞く。まるで生まれたばかりの赤ちゃんを、だれが見てもひどく不細工なのが明らかなのに、どう思うかと聞かれたみたいな調子で答えた。「あの……

すてきだわ。においはとても……独特《どくとく》で」

「この都市だよ！　ジャングルのことさ！　人はここを緑の地獄《じごく》とよぶ。知ってたか？」

フレッドは、石の敷《し》きつめられた広大な土地と、頭上はるかに広がる緑の天井《てんじょう》を見つめた。

「やつらはグランドピアノがないからといって、このジャングルを緑の地獄《じごく》とよぶんだ。やつらは――わたしがやつらとよぶのは、あの愚《おろ》か者どもだ――ここに、ゾウの背《せ》にピアノをのせてやってきたもんさ。そして嵐《あらし》でティーカップがこわれたと言っちゃ、腹《はら》をたてたんだ」

探検家《たんけんか》はぶつぶつ言いつづけた。「だが、素朴《そぼく》で、野性的《やせいてき》な暮《く》らしをよしとするなら――地獄《じごく》でなく、天国に近い」

探検家《たんけんか》はまたひとつ、ココナッツの器から飲みはじめた。ため息をつく。目がどんよりとしてきた。「ひと目惚《めぼ》れについちゃ、いろいろ書かれてきたがな。ひと目惚《めぼ》れが〝気づき〟でないなら、なんだと言うんだ？　そいつは悟《さと》りだ。この人こそ自分の心をより大きくしてくれる存在《そんざい》だと――恋人《こいびと》だったり、子どもだったりな。同じことが場所にも言える。だからこそ、そういう場所を探《さが》しだしたかった。だからこそ、わたしはそういう場所を守ってやらなくてはいけないんだ」

探検家《たんけんか》がフレッドをじっと見つめた。左右のまぶたの開き具合がちがっている。

フレッドはその視線《しせん》をさけて、炎《ほのお》を見つめた。この場所には、フレッドの内面で火打ち石のような働きをする、特別なものがあった。それは、光、広大さ、太陽、緑だった。なぜ人々《ひとびと》がここを、あまりに緑で騒々《そうぞう》しくて、果てしなくて、豊富《ほうふ》すぎると感じるのか、わかる気がした。でも、フレッドにとっては、自分の中にあるとは思いもしなかった部分を目覚めさせる、トランペットのよび声だった。

フレッドの顔に、考えていることの何かがあらわれていたにちがいない。探検家《たんけんか》がココナッツの殻《から》を大地にたたきつけて言った。「わかっている！　おまえはこの場所に恋《こい》をしているだろう、わかっているぞ！　それなのにまだ、秘密《ひみつ》にしておかなくてはいけない理由がわからないのか？この美しさを危険《きけん》にさらし、賭《か》けにでようなど、狂気《きょうき》の沙汰《さた》だということが、なぜわからんのだ？」

フレッドはどぎまぎした。秘密《ひみつ》になんかしておけない。不可能《ふかのう》だ。世界はこの圧倒的《あっとうてき》な美を知るべきだ。校長先生が学校集会を開いて、フレッドを英雄《えいゆう》とよぶだろう。でも、フレッドは、たった今目の前にいる人物ほど、何かを確信《かくしん》しきった人間を見たことがなかった。

「おまえはわかっていない」探検家《たんけんか》は小声でつぶやき続けた。「〝口はわざわいのもと〟なんだ。わたしは、最高におもしろいと思って、話してしまった。話すべきじゃなかったことまで、な。気づいた時には、あとの祭りさ」

それから、だしぬけに口調がかわり、きびきびとたずねた。「わたしの地図をたどってきたと言ったな。ハチに遭遇《そうぐう》したってことか？」

「はい」とライラ。「ハチミツを、少しもらいました」ライラは、マックスがどんなふうにサルとアリの様子を見たかを説明した。

探検家《たんけんか》はうなずいた。「わたしも同じようにした。ハチはいい仲間になる。かつてはタバコ入れをロンドンのバーリントン・アーケードで特別にあつらえてもらったもんだ。ジャングルのあたりには長くいたが、タバコなしにはやっていけなかった。だが、あまり多くのものを身につけていると、必要以上にジャガーの気を引きかねない。わたしは川沿《かわぞ》いに、タバコ入れをいくつもおいておいたんだ。ところで、わたしのイルカたちには会ったか？」

「ええ！」とフレッド。「あなたのだったとは知りませんでした」

探検家《たんけんか》はしゃっくりをした。「いい生きものだ、イルカというのは」よろけるようなしゃべり方だ。「イワシをやっていたんだ。でも、まちがいだったかもしれん。簡単《かんたん》に人を信じすぎる。まちがいだよ、あまりに簡単《かんたん》に信じるというのは」

「そして、そのあと火事になったんです」とライラ。「ひどい火事。わたしたち、それで、ここにきました。それがいちばんまともな冒険《ぼうけん》だと考えたんです」

「まさしく、そのとおり！」探検家《たんけんか》は息巻《いきま》いて、カシャッサをフレッドのひざに無理やり飲ませた。

フレッドは笑いをかみころした。

「冒険《ぼうけん》！」と探検家《たんけんか》。「それこそが、すべきことだ。恐《おそ》れとはどんな感じかを知るんだ。そいつにどう対処《たいしょ》したらいいかを知れ。だが！」と言葉を切ると、また飲む。

「だが？」とライラ。

「だが、だれかに感心してもらうための冒険《ぼうけん》なんか、けしてするな」

フレッドは眉《まゆ》をしかめた。まるで学校の先生が言いそうなことに聞こえる。

「そうやって、結局ジャガーに鎖骨《さこつ》をしゃぶられるはめになるんだ。そんなことしたって、だれも敬愛《けいあい》などしてくれないぞ」探検家《たんけんか》は目をこすって、みんなをじっと見た。

「冒険《ぼうけん》、ジャガー」とコン。「心します」

「わたしもかつて、冒険《ぼうけん》をした。人を愛したんだ。二人。一人の女と、そして生まれた子どもだ。知ってたか？」

「知りませんでした、いいえ」ライラはおだやかにこたえると、フレッドと目をみかわした。

「わたしは、その賭《か》けに負けてしまった。二人を失った」探検家《たんけんか》はココナッツを下におき、目を閉《と》じた。長く、疲《つか》れきったまばたきだった。「だが、賭《か》けに出てよかったと思っている」

「あなたは……」ライラが口を開いた。

「たがはずれたように愛したんだ」探検家《たんけんか》はしわがれ声で話す。「愛することに関しては、わたしはガキにすぎなかった、お手上げさ。彼女《かのじょ》の名前をモールス信号でどう打つか、調べたっけ」そう言って、よっぱらいのくぐもった笑い声をたてた。「若《わか》かったよ」と言う。「愛がどれほどおそろしいものか、だれも教えちゃくれない。虹《にじ》のようでも、蝶《ちょう》のようでもない、動きまわる竜《りゅう》の背《せ》に飛びのるようなものなのさ」

フレッドはどぎまぎして、言葉が出なかった。でも、何か言いたかった。この人の顔に浮《う》かんでいる苦悩《くのう》に見あった、何か大きなことを言いたかった。

フレッドが何も言えないでいるうちに、探検家《たんけんか》はふたたびココナッツの器を傾《かたむ》け、二度がぶ飲みして空《から》にした。「そろって、何もせずに見ているだけか？　子どもというのは、はしゃぎまわるもんじゃないのか。ふざけあったりな。ちょっとやってみろ！」

フレッドはほかのみんなを見た。フレッドはどうやってはしゃぎまわればいいのか、さっぱりわからなかった。腕《うで》をふりまわし、ひざをできるだけ高くあげて、輪になって走るようなことだろうと思うのだが、この状況《じょうきょう》でやることではない気がした。

「ぼくたち、あまりふざけあうタイプじゃないと思います」とフレッド。

「がっかりだな」と探検家《たんけんか》。

「あの……よっぱらってます？」コンが聞いた。

「まさか」と、とがめるようにゲップをした。「ただ……ただ……たぶん世界がよっぱらってるな。ジャングルがふだんより少しばかり、ぼやけてるぞ」

「あの飲みもの、強いんじゃないですか？」とフレッド。

「失敬《しっけい》なやつだ。そのほのめかしは、不愉快《ふゆかい》だぞ」

「すみません」

「よし」探検家《たんけんか》はさらりと流した。「わたしは人が黙《だま》っているか、すまながっている時が、いちばん好きだ」

「よければ――」ライラが話しはじめると、探検家《たんけんか》は目を閉《と》じ、顔をそむけた。

「頭が痛《いた》い。話しているきみを見ていられん。もう寝《ね》ることにする」探検家《たんけんか》は石敷《いしじ》きの地面に寝《ね》ころがり、目を閉《と》じた。車のモーターのような音が、探検家《たんけんか》の胸《むね》の奥《おく》のほうから聞こえはじめた。

四人は爪先《つまさき》立ちで、自分たちのたき火にもどっていった。

都市に闇《やみ》が広がると、蚊《か》の群れがわいてきた。一匹《ぴき》がフレッドの鼻の穴《あな》に入り、刺《さ》した。

「蚊《か》を追いはらう方法って、ある？」とコン。

「タバコを吸《す》っていると近づかないかも」とライラ。「わたしの両親の同僚《どうりょう》に、そうしている人たちがいるわ」

「タバコを吸《す》うと、あまりお腹《なか》がすかないっていうわね」とコン。

「ためしてみてもいいいな」鼻をかきながら、フレッドが言った。

フレッドが葉っぱをまるめ、ライラがそこに細かくした草や地衣類をつめこみ、コンが火をつけた。

「ほんもののタバコってこんな？」むせながら、ライラがたずねる。

熱くて、しみるような煙《けむり》がフレッドの目に押《お》しよせる。「吸《す》ったことないんだ。タバコって、なんかちょっと、鼻先に枯《か》れた庭があるみたいな味？」

「そう思うわ」とコン。「においからすると」

「なら、これでいいんじゃないかな」フレッドはそう言うと、大きなカタツムリの空《から》っぽの殻《から》の中で、用心深くタバコを消した。舌《した》が口からたれさがりそうになってまで吸《す》うほどのものじゃないな、と思った。

フレッドは二人の少女に目をやった。二人とも気持ち悪そうに炎《ほのお》につばをはいている。フレッドはこれまで、同い年くらいの女の子をよく知らなかった。でも、ライラもコンも、学校の男の子たちと同じように遠くまでつばを飛ばすことができる。二人のつば飛ばしには仲間意識《いしき》があり、迫力《はくりょく》があった。フレッドは、炎《ほのお》に照らされた二人が、にやりと笑いかわすのを見た。

奇妙《きみょう》な夜だった、その夜は。フレッドの思いは、この滅《ほろ》びた都市の広場の向こうで、たき火のそばに横たわっている探検家《たんけんか》と、彼《かれ》の亡《な》き息子さんと奥《おく》さんのことにもどりつづけた。探検家《たんけんか》はまったくの一人ぼっちだった。緑と、鳥と、果てしないジャングルだけがいっしょだ。でも、とフレッドは思った。それにくらべて、ぼくは全然一人ぼっちじゃないと言えるのかな。そう考えると、ふと寒気がした。

何かがフレッドの足首にふれた。タランチュラかと、ぱっと足をどけたが、手だった——コンが、眠《ねむ》ったまま、フレッドの足首をにぎったのだ。フレッドはためらってから、手をのばし、親指をコンの親指に押《お》しつけた。そうしてふれることで、「ぼくたちはだいじょうぶ。すべてうまくいくさ」と伝えたかった。親指ではっきり伝えるのはむずかしかったけれど。

それでも、多少は効果《こうか》があったらしい。コンは静かになって、呼吸《こきゅう》が深く規則《きそく》正しくなった。ライラが、眠《ねむ》ったまま何かつぶやいた。バカは、ライラの長くて黒い髪《かみ》にからまって横たわっている。フレッドは、つるでできた天井《てんじょう》を見あげた。ヘビがいないか、くまなく目を走らせ、それから石器を手のひらにしっかりにぎると、ようやく目をつぶることにした。

闇《やみ》で魚をとる

探検家《たんけんか》は太陽がのぼるまで動かなかった。昨夜みんなが最後に見たのと同じ場所で、いびきをかいて寝《ね》ころがっている。甲虫《こうちゅう》が一匹《ぴき》、あごにとまっていた。マックスが最初に目を覚まし、あわてて立ちあがろうとしてフレッドの太ももをけとばした。マックスは体中をかきながら石敷《いしじ》きの広場を走っていって、探検家《たんけんか》の肩《かた》を揺《ゆ》すり、お腹《なか》の上にすわった。

探検家《たんけんか》がびっくりして目を覚ました。フレッドは探検家《たんけんか》に驚愕反射《きょうがくはんしゃ》があることを思いだし、ひやりとした。けれども探検家《たんけんか》はおだやかに、取りみだすことなく、驚《おどろ》いた様子を見せただけだった。

「これ、たべていい？」マックスがひとつかみの草を探検家《たんけんか》の顔面に突《つ》きだした。

探検家《たんけんか》はマックスをそっと地面におろすと、起きあがって、火に息を吹《ふ》きはじめた。「だめだ」

「ちゃんとみてない！」

「食べていい確率《かくりつ》は、おそろしく低い」探検家《たんけんか》は目をあげた。

「そいつは毒《どく》だ。だめだ」

「ぜったいに、どく？　もしかしたらってだけ？」

「絶対《ぜったい》に」

「ふうん。じゃ、これは？」マックスは探検家《たんけんか》のあごから地面に落ちていた甲虫《こうちゅう》を拾いあげた。

「そいつは食える」と探検家《たんけんか》は言って、やさしく甲虫《こうちゅう》をマックスから取りあげた。「でも二時間後のマックスは、今の自分に感謝《かんしゃ》はしないだろうな。経験《けいけん》から言って、まだ動いているものは食べないにかぎる」

「でも、おなかすいた。これ、ちょっとしかうごいてないよ」

「それでも、さしひかえるよう主張《しゅちょう》する」

「どういうこと？」

「食うなってことだ」

「あーあ」

マックスは仰向《あおむ》けに寝《ね》ころがった。泣かなかったが、顔はうつろで、実際《じっさい》より年をとったように見える。押《お》しころした声で、ポルトガル語の歌を口ずさんでいる。

フレッドは頭上の葉から朝露《あさつゆ》をかきとって、顔をぬぐった。フレッドはマックスを見やった――ここ数日ではじめて、まともに見た。少年はやせてきて、目の下にほお骨《ぼね》が突《つ》きだしていた。ライラはマックスを、ちゃんと世話をされている身ぎれいな子に見せようとしていたが、顔には鼻水がカタツムリのはった跡《あと》のようについていたし、眉《まゆ》には緑のくずがついていた。探検家《たんけんか》もマックスを見おろしていた。その顔が奇妙《きみょう》な表情《ひょうじょう》になっていった。目は光をおび、口はかたく閉《と》じられている。

だしぬけに探検家《たんけんか》は立ちあがった。きびきびした――わざとらしくて不自然なくらい、きびきびした声で言った。

「おまえたちみんな、なんで、じっとすわっているんだ？　時は金なりだ！　旅の準備《じゅんび》をするんじゃないのか？」

「でも、どうやって？　何をしたらいいのかわからないわ」コンが哀《あわ》れっぽい声を出す。ライラがきっとした視線《しせん》をコンに投げた。

探検家《たんけんか》が事務的《じむてき》な口調で言う。「生きのびたいと思うなら、魚をやすで突《つ》く方法を知っておく必要がある。いくつもの探検《たんけん》で、わたしたちは半年間、魚だけを食べて生きのびた」

マックスが顔をかがやかせた。「さかな？　すぐに？」

「今夜だ。ここからそう遠くないところに、小さな湖がある」

「でも、いまおなかすいた！」とマックス。

「暗くならないとダメだ。昼のうちにやすをつくるといい」

「ぼく、やってみました」とフレッドは言って、蚊《か》を一匹《ぴき》、ぴしゃりとたたく。「でも、先端《せんたん》に石器を結びつけるのに使ったつるが切れてばかりで」

「つる？」探検家《たんけんか》はあぜんとしたようだった。「やすの先の固定につるは使えないぞ！　それじゃまるで、荷造《にづく》りテープで機関車をこしらえるようなもんだ。ばかだな！　腸《ちょう》を使うんだ。鳥の腸《ちょう》はどこへやった？」

コンはジャングルのほうを指さした。腸《ちょう》や食べられない部分は、安心できるくらい離《はな》れたところに埋《う》めてあった。

「掘《ほ》りだせ、そして火にかざして温《あたた》めろ。そうすれば、ひもとして使える」探検家《たんけんか》は、結び目をつくる仕草をした。「それまでは、わたしの邪魔《じゃま》をするなよ」

それからふいに背《せ》を向けると――今やみんなは、それに慣《な》れっこになってきた――向こう側の、広場の隅《すみ》をつたのカーテンが視界《しかい》からさえぎっている場所に向かって、大またで歩きさった。

みんなは腸《ちょう》を掘《ほ》りあげた。気持ちのいいながめではない。埋《う》めていたことで、ましにもならなかった。コンが半分に割《わ》ったココナッツの容器《ようき》の中で洗《あら》い、ライラとフレッドが、石の上に広げてならべた。なるべくその半透明《はんとうめい》の管を、まともに見ないようにしながらだ。

マックスがライラの足首を引っぱった。「ライラ！　きこえた？」

「何？」

大気は静まりかえっている。頭上の木々《きぎ》の中で虫がブンブン言いつづけているだけだ。ふいに、フレッドはふりむいた。前に聞いたのと同じうなりが、大気を通して伝わってくる。

「あそこから――つたの後ろから聞こえてくる」とフレッド。「行って見てくる」

「だめよ！」とコン。「『じゃまするな』って言ってたわ――わたしが思うに、カフスボタンに爪《つめ》を使うような人物の言うことにはしたがうべきよ」

「でも、あの人がおそわれて食べられそうになっていたら、どうする?」とフレッド。「その場合は、かまわないだろ?」

ライラは首を横にふった。「コンに賛成《さんせい》するわ」

コンは驚《おどろ》いて、ふりむいた。「本当?」

「あそこに何があるとしても、あの人はわたしたちに知られたくないのよ。わたしたちはこれ以上、あの人を怒《おこ》らせるわけにはいかないわ」ライラは思いがけなく断固《だんこ》たる態度《たいど》で、たき火に向きなおった。「やすをつくりましょう」

しぶしぶフレッドは腰《こし》をおろした。その朝は湿度《しつど》が高く、昼になるころにはだれもが汗《あせ》くさくなっていた。腸《ちょう》はなかなか中がきれいにならず、火にかざしてかたくする作業をしていると、ふと中世にまぎれこんだように感じられた。

「これって、わたしが思っていた魚とりじゃない」とコン。「魚とりといえば釣《つ》りのことで、年《とし》寄《よ》りが川の土手に腰《こし》かけて、通る人に『静かに』って言うものだと思ってたわ。まるで川の図書館員みたいに、ね」

フレッドがそれにひと言返そうと口を開いた時、腸《ちょう》から汁《しる》がしたたり、歯に熱いしずくが跳《は》ねたので、また口を閉《と》じた。

フレッドは、死んだ鳥のにおいが、いつまでも指先に残るんじゃないだろうかと思った。それでも太陽が沈《しず》みだすころには、光を跳《は》ねかえす石器のついた、柄《え》の長いやすができていた。ライラのやすは頑丈《がんじょう》でまっすぐだったが、バカがじゃまをして脂《あぶら》まみれになったせいで、石器に巻《ま》きつけた腸《ちょう》がねじれ、つなぎ目が曲がってしまった。コンのやすがいちばんきれいな仕上がりだった。手先が器用で、鳥の腸《ちょう》でもうまく扱《あつか》えるのだ。

フレッドは両腕《りょううで》についた脂《あぶら》を洗《あら》いおとそうと、水を探《さが》しにいった。石に穴《あな》のあいたのがあって、小さな汚《よご》れを落とせるくらいの雨水がたまっている。フレッドは石から石へと広場中を歩きまわった。焼けた脂《あぶら》のひどいにおいは次第に薄《うす》れていった。フレッドがもどると、話し声がした。探検家《たんけんか》が地面にひざまずいて、ヘルメットのような帽子《ぼうし》の上にかがみこんでいた。となりにはライラがしゃがんでいる。

「ひざとひじの関節はやさしく扱《あつか》わなくてはいけない」探検家《たんけんか》が小声で話している。「この年齢《ねんれい》では、まだとてもか弱い」

ライラはうなずいた。「ええ」帽子《ぼうし》の中に手を入れる。「この子が動くと、それがわかります。カモメの骨《ほね》みたいに華奢《きゃしゃ》なんです」

「わきの下に寄生虫《きせいちゅう》がいないか、かならず確認《かくにん》しろ。ここだ」

バカの頭が帽子《ぼうし》の縁《ふち》からあらわれて、抗議《こうぎ》の声をあげた。

探検家《たんけんか》はほほ笑《え》みに近いものを浮《う》かべた。「おおげさなやつだな。水浴びはいいことだ。さ、腕《うで》を持って抱《だ》きあげろ」

「こんなふうに？」ライラはバカを浴槽《よくそう》から持ちあげた。バカは両足をぶらさげ、しずくをたらしている。

「そうだ。マダニがいないか、腹《はら》をしらべろ」

ライラはナマケモノのお腹《なか》を、指先で毛をわけながら、目を細めて、注意深くしらべた。「何もないわ」毛がぬれて頭蓋骨《ずがいこつ》の形があらわになり、バカは不満げに大きく目を見ひらいている。

ライラの両手でぶらさげられると、わめき声をあげた。

「次は、かわかしてやらなくては」

すばやくライラはおさげをほどいた。髪《かみ》が波打って、腰《こし》までたれる。ライラはその中にナマケモノを抱《だ》きいれると、やさしくこすった。黒くうねる髪《かみ》の中で、バカは鼻をくんくんさせた。フレッドが目をやると、コンが石づくりの部屋の中でうっすらとほほ笑《え》んでいる。マックスがコンのひざに頭をのせて、うとうとしていた。

探検家《たんけんか》は眉《まゆ》をあげた。唇《くちびる》の両端《りょうはし》が1、2センチほどあがった。「その独特《どくとく》な方法は、獣医学校《じゅういがっこう》では推奨《すいしょう》されないだろうな。だが、いいやり方だ」

太陽がジャガーの像の真上に沈《しず》んでいく。探検家《たんけんか》は顔を上げ、フレッドに見つめられているのに気づくと、親切になりかけたことを恥《は》じるように、ぱっと立ちあがった。悪いほうの足が、いいほうの足に一拍《いっぱく》おくれで追いつくと、急にきびきびとした態度《たいど》にもどった。

「さてと！　準備《じゅんび》はいいか？　一人ひとり、たいまつを持て――魚の目に光が当たると、赤く光る。火持ちのいい木を見つけろ。密《みつ》な木だ、そうしないとすぐに燃《も》えつきてしまうぞ」

一行は縦《たて》一列にならび、暗い木立の中を、それぞれに火のついた枝《えだ》を持って進んだ。バカはまだ少ししめっており、ライラのブラウスの中に入れてもらっていた。

探検家《たんけんか》はこそりとも音をたてずに移動《いどう》する。その背後《はいご》で、四人はつまずいたり、かくれた木の根に爪先《つまさき》をぶつけたりした。一本の枝《えだ》がフレッドの顔に当たった。たいまつの炎《ほのお》で葉が黒く焦《こ》げたが、まだ青々《あおあお》とした枝葉《えだは》は燃《も》えずにすんだ。

「頼《たの》むからジャングルを焼きはらわないでくれ」探検家《たんけんか》が後ろをふりむきもせずに言った。

フレッドはもはや暗闇《くらやみ》がおそろしくないことに気づいて驚《おどろ》いた。今でも皮膚《ひふ》がちりちりはしたが、木立の落とす漆黒《しっこく》の影《かげ》を見て、以前のように胃《い》がぎゅっと縮《ちぢ》むことはなかった。その変化はゆっくりと起きたので、自分でも今まで気づかなかったのだ。

「このへんはアリ塚《づか》だらけだ」と探検家《たんけんか》。「まずいことは何もない——危険《きけん》なアリは弾丸《だんがん》アリだけだ——だが、できれば攪乱《かくらん》しないでおいたほうがいい。昔、寝《ね》ているあいだに集団《しゅうだん》におそわれたことがある。全身、いぼにおおわれたようになった」

「うっ」とライラ。「ううえ」

「そのとおり。げっそりしたよ」

みんなはまだ行ったことのない北西の方角に向かって、急斜面《きゅうしゃめん》をくだっていった。たいまつが手元まで燃《も》えつきそうになるたびに、木から新しい枝《えだ》を取って、火をうつした。フレッドは二度ほど足をすべらし、木にぶつかって止まった。マックスはつまずいて口の中を泥《どろ》だらけにして泣きさけんだ。マックスの泣き声がおさまって、また歩きだしてくれるまで、一行は足止めされた。ライラがなだめようとする。探検家《たんけんか》は背《せ》を向けて、怒《おこ》ったようにフンコロガシを調べていた。

湖にたどりついた。フレッドが思っていたより大きい。周囲《しゅうい》に生《は》えた木々《きぎ》の根は水中にまでのびていた。探検家《たんけんか》は靴《くつ》をぬぐと水に入り、ひざの深さになるまで進んでいった。

「ついてこい。早く」と探検家《たんけんか》。「何をぐずぐずしてるんだ?」

フレッドがあとに続く。半ズボンに水がしみこむ。歯のあるものがいませんように、と祈《いの》った。

湖は漆黒《しっこく》だ。ただ、たいまつが黄色い光を水中まで投げかけているところだけは、湖底の泥《どろ》と石が見える。

炎《ほのお》の明かりの中、何対もの赤い光が水面下でちらっと光り、さっと動いた。マックスが声をたてて笑った。大喜びだ。

「目が大きいほど」と探検家《たんけんか》。「魚も大きい。ゆっくりと近づくんだ。たいまつを水面の近くに持っていけ。やすをできるだけゆっくりと水中にさしこんで、最後に、突《つ》け。すばやく突《つ》くんだ。自分の足は突《つ》くなよ。さあ、散り散りになれ」

ライラとコンは疑《うたが》わしげに目を見かわした。湖の中に進みだしたものの、離《はな》れずにいる。二人の息づかいが聞こえる。暗闇《くらやみ》の中ではよくわからないが、フレッドは二人が手をつないでいるのではないかと思った。

マックスが手をのばし、フレッドの手をつかんだ。マックスの手のひらは温かくて、べたべたしていた。

「おさかなとろう！」とマックス。

フレッドはえものを探《さが》しまわった。炎《ほのお》を顔から遠ざけつつ、うまくやすをかまえようとする。

「たいまつをわたしたら」フレッドがマックスに聞いた。「ぼくの髪《かみ》をこがさないように持っていられる？」

マックスは燃《も》えさかる枝《えだ》を受けとりながら、「たぶん」と答えた。やすで突《つ》くのは、思ったよりむずかしい。手の中のやすは細くてしなやかだったが、魚めがけてふりおろすたびに逃《に》げられた。

蚊《か》の群れが二人の頭上を飛んでいく。マックスはくしゃみをし、たいまつを激《はげ》しくふりまわした。

「マックス！　枝《えだ》をもらったほうがよさそうだ」

「やだ！」マックスが叫《さけ》んだ。「やだ、やだ、やだ！　ぼくのだもん！　きをつける！」

突然《とつぜん》、やすが二人を通りこして飛んでいった。フレッドの胸《むね》から数センチのところをかすって湖底の泥《どろ》に突《つ》きささり、水面から突《つ》きだした柄《え》がふるえている。

フレッドは跳《と》びあがった。マックスはひと声叫《さけ》んでのけぞり、フレッドのひざをつかんだ。それで二人とも、浅瀬《あさせ》にしりもちをついた。たいまつの火が消えた。フレッドはすわったまま口から水を吐《は》きだし、マックスを探《さが》してあたりを見まわした。

探検家《たんけんか》が大またで通りすぎると、片手《かたて》でマックスを引っぱりあげ、まっすぐ立たせた。

「だいじょうぶ？」フレッドがマックスに聞いた。

「ぬれた！」マックスがわめいた。「びしょぬれ、きらい」

「ほかには？」

マックスは泣こうか泣くまいか検討中《けんとうちゅう》というように顔をぴくぴくさせた。それから、ためらいがちに答えた。「パンツがびしょぬれ。でも、だいじょうぶ」

探検家《たんけんか》が、投げつけたやすを泥《どろ》から引きぬいた。「いい子だ」とマックスに言う。やすの先には大人の男の太ももほどもある大きな魚が刺《さ》さっていた。

「朝めしだ」と探検家《たんけんか》。「こっちに来い、フレッド。どうするのか、見るんだ。マックスは岸にあがって魚を見はるんだ。さあ、たいまつをやろう」探検家《たんけんか》は水をざぶざぶとかきわけ、いちばん近くの木から枝《えだ》を一本折り、自分のたいまつから火をつけてマックスにわたした。「きれいだろ、ん?」

「マックスに火を持たせて一人にするの?」とフレッド。「マックスはなんでも食べようとするけど」

探検家《たんけんか》はマックスに向きなおって言った。「ぼうず、火は食うな。それと、自分を取りまく世界のどこだろうと、取って食うなよ。わかったか?」

「うん」とマックス。魚のにおいをかいでいる。

「ほらな?　ちゃんとわかってる」と探検家《たんけんか》。「行こう」

フレッドはシャツの水をしぼると、湖にじゃぶじゃぶと入っていき、探検家《たんけんか》のそばに立った。探検家《たんけんか》は機嫌《きげん》がよさそうだった。フレッドは思いきって聞いてみた。

「あなたはジャングルにでかけると――」

「ん？」探検家《たんけんか》はさらに進んでいく。水が太ももをたたく。フレッドもあとに続く。黒い水がフレッドの腰《こし》のあたりまできた。

「——何をしてるんですか？　一日中出かけていて、なんの食べものも持たずに帰ってくるでしょう？　狩《か》りをしているんですか？」

長いあいだ、探検家《たんけんか》は答えなかった。かわりに、湖をのぞきこんでいる。息をしているのだろうかとフレッドが不安になるくらい、微動《びどう》だにしなかった。

「あそこだ。見えるか？」探検家《たんけんか》はよどんだ水の中、木の根っこがのびたあたりを指さした。

フレッドには何も見えなかった。水面に浮《う》かぶ葉と月だけだ。

探検家《たんけんか》の腕《うで》の動きはあまりにすばやく、いつ動き、いつ止まったのか、フレッドにはわからなかった。気づくとやすの先で細長い魚がぴちぴちと身をくねらせていた。

「アセストロリンクス」と探検家《たんけんか》が学名を言う。「ハリアゴだ。カワカマスのような味がする。骨《ほね》は多いが、うまい」

探検家《たんけんか》はポケットから一本のひもを取りだした。端《はし》に針《はり》のように細くて鋭《するど》い石器が結びつけてある。それで魚にひもを通し、ぶらさげた。

「昼間、わたしが何をしているかと聞いたな」と探検家《たんけんか》。「自分がこわしたものを、直しているんだ」そう言って、きびすを返すと、手をひとふりしてその話題を終わらせた。「いいか、やすはこうにぎるんだ。魚を突《つ》く前に、やすの先を魚から親指一本より近くまでもっていけ」

フレッドは水面におおいかぶさるようにして立った。暗がりで赤い目がきらっと光る。フレッドはいくつもの石と葉っぱと、それに自分の足首を突《つ》いた。やがて、驚《おどろ》いたことに、やすの先が魚に当たる感触《かんしょく》があった。はじめは尾《お》びれを突《つ》いただけだったが、魚の動きがにぶった。もう一度突《つ》く。さらに夢中《むちゅう》で突《つ》くうちに、ついに魚に刺《さ》さる手ごたえがあった。

「何かつかまえた！」フレッドは明かりのほうにやすをかかげた。先端《せんたん》で何かがのたうっている。大きくはないが、まぎれもなく魚だ。

「オオカミウオだ。このあたりではトライラとよばれている。ポケットに入れておけ」と探検家《たんけんか》。

本気だろうか、とフレッドは探検家《たんけんか》の顔をうかがったが、冗談《じょうだん》を言っている様子はないので、半ズボンのポケットに入れた。魚は、体育の女性教師《じょせいきょうし》のような目でフレッドを見あげた。

フレッドは両手についた魚の血をすすぎながら、タイミングをはかって、もう一度たずねてみることにした。「何を直しているんですか?」

探検家《たんけんか》はもっと深いほうへと、ざぶざぶと歩いていった。水が腰《こし》まできた。こっちの暗がりのほうが、話しやすいと感じたらしい。「わたしは調査隊《ちょうさたい》の一員だった。飛行機を飛ばし、眼下《がんか》に人の痕跡《こんせき》がないか、探《さが》していた。都市の上空を旋回《せんかい》しながら、何か見るべきものがあるか見きわめようとしていた時だ、小型《こがた》機のエンジンがいかれてしまったのさ。墜落《ついらく》して樹冠《じゅかん》に突《つ》っこんだ。火が出て、広範囲《こうはんい》の森を焼いてしまったんだ」

「飛行機はどうなったんですか？　回収《かいしゅう》できました？」

探検家《たんけんか》はさっと視線《しせん》を水に落とすと、水草のあいだにやすをくりだした。

フレッドはもう一度、聞いてみた。「それで森に穴《あな》があいたんですね？」

「樹冠《じゅかん》に、そう、穴《あな》があいた。だが、あそこが樹冠《じゅかん》におおわれていたのには、理由があったんだ。この都市をつくった人たちは、木の葉が重なりあうように木々《きぎ》を植えたのさ、上から都市が見えないように。山の頂上《ちょうじょう》に立ったとしても、見えるのは、ひと連なりの緑だけだ」

「どれくらい昔につくられたんですか？」

「わからない。周囲《しゅうい》のジャングルと溶《と》けあったような都市の年代を特定するのはむずかしい。百年前、もしかするとさらにその数百年前かもしれない。ここの森がもう一度もとの姿《すがた》にもどるのに、少なくとも五十年から百年はかかるだろう。焼けた木はできるだけ切りたおし、同じ場所に木を植えようとしている」

「知ってます！　広場の中央に新しい芽生《めば》えがありますよね」

「そのとおりだ――しかし、想像《そうぞう》がつくだろうが、のこぎりを使わずに木を切りたおすのは、気楽な趣味《しゅみ》ではない。時間がかかる。あの木々《きぎ》が育つまでは、樹冠《じゅかん》の応急処置《おうきゅうしょち》が必要だ。それで、やしの葉とつる植物で一種のおおいをつくり、わたしがあけた穴《あな》をふさいでいるんだ。かくれみの、だな」

「それが昼間、出かけていって、やっていることですか？」

「まさしく。なかなか進まないがな」探検家《たんけんか》はやすをひと突《つ》きし、魚をかかげると、ひもに通した。たいまつの明かりが、両手の切《き》り傷《きず》やすり傷《きず》を浮《う》き彫《ぼ》りのように照らしだす。「新たな一区画を完成させるのに一カ月かそこらはかかる。勘弁《かんべん》してくれと言いたいくらい木から落ちたよ。それでも、いつか完全な緑の屋根ができて、遺跡《いせき》の生きた防御《ぼうぎょ》になるだろう」

「でも、何からの防御《ぼうぎょ》ですか？」

「空から土地を調査《ちょうさ》する人々《ひとびと》から」そっけなく答える。「エル・ドラド、黄金都市を探《さが》しもとめる人々《ひとびと》から。こういう場所の石を袋《ふくろ》づめにして、ロンドンの好奇心旺盛《こうきしんおうせい》なご婦人《ふじん》やら紳士《しんし》やらに、バス運転手の年収《ねんしゅう》ほどの値段《ねだん》で売りつけようとする人々《ひとびと》から。まさしくわたしのような人々《ひとびと》から、だ」

「あなたのような？　でも、あなたは救《すく》おうとしている！」

「いいや。わたしは自分が傷《きず》つけたものを直そうとしているだけだ。神はお見とおしだろう、わたしが若《わか》かったころ、何をしでかしかねなかったかを、な。わたしはタイムズ紙の一面にでかでかと自分の名前がのることを切望していたのさ」

探検家《たんけんか》は横目でちらりとフレッドを見た。フレッドはぎこちなく体をずらし、じっと水を見つめた。

探検家《たんけんか》がもう一度、やすを突《つ》く。この魚はいつまでも激《はげ》しく暴《あば》れまわったので、靴《くつ》のかかとにぶつけて殺《ころ》さないとならなかった。たいまつの明かりに浮《う》かんだ探検家《たんけんか》の顔が赤く上気していたのは、たぶんそのせいだろう。

「ヨーロッパの人間は、こういう都市はありえないと言ってきた。ここのような場所をけして信じなかった――ジャングルでは大勢《おおぜい》の人たちが暮《く》らせるはずがないと思いこんでいるんだ。ジャングルはあまりに不毛だと言うのさ。やつらはジャングルのことを、〝偽《いつわ》りの楽園〟とよんだ」

探検家《たんけんか》は口をつぐむと、ひもに通した魚に漫然《まんぜん》と目を向けている。「ヨーロッパ人が出あった部族はごく小さな集団《しゅうだん》ばかりだったので、大規模《だいきぼ》な都市はないにちがいないと思いこんだ。気がつかなかったのさ、自分たちが川沿《かわぞ》いで見た部族が少人数だったのは、わたしのような人間にたやすく見つかったからだということに――ヨーロッパからもたらされた病気で、彼《かれ》らの大半が命を落としたからだということに、な。はしかに、インフルエンザ。わたしがそれをうんざりするほど見てきたことは、神のみぞ知る、だ。この土地にこれ以上、わたしのような人間はいらない」赤黒く燃《も》えるような怒《いか》りが、探検家《たんけんか》の首から腕《うで》へと広がっていった。

フレッドは身じろぎせずに、ひたすら耳を傾《かたむ》けた。これまでの人生で、こんなに熱心に何かを聞いたことがないくらいの熱心さで。

「わたしの妻《つま》はジャングルのある村の生まれだった。二人は若《わか》かった——二十歳《はたち》にもなっていなかった。彼女《かのじょ》はジャングルを呼吸《こきゅう》し、ジャングルを身にまとっていた。息子が生まれてすぐに、妻《つま》は、はしかで死んだ」淡々《たんたん》と話しつづける。「イギリス人の一団《いちだん》からうつされたんだ。素人《しろうと》の探検隊《たんけんたい》だ」

「息子さんは？　息子さんはどうしたんですか？」

「あと一週間で四歳《さい》になるという時に、死んだ。コレラで」探検家《たんけんか》は闇《やみ》に目をこらしていた。

「この土地には、かつて何百万人もの人たちが住んでいた。いつの日か、世界はそのことを知るだろう。世界が土地に価値《かち》をおくのと同じくらい、人に価値《かち》を見いだすような日が、きっと来る。そう望むよ。だが当分は、もうこれ以上、ヘルメットをかぶった探検隊《たんけんたい》に、ジャングルをかきわけ、ここまで来てもらいたくない」

探検家《たんけんか》は歩いてきたほうをふりかえった。「この都市に立ちよる人たちも、都市そのものも、無事ではすまないだろう」

フレッドの全身を、血がいつもより速くめぐっている。何か言いたかった——探検家《たんけんか》に、ここまできびしく、絶望《ぜつぼう》した様子をしないでもらえるような何かを——でも、声が出てこなかった。

「それが理由だ」探検家《たんけんか》はにごった水をふたたび突《つ》いたが、今度は取りにがした。感情《かんじょう》が高ぶって手がふるえている。「今一度、きみに頼《たの》みたい。この場所について、だれにも言わないと誓《ちか》ってほしい。心から、わが心臓《しんぞう》のありったけで、お願いする」

フレッドは暗闇《くらやみ》にいることを――探検家《たんけんか》の顔が見えず、探検家《たんけんか》もフレッドの顔が見えないことを――感謝《かんしゃ》した。「言わないと誓《ちか》います」どうしたら、これが嘘《うそ》ではなくて本気なんだとしめせるのだろう。「けして言いません」さらに声を大にして言った。「誓《ちか》います！」

探検家《たんけんか》は頭をさげた。「ありがとう、フレッド」

「前はわからなかったんです！　思いもしなかった――つまり、単純《たんじゅん》なことだと考えていたんです」

「桁《けた》はずれのことは、めったに単純《たんじゅん》なんかじゃないのさ」

「でも、あなたの言うとおりのことが起こるなら――もしあなたが確信《かくしん》しているなら――」

「確信《かくしん》しているなどと言うつもりはない。ただ、そう信じているだけだ。誓《ちか》えるほどに、信じている」

「それじゃ、ぼくも誓《ちか》います」

探検家《たんけんか》はため息をついた。それは、フレッドには解《と》きほぐせないもののように響《ひび》いた。「ありがとう」

「死ぬまで話しません」とフレッド。「ほかの子たちにもそのことを説明します。そしてこの先、あなたのことはけっして言いません」

「ぼくも」と声がした。「ぼくのたんけんかだもん！　だれかとわけっこしないんだ」フレッドは飛びあがった。マックスが湖の中にもどってきていたのだ。まだたいまつを持っている。あばら骨《ぼね》のところまで水につかって、探検家《たんけんか》の真後ろに立ち、今まさに、ひざに抱《だ》きつこうとしていた。

探検家《たんけんか》は男の子の手がふれたことにびっくりして、身をよけた。

「おおっと！　火を持っている時に愛情表現《あいじょうひょうげん》はしないでもらいたいな、ぼうず」探検家《たんけんか》はぶっきらぼうに言って、マックスの髪《かみ》の毛《け》をくしゃくしゃにした。

マックスはくっくっと笑った。ライラとコンのいるほうへ、歌いながら浅瀬《あさせ》をゆっくり進んでいく。どうやら歌詞《かし》は「さかな」という言葉だけでできているようだった。

探検家《たんけんか》がフレッドに自分のやすを手わたした。「ほら。わたしのでやってみろ。こっちのほうが軽い」

「あなたは何を使うんですか？」

「じつのところ、やすは必要ないんだ」探検家《たんけんか》は背《せ》をかがめて胸《むね》まで水につかった。両腕《りょううで》をひじまで水中にさしいれる。片手《かたて》がすばやく水中で動く。しばらく格闘《かくとう》したのち、探検家《たんけんか》は自分の腕《うで》ほどもある魚を両手でがっちりとつかんでかかげた。月明かりにうろこが光った。「このやり方の唯一《ゆいいつ》の欠点は」と探検家《たんけんか》。「時にピラニアだったりして、えらい目にあうことだ」

フレッドは、家でも極細の縦縞《たてじま》のスーツにきっちりと身を包んで暮《く》らしている父親のことを思った。

「あなたが、ぼくのお父さんだったらいいのに」フレッドは、探検家《たんけんか》が聞かなかったことにできるくらいの小さな声で、つぶやいた。

探検家《たんけんか》は眉《まゆ》をぐっとあげて、ふりむいた。「そいつはごめんだ。その役目は苦手でね」と鋭《するど》く言った。「それにフレッド、いつかきみは父親に驚《おどろ》かされるはずだ。父親とはそういうもんだ。見かけどおりではないのさ」

「ぼくの父はそうです」とフレッド。「ぼく、父に――」と話しはじめて口ごもったが、闇《やみ》が話しやすくしてくれた。「ぼく、ここのことを父に言いたかったんです。そうしたらぼくを誇《ほこ》りに思うかもしれないって」

「きみのお父さんは、すでにきみを誇《ほこ》りに思っているさ。まちがいない」と探検家《たんけんか》。水に目を落としたまま、聞きながしている。

「そんなことない！」フレッドは探検家《たんけんか》の背中《せなか》をにらんだ。「単純《たんじゅん》なことです――父は母がぼくを生まなければよかったと思っているんです。そうすれば母が――」

「単純《たんじゅん》じゃないさ、フレッド」探検家《たんけんか》はふりむいて、まともにフレッドと向きあった。「その言葉を使うのはやめるんだな。そんな言葉、忘《わす》れてしまえ。すべてがかぎりなく複雑《ふくざつ》さ。人生に単《たん》純《じゅん》なことなど、ないに等しい」

フレッドはため息をついた。探検家《たんけんか》に失望したのだ。「大人はいつもそう言うんだ」

「それでも、そいつが真実だ。世界はどんな人間の想像力《そうぞうりょく》より大きい。どう単純《たんじゅん》でありうるんだ？」探検家《たんけんか》はひょいと水中にもぐった。黒い水面下に体が消え、あらわれた時はこぶしにウナギのようなものをつかんでいた。のたうって、探検家《たんけんか》の胸《むね》をたたいている。探検家《たんけんか》は何事もなかったかのように話しつづけた。「男はだれかを愛し、愛にともなう責任《せきにん》におびえることがある。身勝手で、かつ必要な秘密《ひみつ》ってもんが、あるのさ。頼《たの》むから、ぼうず、わかってくれ、真実はジャングルのように棘《とげ》だらけで、さまざまなんだ」

探検家《たんけんか》は後ろを向き、ふたたび水にかがみこもうとした。が、ふいに、凍《こお》りついた。

大声は出さなかった。その必要はなかった。「マックス、フレッド、急げ。水から出ろ。コン、ライラ、水の外に出るんだ」

フレッドは体をよじってあたりを見た。「なぜ？」

「出ろ！」声が大きくなった。

コンとライラが水をかきわけ、フレッドたちのほうにやってくる。「何が起きたの？」

「急げ！」

探検家《たんけんか》は悪い足を引きずりながら、全速力で浅瀬《あさせ》を走った。マックスの胴《どう》をかかえると、マックスが持ったたいまつを水にたたき落とし、不均等《ふきんとう》な歩幅《ほはば》でざぶざぶと岸へ急ぐ。フレッドは水中の根につまずきながら、そのあとを走って追いかけた。ライラは泥《どろ》の中、コンを引っぱっていく。探検家《たんけんか》はマックスをどさりと地面におろした。頭から着地したマックスが泣きだす前に、ライラが腕《うで》にかかえこんだ。探検家《たんけんか》はやす、やすをかまえて湖に向きなおった。

「どうしたの？　わたしたち、何かした？」とコン。

「何も」子どもたちがそろって湖からあがった今、探検家《たんけんか》の声はすっかり落ち着いていた。「ここを離《はな》れよう」

「でも、なんなの？」

「あの目が見えるか？　赤く光っている。魚のように――あそこだ、湖の向こう岸」

ライラが息をのんだ。「あれって……わたしの思ってるもの？」

ライラは目がいいにちがいない。フレッドには赤く光る点と灰色《はいいろ》の影《かげ》しか見えなかった。

「カイマンだ」と探検家《たんけんか》。「年寄《としよ》りだ。おそらく3メートル近くある。きみたちには興味《きょうみ》をしめさないだろう。だが」探検家《たんけんか》は全部を言わなかった。

「かまれたこと、あるの？」とコン。

「二、三回な。行こう。さっさと離《はな》れるにこしたことはない」探検家《たんけんか》はマックスを空中にほうると、片方《かたほう》の足首をつかんで自分の肩《かた》にかつぎあげた。

「ついてこい、三人とも。わたしが足をおいたところをふむようにしろ」マックスは探検家《たんけんか》の背《せ》中《なか》で揺《ゆ》れながら、ポケットの中を手探《てさぐ》りした。

「フレッド」マックスが頭を下にしたまま、ささやいた。「はなしがあるの」

「なんだい？」

「ぼく、ちょっとだけ、たんけんかのさかなをたべた。まってるあいだに。おなかすいて」マックスは魚を突《つ》きだした。指を押《お》しつけた跡《あと》がついている。「だいじょうぶかな？」

フレッドは、マックスのしわをよせた心配顔を見た。「ああ」フレッドは、できるだけ真剣味《しんけんみ》をこめて言った。「ぼくは二度とごめんだけど、生魚を食べる人はいるよ。心配ないと思う」

「しんだりしない？」

「うん、だいじょうぶ。実際《じっさい》、とても変わったふうにだけれど、ぼくらはみんな安全さ。今のところはね」

探検家《たんけんか》が体をひねってフレッドを見た。危《あや》うくマックスの頭が木にぶつかるところだった。

「そのとおり、安全だ」と探検家《たんけんか》。「いや、こう言うべきか」と問題をはっきりさせた。「ここで命を落とす可能性《かのうせい》は、今でもある。だが、注意をはらえば、多くのことから安全でいられる」探《たん》検家《けんか》は足をとめて体の向きをかえ、背後《はいご》の一団《いちだん》を見た。月明かりに照らされた、汗《あせ》まみれの子どもたち。そして頭をふった。「言っておくべきことを言っただけだが、どうしても応援団長《おうえんだんちょう》の演《えん》説《ぜつ》みたいになるものだな」

でも、とフレッドは思った。この人はちっとも応援団長《おうえんだんちょう》に見えないけどな。応援団長《おうえんだんちょう》は、動物の歯をこんなにいっぱい身につけたりしないものだよ。

「このすべてが見えるか？」探検家《たんけんか》はたいまつを高くかかげ、木々《きぎ》と眠《ねむ》っている鳥たちを照らした。「探検家《たんけんか》になるのに、ジャングルに来る必要はない。この世のだれもが、探検家《たんけんか》だ。探検《たんけん》とは、注意をはらうことに外ならない。太字で書くような〝注意〟だぞ。それこそ、世界がきみたちに求めていることだ。世界に最大限《さいだいげん》の注意をはらえば、可能《かのう》なかぎり安全でいられる」探検家《たんけんか》は子どもたちを一人ずつ、じっと見た。フレッドはその強烈《きょうれつ》な視線《しせん》に、今回はしりごみしなかった。

「注意といえば、ライラ」と探検家《たんけんか》。「ナマケモノがきみの髪《かみ》の毛《け》を食べようとしているぞ。成功したら消化不良をおこす」

探検家《たんけんか》は歩きつづけた。帰りつくまで、背負《せお》われたマックスの細いあばら骨《ぼね》は、探検家《たんけんか》の背骨《せぼね》に当たって、跳《は》ねつづけた。

誓《ちか》い

その晩《ばん》は、だれも眠《ねむ》りたがらなかった。たき火を囲み、魚がジュージュー音をたてて焼けるまで火にかざした。フレッドはライラとコンに樹冠《じゅかん》のことや、ジャングルの奥《おく》にある偉大《いだい》な緑の秘《ひ》密《みつ》を守ろうと、探検家《たんけんか》が日々《ひび》苦心していることを説明した。

「わたしたち、何かするべきよ」とコン。「あの人にわたしたちがしゃべらないと証明《しょうめい》するの」

「わたしたちを信じてくれないと思う？」とライラ。バカがひざの上で寝息《ねいき》をたて、マックスは足元でまるくなって目を閉《と》じていた。

「そういうわけじゃないけど、あの人、すぐに人を信じるタイプじゃないと思うわ」とコン。

「いい考えだと思うよ」とフレッド。「何をする？」

「誓《ちか》いをたてるのは？」とライラ。「本に出てくるみたいに、血の誓《ちか》いをたてるの」

「それよりずっと続く何かがほしいわ」そう言って、コンは屋根を見あげた。すき間《ま》ごしに星がかがやいて、緑の中に銀が織《お》りこまれているようだ。「何かもっとすごいこと。このすべてが永《えい》遠《えん》に残るような何かよ」

「わかった！」ライラが背筋《せすじ》をのばすと、急に動かされてバカが目を覚ました。「印をつけるの——タトゥーみたいな！」

「インクがないよ」とフレッド。

「探検家《たんけんか》が持ってる！」とコン。「見たの、たき木集めをしている時に——あの人、盗《ぬす》まれたくない貴重《きちょう》なものは、ハンモックの下において眠《ねむ》るって言ってたわ」

一瞬《いっしゅん》の間《ま》があって、フレッドが口を開いた。「あの人が盗《ぬす》まれたくないんだったら、ぼくは盗《ぬす》みにいこうとは思わないな。ナイフを持って寝《ね》てるんだよ」

興奮《こうふん》がコンを大胆《だいたん》にしたらしい。「わたしがやる！」

バカまでがびっくりしたように見えた。

「コン！」とライラ。「どうかしてるわ」

でもコンはすでに立ちあがり、走りだしていた。爪先《つまさき》立ちで広場を突《つ》っきっていく。半分身をかがめ、自分への注意事項《じこう》をつぶやきなが

ら。フレッドとライラは驚《おどろ》いて、目を見かわした。

五分後、コンはインクを高々《たかだか》とかかげてもどってきた。

「やったわ！」とコン。

「盗《ぬす》んだの？」とライラ。その声には、賞賛《しょうさん》の気持ちがあふれている。

「そう！」とコン。たき火に照らされ、勝利に顔を紅潮《こうちょう》させている。それから、「ほとんど」と言いそえた。

「ほとんど？」とフレッド。

「あの人、ほとんど、起きてたの。で、ほとんど、貸《か》してやると言ったようなものなの。そいつは貴重品《きちょうひん》だ、こぼしたらおまえらの髪《かみ》の毛《け》にヘビを突《つ》っこむぞって、言ったから。でも、盗《ぬす》まなくちゃいけなかったら、そうしてたわ」

フレッドはにやり、とした。「どんなタトゥーをする？」

「われ誓《ちか》う、とか？」とライラ。

「複雑《ふくざつ》すぎる。変になる可能性《かのうせい》が高いわ」とコン。

「×は？」とフレッド。「地図にあったみたいな」

「それ、いいわ」とライラ。コンもうなずく。コンが石器で小型《こがた》ナイフの先を研《と》ぎ、ライラが殺《さっ》菌《きん》のためにナイフの先を炎《ほのお》にかざして焼いた。

「だれが最初にやる?」とライラ。

一瞬《いっしゅん》の沈黙《ちんもく》があった。ライラの手にしているナイフで鋭《するど》くとがらされた沈黙《ちんもく》だ。「ぼくがやる」とフレッドが言った。

フレッドはつとめて両手がふるえないようにした。自分の皮膚《ひふ》を切るのは、思ったよりむずかしかった。刃《は》を皮膚《ひふ》にうずめて、ちょっとひるんだ。それから、親指のつけ根の、手のひらに近いあたりに、細い線を切りつけた。

「痛《いた》い?」コンが心配そうに聞く。

「ちょっとね」とフレッド。緊張《きんちょう》した声になった。「でもほかのあれこれにくらべたら、なんてことない」フレッドは二本目の線を加え、そっと血をふきとった。「どうやってインクを入れたらいいかな?」

「ただ、その上にたらしたら?」とライラ。

インクがしみて、フレッドは歯を食いしばった。コンとライラは気をきかせて、目をそらした。

「ほら!」フレッドはたき火の明かりにかざして見せた。小さな×がインクと血で刻《きざ》まれていた。

次はライラだった。インクをたらした時にひるんだが、何も言わなかった。コンはもっと時間をかけて、×の二本の線が完璧《かんぺき》にまっすぐになるように刻《きざ》みつけた。「一生残るなら」とコンはインクをすりこみながら言った。「曲がった線にはしたくないわ」

マックスががばっと起きあがった。「ぼくも！」

「マックスってば！　寝《ね》てると思った」とライラ。

「ねたふりしてた」

「しーっ、マックス。寝《ね》ててちょうだい」

「ぼくもやる！　ぼくもひみつのちかいする！」

「だめ」とライラ。「絶対《ぜったい》に、だめ。痛《いた》いのよ。あなた泣くでしょ、そしたら探検家《たんけんか》が目を覚ましちゃう。それに、そんなことしたら、わたし、ママとパパに殺《ころ》されるわ」

「なかない！」

「泣くくせに」とコン。

「でも、ぼくのひみつでもあるよ！」とマックス。「ひみつにさせときたいなら、やらせてよ！」

みんなは顔を見あわせた。ライラがため息をついた。

マックスは泣いた。でも、そうしないよう、精一杯《せいいっぱい》の努力をした。ライラがナイフを手にとると、マックスは白目をむいて、唇《くちびる》をぎゅっと結び、地面を足でどんどんふみならした。インクをたらされた時には、涙《なみだ》がいくつもこぼれおちた。でも、叫《さけ》ばなかった。

「誓《ちか》いの言葉を言う？」とコン。「なんて言おうか？」

「あなたがやってよ、フレッド」とライラ。「いちばん年上だもの」

フレッドは半分照れて、にやにやした。「われらは――」とはじめる。

「ちょっと待って！」コンがひとかかえのたきつけを火にくべた。炎《ほのお》がうなりをあげて空に立ちのぼる。「いいわ、続けて」

「われらは、この場所を秘密《ひみつ》にすることを誓《ちか》います」とフレッド。「世界にここのことを告《つ》げても安全な時がくるか、ぼくらが死ぬ時まで――そのどちらが先であろうとも、秘密《ひみつ》にすることを誓《ちか》います」

「誓《ちか》います」コンがおごそかに言った。それから「統計学的《とうけいがくてき》に言えば、だれかに教えるチャンスがくる前に死ぬ可能性《かのうせい》が高いけど」とつけくわえた。でも、ほほ笑《え》みながらだ。

「誓《ちか》います」とライラ。「いついかなる時も」

「ちかいます」とマックスがくりかえした。「ここ、ぼくのだもん」マックスは自分の×を誇《ほこ》らしげに見おろした。「だれともわけっこしないんだ」

コンがライラを見、ライラはフレッドを見た。三人はマックスの頭ごしに、にっと笑いあった。

探検家学校《たんけんかがっこう》

翌日《よくじつ》は木曜日、墜落《ついらく》から十二日たった。フレッドは後頭部をハゲワシに突《つ》つかれて、燃《も》えさかる飛行機の悪夢《あくむ》から目覚めた。身を起こす。

「こいつ！」とフレッド。

ハゲワシはフレッドをにらみつけている。自分をまともにつくり損《そこ》ねた、いい加減《かげん》な世界に我慢《がまん》がならないと言わんばかりの目だ。

「ヒール！」とよぶ声が外から響《ひび》く。続いて、口笛。ハゲワシは石づくりの部屋からよたよたと出ていった。フレッドもあとについていった。

「いい子だ」探検家《たんけんか》はハゲワシにそう言って、羽のない赤い頭を、犬にするみたいになでた。部屋の外ではもう、たき火が燃《も》えていた。

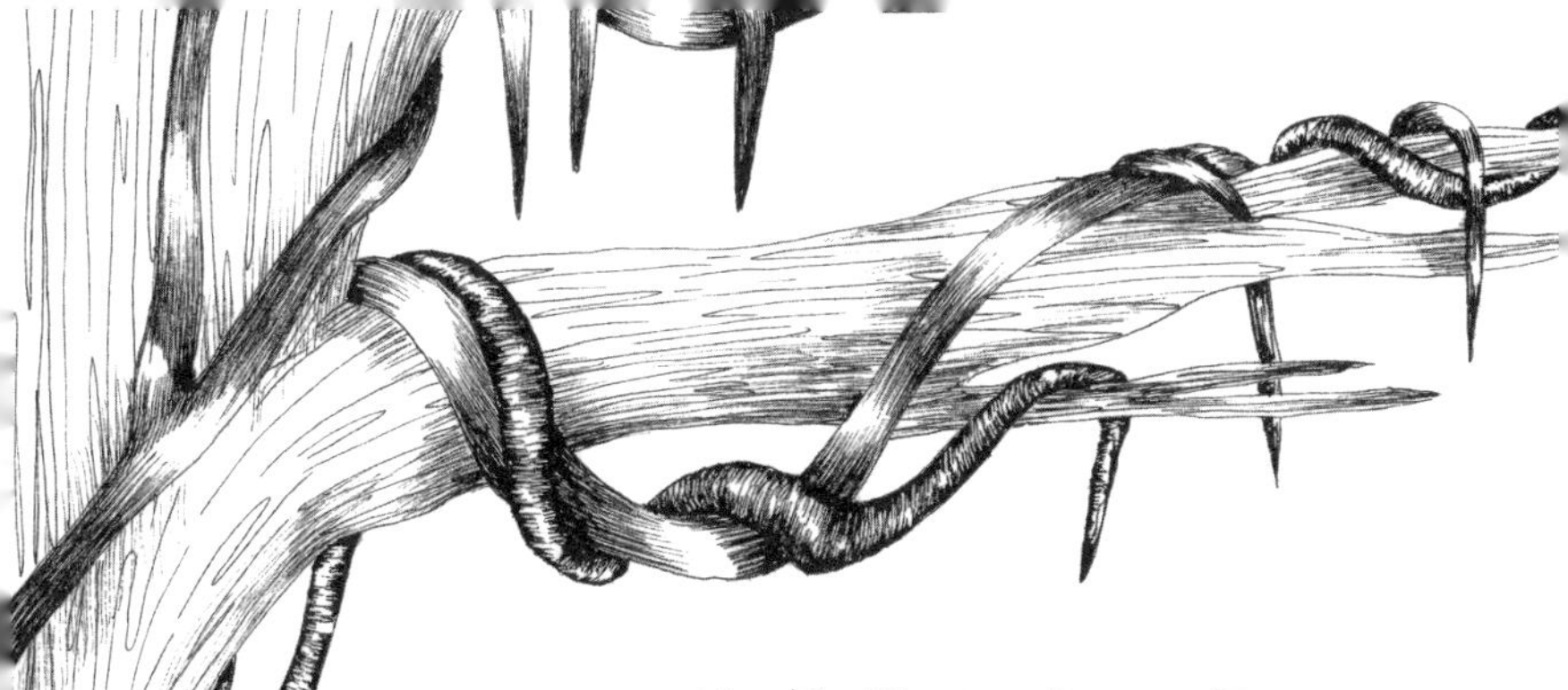

「ほかのみんなを起こせ」と探検家《たんけんか》。

「まだ日が出たばかりなのに？」とフレッドはいぶかった。「マックスを早起きさせようとすると、おしっこをひっかけるぞ、っておどすかもしれない」

「それでも起こせ。尿《にょう》を武器《ぶき》にするというなら、そうさせろ。これまでおまえたちを見てきたが、生きのこるために必要な基本的技術《きほんてきぎじゅつ》で、まだ知らないことがいくつかある。今日わたしはおそくまで仕事をするつもりだから、今、聞いておけ」探検家《たんけんか》はフレッドの手のひらにちらりと目をやり、印を見た。何も言わなかったが、顔の左半分がほんの少しほほ笑《え》んだようにフレッドには思えた。

「さあ、急げ！　探検家《たんけんか》学校のはじまりだ」

ほかのみんなが目をこすりながら出てきた。探検家《たんけんか》はヒョウタンを切ってつくった容器《ようき》から肉を数切れ取りだすと、四人に配った。

「家に帰るには、川と陸の両方を知っておく必要がある。

自分たちの知っていることを話してみろ」

なんの肉かはよくわからなかった――鳥かな、とフレッドは思った。いや、魚かもしれない。フレッドはできるだけゆっくり、口の中でそれがどろどろになるまでかんだ。

「川のことは、かなりよく知ってるわ」とコンが誇《ほこ》らしげに言う。「わたしたち、いかだに乗ってきたの」

「どんないかだだ？」

「フレッドがつくったの」コンはフレッドを見て、にっこりした。ほおは蚊《か》に刺《さ》された跡《あと》だらけだったが、満面の笑《え》みだ。「フレッドはいかだに夢中《むちゅう》だったわ」

「何を使った？」探検家《たんけんか》がフレッドに聞いた。

フレッドは、できるかぎりの説明をした。ただし、あまり自慢《じまん》に聞こえないように気をつけて。

「いい設計《せっけい》のようだな」と探検家《たんけんか》。フレッドはうれしくて、顔がほてるのを感じた。「マナウスからネグロ川をいかだでたどったことがあるよ、最初のころの探検《たんけん》だったな。似《に》たような形のいかだを使った。丸木舟《まるきぶね》ほどよくはないが、早くつくれる」

「何を探《さが》す探検《たんけん》だったんですか？」とフレッド。

「いろいろだ。都市を探《さが》す男たちもいたし、新薬になる植物を探《さが》す者もいた。わたしはただ、世界を見てみたくて仕方がなかったんだ。みんな世間知らずで、不器用だった。二人死んだよ。それでも、楽しかった」

探検家《たんけんか》は地面に地図を描《か》きはじめた。「おまえたちはここを行くことになる。『死者の場所』近くの急流を曲がって、北に向かう。ここでは水しぶきが顔までかかる。いかだが波に、馬の背《せ》に乗るみたいに乗ろうとする。わたしは舵《かじ》をとるのに竹棹《たけざお》を使っていたが、それが跳《は》ねてあばらのあいだを突《つ》きさしたりしないように気をつけなくてはならなかった。人生で最高に楽しい日々《ひび》だったよ」

探検家《たんけんか》はまた肉を配った。マックスはうったえるように目を見ひらいて、倍の肉をもらった。コンは文句《もんく》を言おうと口を開いたが、そのまま閉《と》じた。

「マナウスにたどりつくまで、おまえたちも同じような旅をすることになる。三角波が立ち、水が泡立《あわだ》ち、岩もある――空中に数十センチもほうりあげられたりする。だからそのちいさいのは、しばりつけておかなくてはいけない。水中に落ちた者は、いかだにしがみついてはだめだぞ。いかだが転覆《てんぷく》してしまうからな」

「え、そんな」とライラ。「でも、たとえば――」

「だめだ」探検家《たんけんか》は言いはなった。「そうなったら名誉《めいよ》ある行為《こうい》は、唯一《ゆいいつ》、おぼれることだ」

「まあ」とライラ。

「わお」とフレッド。

「了解《りょうかい》」とコン。「ほかには?」

「しておくべき準備《じゅんび》がある。書くものはあるか?」

もちろん、ない。それでもライラは石器を取りだし、灰色《はいいろ》の石のかけらに刻《きざ》みつけはじめた。

「ここから2キロほど下流の森に」探検家《たんけんか》が地面に地図を描《か》きたしながら言った。「ある種類のハチがいる。ものすごく小さくて、なかなか美しいぞ。汗《あせ》や湿気《しっけ》に引きよせられ、目の瞳孔《どうこう》の真ん中にとまるのが最高の幸せ、というやつらだ。アイ・リッカーズ(目をなめるもの)とよばれている。書いておけ」

「アイ・リッカーズ」ライラはそう言って、しっかりと刻《きざ》みつけた。その表情《ひょうじょう》に恐《おそ》れはなく、ひたすら集中している。バカはライラの頭のてっぺんにのぼり、すわっている。知りたがりの帽子《ぼうし》みたいだ。

「いちばんいいのは、目を網《あみ》でおおうことだ」

「網《あみ》をつくれるかな?」とフレッド。

「いい質問《しつもん》だ。つくれないものはほとんどないが、網《あみ》はそのひとつだ」

「それじゃ――」フレッドは目をつぶり、網《あみ》がどんなふうでなければいけないかを思いえがこうとした。「ヘビのぬけ殻《がら》に穴《あな》をあけるのは？」

「うん、いいだろう」探検家《たんけんか》はフレッドを見て、ゆっくりとうなずいた。「悪くない思いつきだ、じつに。ただ、このあたりでヘビのぬけ殻《がら》を見つけるのはむずかしい。ハゲワシが食べてしまうからな。わたしが蚊《か》よけの網《あみ》をひとつ、持っている。わたしの所持品の中でもいちばんの貴重品《きちょうひん》だろうな」

みんなは待った。

「そこから四枚《まい》、切りとってもいい。それを巻《ま》きつけて、頭の後ろで、つるを使ってしばればいい」

「ありがとうございます！」フレッドとライラが同時に言った。

「ご親切に」とコンは丁重《ていちょう》に言った。

探検家《たんけんか》は手ではらうようにして、しかめ面《つら》をした。面と向かって感謝《かんしゃ》されて、ふいにきまりが悪くなったのだ。「それから、吸血《きゅうけつ》コウモリ」と地図に新しい線と、丘《おか》をしめす山型《やまがた》の印をいくつかつけくわえた。「あいつらをなんとかする方法を見つけなくてはならない」

コンが顔を上げた。「お願い、お願いだから冗談《じょうだん》だと言って」

「冗談《じょうだん》なんかじゃない！　やつらは群れをなしてくる——このへんにはいないが、山の向こう側では、な。吸血《きゅうけつ》コウモリのことは聞いたことがあるだろう？」

「いいえ！」とコン。

フレッドもなかった。「でも、ライラなら」とフレッド。

「見たことはないけど」とライラ。「前歯がカミソリのように鋭《するど》くて、舌《した》で血をなめるんですよね。唾液《だえき》には、血が固まらないようにする物質《ぶっしつ》が入っていて」

「そのとおり」と探検家《たんけんか》。「進化の観点からはこの上なく興味深《きょうみぶか》いが、個人的《こじんてき》観点からすると、きわめて煩《わずら》わしい」

「煩《わずら》わしい？」とコン。「人を食べるコウモリが、単に、煩《わずら》わしい？」

「食べはしないさ、おじょうさん。飲むんだ。その二つにはちがいがある。それと、山を迂回《うかい》する時は、ウジに気をつけなくてはいけない」

「ウジ」とコン。血の気がうせ、顔が真っ白だ。

「そうだ。自分がウジにたかられるような人間だと考えると不愉快《ふゆかい》だろうが、だが、それが事実だ。何年も前、皮膚《ひふ》の下からウジが出てきた時は、気が動転したよ。わたしの体から、頭を突《つ》きだしたんだ、ミーアキャットが穴《あな》から頭を出すみたいに。ぎょっとしたよ。あとで、そいつを棘《とげ》と火を使って引っぱりだす方法を教える。忘《わす》れてたら、思いださせてくれ」

ライラは「ウジ」とリストに加え、？を書きそえた。

探検家《たんけんか》は四人を見さだめるようにながめた。「出発は早いほうがいい。準備《じゅんび》はほぼできた」

フレッドは探検家《たんけんか》を見つめた。ほっとすべき知らせなのに、なぜかフレッドはそんな気になれなかった。

「雨期の前に出発しなくては。おまえたちは今では魚もつかまえられる。わなのしかけ方はフレッドが知っている。それとタランチュラとベリーの実で生きのびろ。雨期にはウジがふえるし、地面がぬかるんで、進む速度がおそろしく落ちる。言うまでもないが、黄熱病もある」

「うう、言うまでもなく！」とコン。ややヒステリックになっている。「ウジだけじゃ足りなくて、黄色くなる熱まであるわけね。まさに、これぞ休暇《きゅうか》のあるべき姿《すがた》だこと」

探検家《たんけんか》は無視《むし》した。「そして都会にもどって、どうやってもどれたのかと聞かれたら、嘘《うそ》をつかなくてはいけない」

「お望みどおりのことを言うわ」とコン。

「どれだけたくさんの人に聞かれても、わたしの名前は口にするな。いいな？」

「わたしたち、あなたの名前を知らないわ」コンが指摘《してき》した。「なんていう名前？　教えてくれたら、言っちゃいけない名前がわかるわ」

男はのどの奥《おく》でうなった。半ば怒《いか》り、半ばおもしろがっているようだった。探検家《たんけんか》は立ちあがると、ハゲワシを両腕《りょううで》にかかえあげた。「わたしは今日、やることがある。もしまた、つたの壁《かべ》の向こうに行こうとしたら、おまえたちの小指を――」

「ハゲワシに食わせる、ですね。はい、了解《りょうかい》です」とコン。

「これ、なんの肉だったんですか？」フレッドが、立ちさろうとする探検家《たんけんか》にたずねた。「おいしかった」

「ん？　ああ、カイマンだ」と探検家《たんけんか》。「あの、湖にいたやつだ」


その夜、マックスがやってきて、フレッドの足を引っぱった。

「フレッド！」ささやくようによぶ。ひどく元気がない。「フレッド！　わるいしらせだよ。ぼく、やなかんじがする」

「なんだって？」フレッドは跳《は》ねおきると、暗がりでマックスの顔を探《さが》した。

「やなかんじがするの」とマックス。「すごくたくさん、いやなかんじがする」

「しーっ、マックス。何がこわいんだい？」

マックスは泣きそうな声だったが、そこにはまぎれもなく恐怖心《きょうふしん》がにじんでいる。「なんか、くる」

「何もこないよ」とフレッド。「たぶんカイマンの夢《ゆめ》でも見たんだろう」

耳をすました。森が静まりかえることはない――ひと晩中《ばんじゅう》ざわめいて、虫が鳴き、サルがほえる――いつもより騒《さわ》がしくもなければ、静かでもない。

「どんなものが来るんだい？」

「どうぶつ。ぼくたちをみてるんだ。かいぶつかもしれない。ぼく、しってるんだ」

「怪物《かいぶつ》なんて、いないよ、マックス」

「ぼくたちを、みはってるんだ！　おとがした！」

「動物は自分たちなりに生きてるだけだよ、マックス。誓《ちか》って、ぼくたちに興味《きょうみ》はないさ」

「すったり、はいたりしてるのが、きこえるんだ」

「心配ない。マックスが今しなきゃいけないのは、寝《ね》ることだよ」

つるでできた屋根の下は暗い。それでもフレッドは、マックスの目が不安でらんらんとし、髪《かみ》が汗《あせ》でぬれているのがわかった。「ここにきて、となりでねていい？」

フレッドはとまどった。マックスはおとなしく寝《ね》てなんかいない。眠《ねむ》ったまま、転げまわるし、かむし、おならだってする。

「ね？」

「いいよ、でも、ぼくをかんだりするなよ、わかった？」

「うん」とマックス。フレッドの手首をぎゅっとにぎりしめると、それを自分の口にもっていき、眠《ねむ》りについた。

フレッドが眠《ねむ》りに落ちかけた瞬間《しゅんかん》、木立で何かが動いた。フレッドはひざをついて起きあがり、十字を切って、背《せ》をかがめたまま、石づくりの部屋の戸口に向かった。外の広場をながめわたす。樹冠《じゅかん》の穴《あな》から月光がさしこんでいた。

何かが、自分たちを見ていた。動物ではない。怪物《かいぶつ》でもない。探検家《たんけんか》だった。低い枝《えだ》にすわって幹《みき》にゆったりと寄《よ》りかかり、ナイフを手に見張《みは》りをしていたのだった。

どろんこにはまる

目覚めると、土砂降《どしゃぶ》りだった。目の前に突《つ》きだした自分の手がほとんど見えない。探検家《たんけんか》は戸口の外に新鮮《しんせん》な魚をおいていってくれたが、本人はどこにも見えなかった。あたりはただ激《はげ》しく降《ふ》りしきる雨で白くけぶるようだ。雨は屋根を通りぬけ、みんなの顔にしたたりおちた。そろって身をかがめ、わびしく雨のやむのを待つ。降《ふ》りやまない。四人は徐々《じょじょ》にずぶぬれになっていく。

「彫像《ちょうぞう》のところに行って、その下にかくれよう」とフレッド。「魚を持っていってさ」

みんなは四体の巨大《きょだい》な彫像《ちょうぞう》が立つ向こう端《はし》まで、広場を横切って突《つ》っぱしった。ライラが泥《どろ》に足を取られながら走ると、バカは鼻をくんくんさせ小さく鳴いた。

彫像《ちょうぞう》の背後《はいご》の壁《かべ》には、下にもぐって雨宿りできるくらいの張《は》り出《だ》しがあった。四人は一列になって縮《ちぢ》こまり、空をうかがいながら魚のうろこを取った。フレッドは、探検家《たんけんか》もここで雨宿りしているのではないかと半ば期待していたのだが、影《かげ》も形もなかった。

フレッドが激《はげ》しく降《ふ》る雨に向かって石を投げると、石は水の壁《かべ》にのみこまれ、見えなくなった。

「何かしない?」とライラ。ポケットから葉っぱをひとつかみ取りだすと、バカにさしだす。バカはそっぽを向いて、ぬれた毛をなめた。「食べもの探《さが》しに行く? それとも、遊ぶ?」

フレッドはうろこを取っていた魚を下においた。「何して遊ぶ?」喜んで作業をやめるつもりだ。雨のせいで魚はすべるし、両手は傷《きず》だらけで、爪《つめ》に魚のうろこがはさまっている。フレッドは、自分の指を見た。この数日でかたく、たくましくなった。

「なんのゲームをするの?」とコンがさぐるように聞く。「わたし、ブリッジしか知らないけど、トランプはないわよ」

「ブリッジ?」ライラが聞きかえした。

コンは身がまえるように言った。「学校ではあまり遊ばなかったの。せいぜい……ときどき遊ぶ子がいるくらい。わたしは、あまり……」コンの声は消えいりそうになった。「あまり乗り気がしないわ。ゲームって、ちっちゃい子のすることじゃない?」

『どろんこにはまった』を知らない?」とフレッド。「鬼《おに》ごっこみたいなもんだよ。さわられたら、そのままじっとして、動いちゃいけないんだ。だれかが来て、股《また》をくぐりぬけてくれたら、自由になれる」

「雨の中でやるの?」コンは虫刺《むしさ》されをかきながら聞いた。

「これ以上、ぬれようがないだろ」とフレッドは自分のセーターを指さした。セーターから魚の上にしずくが落ちていた。

「いいわ」コンは、ぴょんと立ちあがった。「やりましょう!」

「あなたが鬼《おに》!」ライラがコンに言う。

それはフレッドがやったことのある、どんな鬼《おに》ごっこともちがっていた。走るというより、泳ぐようだった。みんなは彫像《ちょうぞう》の陰《かげ》から、ぱっとあらわれたり消えたりし、ぬれた石の上で足をすべらせた。靴《くつ》の裏《うら》が泥《どろ》をこね、腰《こし》の高さまで跳《は》ねあげた。雨は目にも耳にも口にも入り、たがいに向かって突進《とっしん》しようとする両手を激《はげ》しくたたいた。コンはかかとで自分のおしりをたたくみたいな、変な走り方をする。それでも、はしゃいで生き生きとした顔をしていた。

「このゲーム、こんなに」コンが息をきらしながら言う。「名前どおりとは思わなかった。気にいったわ」

みんなは都市の外へ、ジャングルの木立の中へと走っていった。フレッドは追っ手をのがれようと、つるを両手に一本ずつつかみ、バランスをとるように両方のつるをひざではさんで、よじのぼった。でも、ついにコンに抱《だ》きあげられたマックスの指先が、フレッドの足首にふれた。

「はーまった！」マックスが叫《さけ》んだ。その上向《うわむ》いた顔に雨がたたきつけ、ぼさぼさ眉《まゆ》がきれいになでつけられている。

コンがマックスを下におろし、体を二つ折りにした。「待って！　フレッド！　ライラ！　わたし、死にそう」

「え？」ライラが急停止《きゅうていし》しようとしてすべった。泥《どろ》が弧《こ》を描《えが》くように跳《は》ねあがる。

「わき腹《ばら》のわきが！　燃《も》えるみたい」

「火のように？」

「ええ！」

「息するのがつらい？」

「ええ！」

「ただの、さしこみよ」

「何？」

「さしこみもしらないの？」とマックス。「ばっかだあ！」

「しいっ、マックス」とライラ。それからコンに向きなおると、その赤紫色《あかむらさきいろ》の顔に向かって、だいじょうぶと言うようにうなずいた。「走った時に起こるものなの。治すのにいちばんいい方法は、両手に太い枝《えだ》を一本ずつつかんで、思い切り、ぎゅっとにぎりしめるの」

「わかったわ！　ありがとう！」

「それが、きくの？」とフレッド。「はじめて聞いた」

「ええ、絶対《ぜったい》にきくわ」コンは枝《えだ》を二本見つけようと雨の中に飛びだしていった。ライラが小声で言った。「本当は知らないの。でまかせよ。でも、きくと信じれば、きくかもしれない。何かしらは、ね」

コンが両手に一本ずつ枝《えだ》をつかんでもどってきた。ぎゅっと枝《えだ》をにぎりしめ、顔を真っ赤にしているさまは、まるで卵《たまご》を産みおとそうといきんでいるみたいだ。コンがフレッドの肩《かた》をぽん、とたたいた。「あなたが鬼《おに》！」

もし熱帯の嵐《あらし》の中、ジャングルで鬼《おに》ごっこをやる機会に恵《めぐ》まれたら、やってみる価値《かち》がある。何年もしてから、それはフレッドにとって、いつも身につけている金貨のように、かがやかしいものになった。

これが、みんなの日々《ひび》が引きさかれる前の、最後の明るい一日となったのだった。

マックス

その悲鳴は、フレッドの頭の中であがったのではなかった。

ぱっと身を起こし、石づくりの部屋の中を見まわす。夜が明けはじめていた。コンが目から髪《かみ》の毛をはらっている。ライラはすでに立ちあがっていた。

マックスが石の床《ゆか》に寝《ね》ていない。マックスが、いない。いない。

フレッドは石敷《いしじ》きの広場に走りでて、薄明《うすあ》かりの中で目をこらした。マックスが木の陰《かげ》から飛びだしてきて、みんなにベーっと舌《した》を突《つ》きだしますように、と祈《いの》りながら。

「マックス！」ライラが叫《さけ》ぶ。「マックス！　どこ？」

「マックス？」フレッドも大声をあげた。

悲鳴が止まった。沈黙《ちんもく》が、悲鳴よりも激《はげ》しくフレッドの肌《はだ》を打つ。

「またやるつもりね！」とコン。だが、その声に明るさはない。

次の瞬間《しゅんかん》、フレッドの胃《い》が急に冷たくなって、何か、のたうつような、荒々《あらあら》しいものでいっぱいになった。「あれって、マックス？」フレッドは斜面《しゃめん》になった壁《かべ》を指さした。以前みんなが転がりおちて、一本の木の根元でようやく止まった、あの壁《かべ》だ。壁《かべ》の下に、何かかたまりがある。

フレッドは全速力で斜面《しゃめん》に向かって走った。それをライラが追いこす。ものすごい速さで足を動かしている。

マックスが、まるくなって横たわっていた。ふるえている。シャツの下で背骨《せぼね》が激《はげ》しくけいれんし、呼吸《こきゅう》が荒《あら》く、不規則《ふきそく》だ。

「マックス？」ライラがよびかける。「マックス、けがしたの？　聞こえる？」ライラの髪《かみ》が弟の顔におおいかぶさる。「なんとか言ってちょうだい！」

マックスはうめいて、ふるえた。唇《くちびる》が動いて、何

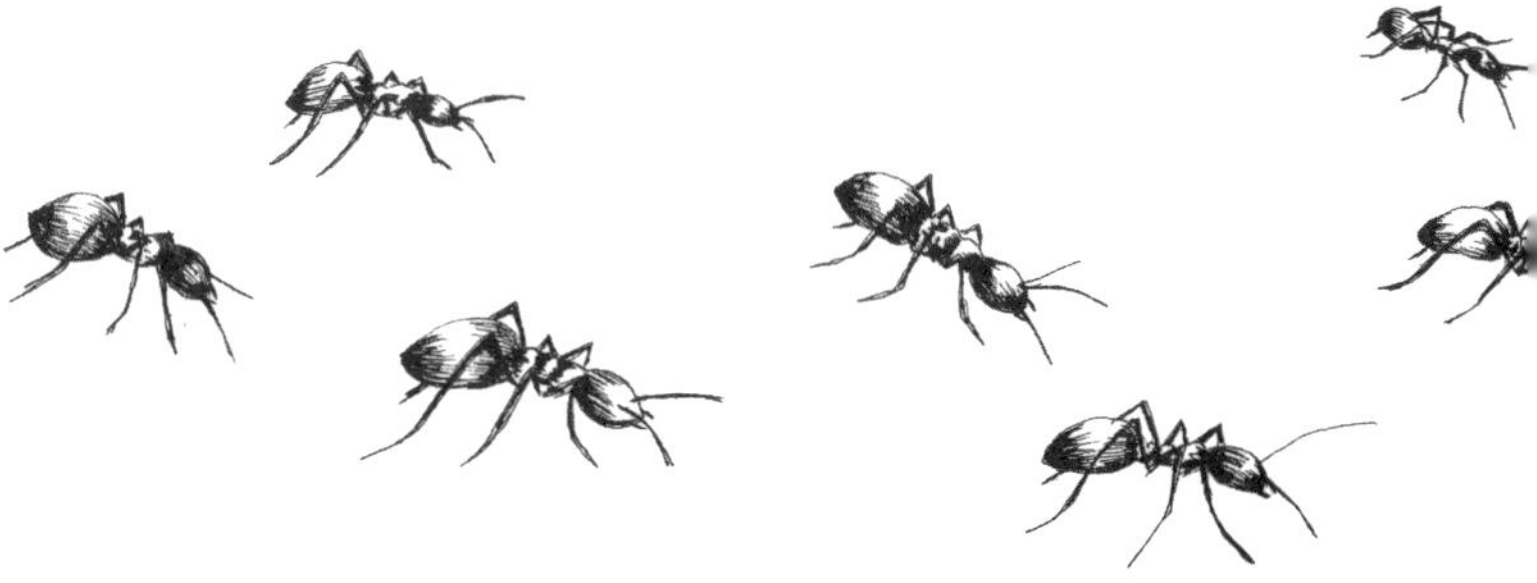

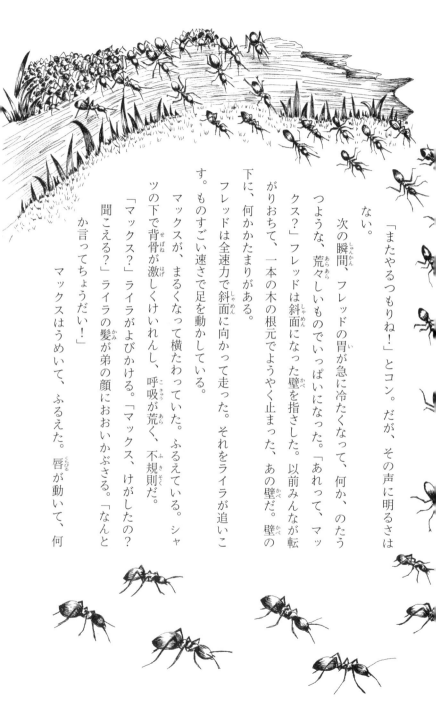

か言いかけたようだが、言葉は出てこなかった。

「どうしちゃったの？」とコン。

「わからない」ライラはマックスの腕《うで》を、足を、小さな体を引きよせ、抱《だ》きあげようとしてよろめいた。「わからない！　ねえ、マックスってば！」ライラは石につまずいて、あやうくマックスの上に倒《たお》れこむところだった。

フレッドが両腕《りょううで》をのばした。「ぼくが運ぼうか？」

「いいえ！」ライラはマックスをぎゅっと抱《だ》きしめた。「探検家《たんけんか》は、どこ？」必死な声だ。都市にくまなく目を走らせる。

「つたのカーテンの向こうで仕事をしているはずだよ」とフレッド。

ライラはきびすを返し、走りながら叫《さけ》んだ。「探検家《たんけんか》さん！　ねえってば！　どこにいるの？」

バカがライラの髪《かみ》の毛《け》にからまり、両腕《りょううで》でライラの首にしがみついている。ライラはそこにナマケモノがいることにも気づかないようだった。

フレッドがライラのあとを走り、そのあとにコンが続く。コンは雨で光る石の上で足をすべらせ、起きあがり、ひざから血を流しながら、さらに速く走った。フレッドが、ライラの目の前にたれさがるつたに手をのばし、分厚《ぶあつ》いつたの壁《かべ》を押《お》しのけようとした。探検家《たんけんか》が姿《すがた》を消したつたのカーテンの向こうにもぐりこむのだ。「助けて！」フレッドは叫《さけ》んだ。「そこにいます？　緊急《きんきゅう》なんです！」その声はひどく小さく、か細く聞こえた。

つたが左右にわかれ、探検家《たんけんか》が外をじろりとにらんだ。その顔は、怒《いか》りでどす黒くなっている。「この場所について、わたしはなんと言った？」

「だまれ！」ライラは探検家《たんけんか》をにらみつけた。マックスを胸《むね》にぎゅっと抱《だ》きしめ、ふるえる体を落とすまいと、ライラの指はマックスの肌《はだ》に食いこんでいた。「マックスの具合が悪いの！　助けてちょうだい。さもないと、承知《しょうち》しない」

探検家《たんけんか》の怒《いか》りが消えた。「何があった？　死んだのか？」

ライラはうなり声をあげた。フレッドがこれまで聞いたことのないような声、血がしたたるような声だ。ライラは口からつばを飛ばして、あとずさった。「いいえ！　マックスは死んでなんかない！　そんなこと言うなら、こっち来て、見てみなさいよ！」

すっくと立ったライラは、フレッドがこれまで見た、もっとも大きな身長150センチだ。ナマケモノはライラの肩《かた》に乗ったままで、まるで海賊王《かいぞくおう》の連れているオウムのようだ。ライラは怒《いか》りに燃《も》えていた。

「すまなかった。びっくりしたんだ」と探検家《たんけんか》。「この子は死んでなどいない。さあ、こっちによこすんだ」

マックスを探検家《たんけんか》の両腕《りょううで》にあずけながら、ライラのほおを涙《なみだ》がこぼれおちた。

「たき火から枝《えだ》を一本取ってくれ。もっと明かりがほしい」と探検家《たんけんか》。

フレッドが走ってたいまつを取ってきた。ライラは二人におおいかぶさるように立ち、まばたきひとつしない。

探検家《たんけんか》はマックスを床《ゆか》に寝《ね》かせた。シャツをぬぎ、それを枕《まくら》にしてマックスの頭をのせる。マックスは何かつぶやいたが、目をあけない。ふるえて足が跳《は》ねあがった。口から泡《あわ》をふいている。

「よくなるわよね?」ライラが聞く。

「わたし、小鬼《こおに》か何かを飲みこんだ気分よ」コンは吐《は》きそうになって、せきこんだ。「わたしたち、どうしたらいい?」

「何が起きたんですか?」とフレッド。

「かまれたんだ」

「何に?」

「アリだ」

「アリ? ああ、神さま、よかった! ヘビかと思った!」コンははじかれたように笑った。

ほっとしたのだ。しかし、探検家《たんけんか》は頭を左右にふった。

「ヘビのほうがましだ。この子は弾丸《だんがん》アリの集団《しゅうだん》をふんづけたにちがいない」

「弾丸《だんがん》アリ！」ライラは苦しげな声をたてた。「それって……」その先の言葉は口にできなかった。

「死に至《いた》る、か？　その可能性《かのうせい》はある、ことにアレルギーがあったりすると。病院に連れていかなくては。病院なら治療《ちりょう》できる。ただし、すぐに行けばだが」

「どれだけすぐに？」とライラ。

「あと一日はふるえ続けるだろう。そして熱が出る。五日以上、高熱を続かせてはまずい。つまり、せいぜい一週間以内だ。脳《のう》が腫《は》れあがってしまうからな」

「それじゃ……死ぬしかないってこと？　そういうこと？」とライラ。「マックスを死なせるつもり？　そんなの、だめ！　ゆるさない！」必死の顔、必死の目だ。

「いや。断《だん》じて、そうはさせない」朝の光が当たった探検家《たんけんか》の顔は灰色《はいいろ》で、急に年をとったように見えた。「この子は死なせない。一人でたくさんだ」

フレッドは、あの夜、たき火のそばで愛について語った探検家《たんけんか》の顔を思いだした。

「それじゃ、どうするの？」ライラが問いつめる。

「そうだな……」探検家《たんけんか》は考えこんでいるようだった。

「だめよ！　じっと考えてる時間なんてないわ！」ライラは声を荒《あら》らげた。「あなた、どうでもいいんでしょう！　わかってないのよ！　今すぐになんとかしなくちゃ！」

「どうでもよくなんてないさ、本当だ。よくわかってもいる」探検家《たんけんか》はマックスを腕《うで》に抱《だ》きあげ、血のめぐりをよくしようと手や足をこすりはじめた。「言っただろう、わたしには息子がいた」

探検家《たんけんか》は立ちあがって、マックスを胸《むね》にかかえた。「いいか、この子は死なない」

「でも、どうやって病院に行けばいいの？」とフレッド。

「歩いて一カ月かかるって、あなたが言ったのよ！」とコン。

「別の方法がある」

「それ何？　なんだっていい、やるわ！」とライラ。「なんでもやる！　なんでもよ！」

「飛ぶんだ」

つたの向こう

探検家《たんけんか》は片方《かたほう》の手でマックスの頭をささえながら、ライラにわたした。「ここでこの子と待っていろ。すぐにもどる」

「いやよ！」とライラ。「あなたの計画が何であれ、わたしも知っておくわ」ライラはマックスをかかえなおし、愛情《あいじょう》のこもった不器用さで胸《むね》に抱《だ》きしめた。「行きましょう！」

探検家《たんけんか》は言いかえそうと口を開きかけたが、ライラのまなざしを受けて、黙《だま》って閉《と》じた。

そして緑の植物でできた壁《かべ》に向きなおった。

「これはおまえたちが思っているより奥《おく》まで続いている」と探検家《たんけんか》。「さあ、つたを押《お》しのけろ、急ぐんだ」

フレッドは腕《うで》いっぱいにつたをかかえ、わきに押《お》しやった。つたには、古くなった茶色の

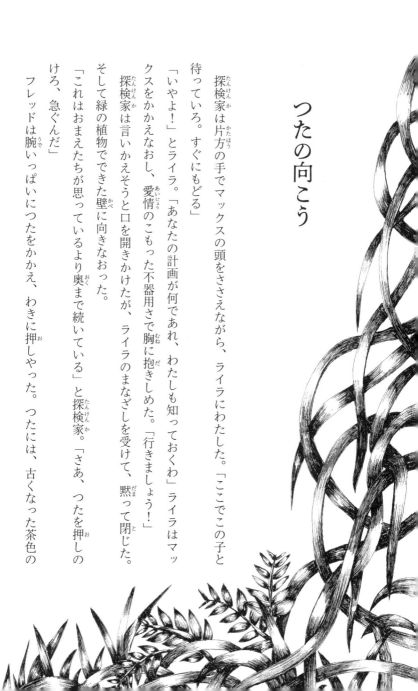

ものや、手首ほど太いものもあった。

　こんなふうに育つはずがないほど、つたはきっちりとからみあっている。近づいて見あげると、何かからたれさがっているのがわかった。つたは、上から均一《きんいつ》な厚《あつ》みで下がった、おいそれとは通りぬけられないカーテンなのだ。

「つたはここに生《は》えたんですか？　それとも植えたんですか？」フレッドはつたを押《お》しのけながら息を切らしていた。まるで生垣《いけがき》を通りぬけようと格闘《かくとう》している気がする。

「わたしが植えて、編《あ》んで、刈《か》りこんだ。秘密《ひみつ》の場所にもってこいだったからな」探検家《たんけんか》はフレッドより奥《おく》まで押《お》すと、マチェーテを取りだした。つたをたたき切って進む。「もうすぐだ」

　探検家《たんけんか》はすき間《ま》を広げ、ライラのためにつたをわきに寄《よ》せた。ライラはマックスをかかえなおし、マックスの頭を自分の肩《かた》にのせると、カーテンの向こうに進んだ。ライラが息をのむのが聞こえた。

　フレッドは巻《ま》きひげとつるの最後の層《そう》を押《お》しのけて、その場に立ちつくした。つたは、三方を石に囲《かこ》まれた大きな部屋の屋根からたれさがっていた。

みんなが寝室《しんしつ》にしている部屋と同じような石でできていたが、こちらの天井《てんじょう》はほぼ何も手が加えられていない。大聖堂《だいせいどう》のように高く、苔《こけ》や、静かに育つもののにおいがした。壁《かべ》はつたにおおわれていた。奥《おく》の隅《すみ》には、何かが巣をつくったのだろう、草と羽でできたかたまりがあった。

そして、土がむきだしになった床《ゆか》の中央に、緑の光を受けて黄色とからし色にかがやくものがあった。

「飛行機」フレッドがつぶやく。

「そうだ」探検家《たんけんか》は大またで飛行機に近づいた。「こっちに来い、さあ」

みんなは身を寄《よ》せあって、おずおずと前進した。ライラの腕《うで》は弟にしっかりと巻《ま》きつけられている。

「わたしの愛機だ」探検家《たんけんか》は、飛行機の横腹《よこばら》を軽くたたいた。機体は小ぶりで、座席《ざせき》は二つ、前後にならんでいる。

「燃《も》えたって言ってたのに！」とフレッド。

「言ってない。きみが勝手にそう思ったんだ。わたしは火が出たと言っただけで、燃《も》えたとは言わなかった。偵察飛行《ていさつひこう》をしていた時に、こいつがプスプスと詰《つ》まった音をたてだした。わたしたちは樹冠《じゅかん》を突《つ》きぬけて、石の都市に正面衝突《しょうめんしょうとつ》さ。命は助かった。こいつを直すのに五年かかったよ」

コンがためらいがちに手をのばし、飛行機の翼《つばさ》をなでた。

「ここに来た時からずっと、並木《なみき》にはさまれた大通りに草を生《は》やさないようにしてきた――念のためにな。いい滑走路《かっそうろ》に」と言って言葉を切り、言いなおした。「なんとか滑走路《かっそうろ》がわりになる、と願っているよ」

「わたしたち、家に飛んでいくのね！」とコン。目をきらきらさせている。

「わたしは行かない。もう飛ぶことはできない――」探検家《たんけんか》は悪いほうの足をぴしゃりとたたいた。「――飛ばすには両足が必要だ。きみたちが飛ばすんだ」

「ぼくたちに、飛行機を操縦《そうじゅう》しろと言うんですか？」とフレッド。

「いや、三人にではない。だれか一人にだ」

「そんな！」とコン。「だめよ、無理だわ、絶対《ぜったい》に！　わたしたちはすでに一度墜落《ついらく》したのよ。二度もそんなことになったら、生きのこる確率《かくりつ》はどれだけあると思って？」

「ほかにどうすることができるんだ？」

コンはマックスを見た。そして、飛行機を見た。

「飛ばすのは、きみたちが考えているより、はるかに簡単《かんたん》だ」と探検家《たんけんか》。

マックスがうめき声をあげ、ライラの腕《うで》の中でもがいた。

「短い練習飛行一回と、病院まで飛ぶくらいの燃料《ねんりょう》はある。だれが操縦《そうじゅう》する？　ライラ？　マックスはきみの弟だ。優先権《ゆうせんけん》がある」

「わたし、できない！」とライラ。目に涙《なみだ》をためている。「できるものならそうしたいわ！　でも、高いところに行くと、息ができなくなるの！」

「コン？」と探検家《たんけんか》。「フレッド？」

「ありえないわ、絶対《ぜったい》に！」とコン。「わたしがみんなを死なせるなんて、ごめんだわ！」

探検家《たんけんか》がフレッドを見る。フレッドは飛行機を見た。フレッドの体内が、希望で熱くなり、恐《きょう》怖《ふ》で冷たくなった。指先がふるえだす。耳ががんがん鳴った。

「できない」とフレッド。

「なぜ？」探検家《たんけんか》が聞く。「操縦《そうじゅう》している時に危険《きけん》なのはほかの飛行機だ。それは一機もないはずだ」

「一回の練習だけで？」

「急いで学ばなくてはならない」

「墜落《ついらく》したら？」とフレッド。

「そうならないようにしろ」と探検家《たんけんか》。

「でも――」

「きみは、やらないとは言わなかった。ただ、できないと言った。わたしはこう言おう、きみはできる」

「フレッド」ライラがよびかけた。二人の目があった。こうもおびえながら、同時にこれほど勇《ゆう》敢《かん》な人を、フレッドははじめて見た。

「わかった」とフレッド。「ぼくがやる」

「当然だ」と探検家《たんけんか》。「ライラとわたしは、マックスが楽になるように手当てをしてくる。一時間でもどる。ここで待っていろ」探検家《たんけんか》がマックスを受けとろうと両腕《りょううで》をのばしたが、ライラは弟をさらに強く抱《だ》きしめた。

「わたしもいっしょにいくわ」とコン。「役に立てるかも。大おばが病気の時は、わたしが世話をするの」

「時間を無駄《むだ》にするな」探検家《たんけんか》がフレッドに言った。「前の操縦席《そうじゅうせき》にのぼって、装置《そうち》をさわってみろ。ただし、黒いボタンは押《お》すな――点火ボタンだ。石を突《つ》きやぶって飛ぼうとはしないほうがいい」

そしてみんなは背《せ》を向けた。フレッドは一人、石造《いしづく》りの巨大《きょだい》な聖堂《せいどう》に、離陸《りりく》を待つ飛行機とともに残された。

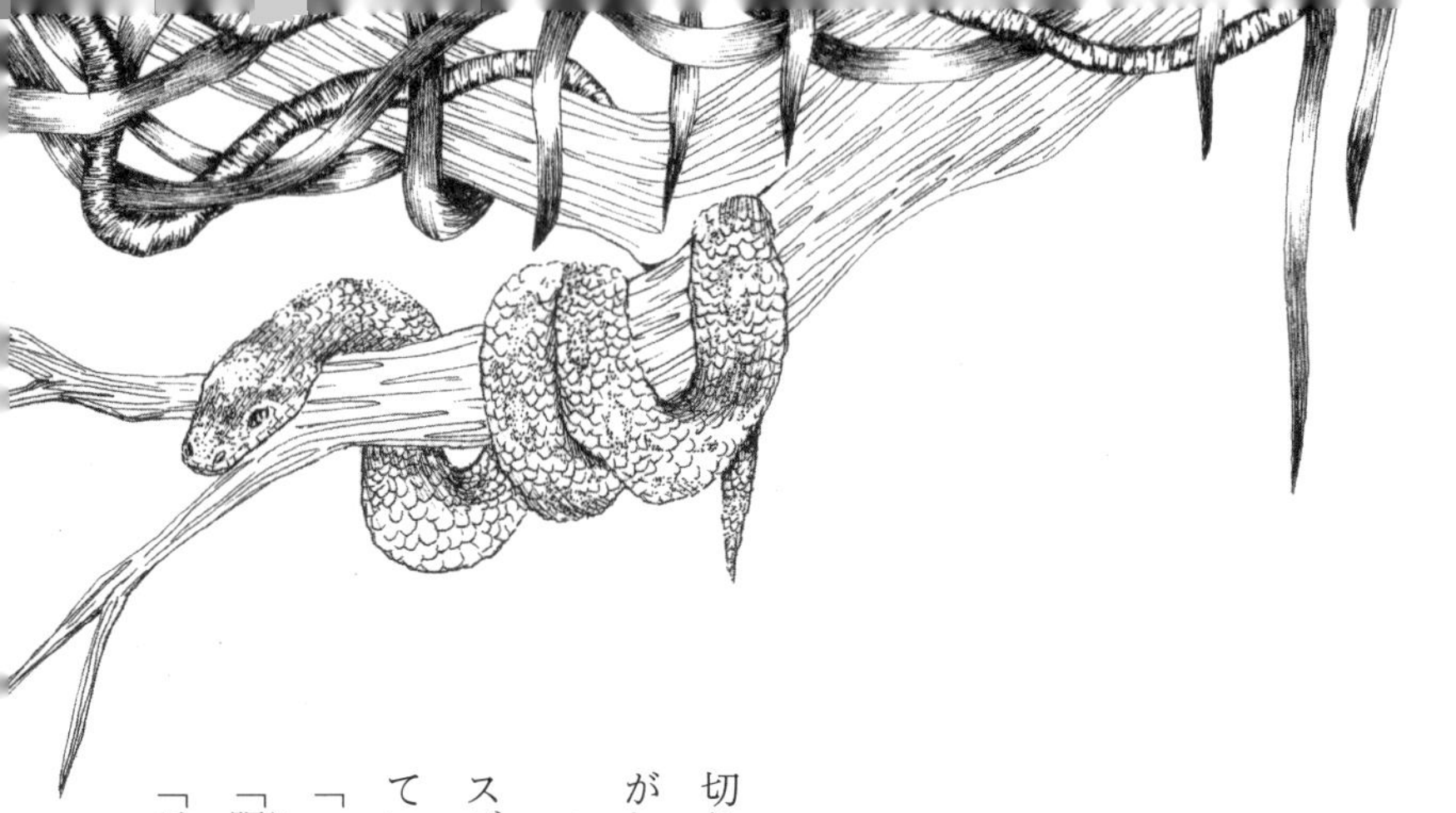

緑の空

一時間がたった。フレッドは探検家《たんけんか》を手伝って、つたのカーテンを切りおとし、飛行機を石のかくれがから出して、都市の大通りまで転がしていった。

フレッドはふたたび飛行機の前方の操縦席《そうじゅうせき》によじのぼり、風防《ふうぼう》ガラスごしに外を見た。座席《ざせき》のつめものが黒い革《かわ》にあいた穴《あな》からはみだしていたが、機内はしみひとつなく、きれいだ。

「マックスは？」フレッドが聞く。

「眠《ねむ》っている。ライラが雨水で冷やしつづけている」

「だいじょうぶですよね？」

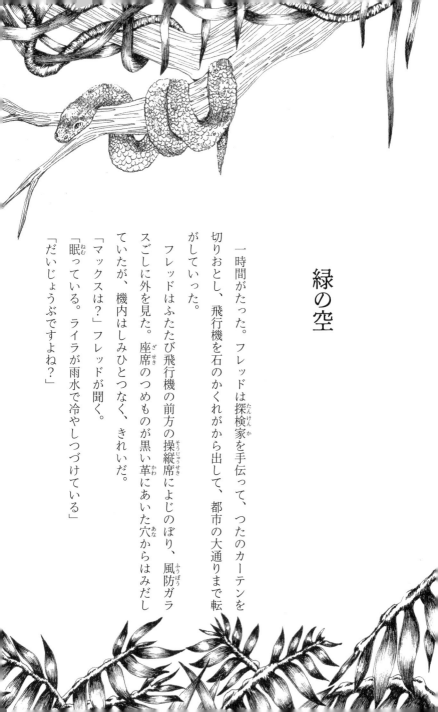

探検家《たんけんか》は深刻《しんこく》な表情《ひょうじょう》をしていた。「きみがすぐにマナウスの病院に連れていければ、だいじょうぶだ。そう願うよ」

「で、もし――」フレッドは言いかけて、やめた。

「もしだめなら、だいじょうぶじゃない」探検家《たんけんか》はさらりと言った。あごの筋肉《きんにく》がひと筋《すじ》、ゆがんでいた。

大通りの向こうでマックスが呼吸困難《こきゅうこんなん》におちいっているというのに、ここにすわっているのは大きなまちがいに思えた。おそらくフレッドが体をこわばらせ、ふるえているのを見たからだろう、探検家《たんけんか》の口調がいくらかやわらいだ。

「とにかく今は生きている」と探検家《たんけんか》が言った。「だが、医者に見せなくてはならない。だから、集中するんだ」

フレッドは舌《した》をかんで、こぶしをにぎりしめた。目の前に一列にならんだ計器と、ひざのあいだにあるジョイスティックを見た。すべてが光りかがやいている。ほこりも、葉くずもついていない。

「毎日エンジンをそうじして、ほこりをはらっている。時々《ときどき》は動かしもする、エンジンが生きていることを確《たし》かめるためにな。愛するものの面倒《めんどう》はみなくちゃいかん。それができないなら、何かを愛する資格《しかく》はない」そう言って探検家《たんけんか》は、悪い足を良いほうの足のあとからふりあげて、後部座席《こうぶざせき》にもぐりこんだ。

「エンジン音を聞いた気がします！」とフレッド。「二度。ぼくたち、動物かと思ったんです。ジャガーかクマ。あるいは人のうなり声か」

「だろうな。ジャガーだった可能性《かのうせい》もある。このあたりには何頭かいる」

「でも、なぜこれをかくしたんですか？」

「理由はいくつもある。ひとつには、この機体が独特《どくとく》で、すぐにそれと見分けがつくからだ。かつてのわたしの機であることは、よく知られている。そのことで、頼《たの》みたいことがある。到着《とうちゃく》したら、機体に火をつけて燃《も》やしてくれ。もし地面にぶつかった衝撃《しょうげき》ですでに火を吹《ふ》いていなかったら、だが」

フレッドは驚《おどろ》いて、体をひねると男を見つめた。「燃《も》やす？」

けれども探検家《たんけんか》はすでに計器を指さしていた。「知っておくべきことがいくつかある。これらはスピードと高度をしめす計器だ。これが水準器《すいじゅんき》、機体が水平に飛んでいるかどうかをしめしている。水準器《すいじゅんき》の中の気泡《きほう》が、真ん中にくるようにしろ」

フレッドは記憶《きおく》にたたきこもうとして、探検家《たんけんか》のあとについて言葉をつぶやいた。「スピード、高度、水準器《すいじゅんき》」

「ペダルは左右にならんでいる」

フレッドは両方のペダルに足をおいた。父親のフォードのペダルよりずっと小さい。ためしにふんでみる。機内の両側から足元にワイヤーがのびていて、ペダルをふむと動くしくみだ。

「ジョイスティックは――」探検家《たんけんか》が後部座席《こうぶざせき》のジョイスティックを動かした。「上昇《じょうしょう》、下降《かこう》、左、右」

フレッドがジョイスティックをつかむ。黒くて、てっぺんに赤いボタンがある。指で軽く動いた。

「後部座席《こうぶざせき》にもひとつあるから、いつでもわたしが操縦《そうじゅう》できる。このレンチ――窓《まど》の開閉《かいへい》に使う、ねじみたいなのがあるだろう――それでスロットルの調節をする。つまり、どれだけパワーを出すかを決めるんだ。こんなものだな。じゃ、押《お》すなと言ったボタンがあるだろう？　その黒い、右にあるやつだ」

それはボタンというより、楕円形《だえんけい》のかたまりで、万年筆のキャップがダッシュボードから突《つ》きだしているみたいだった。

「はい」

「それを押《お》せ」

フレッドは押《お》した。手がふるえている。何も起きない。

「もう一度」と探検家《たんけんか》。

もっと強く押《お》す。

エンジンがくぐもった音をたて、せきこんだのち、うなりをあげて動きだす。機体が揺《ゆ》れた。機体が小刻《こきざ》みに振動《しんどう》する。フレッドの皮膚《ひふ》がよけいにぴりぴりした。

「聞こえるか？　生命《いのち》がわきあがる音だ！」と探検家《たんけんか》。熱に浮《う》かされたように目をぎらつかせている。

フレッドは押《お》しころした声で「助けて」とつぶやいた。

「さて——離陸《りりく》は簡単《かんたん》だ。飛行機を行くべき方向に向けるだけでいい——樹冠《じゅかん》にあいた穴《あな》から上に抜《ぬ》けろ——スロットルを開き、ジョイスティックを手前に引く、そして飛ぶ」

フレッドの呼吸《こきゅう》は、もはや観念していた。「ほかのはどうするんです？」計器類を手でしめす。

「空に上がってから教える。叫《さけ》ばないといけないぞ。風があれば、大声で。インターコム、機内の通話装置《つうわそうち》は、わたしが修理《しゅうり》できなかった数少ないもののひとつだ。さいわい、コントロールタワーと通信する必要はない。さあ——行け」

フレッドの全身が、金属《きんぞく》と石でできたようになった。無理やり足を動かして、左のペダルをふみ、機体を大通りの滑走路《かっそうろ》に向ける。

「さあ、スロットルを開け」エンジン音を上回る大声で探検家《たんけんか》が叫《さけ》ぶ。

「どうやって？」フレッドがほえる。

「ねじを巻《ま》け！　左だ！」

飛行機はスピードを増《ま》し、車輪が古代の石畳《いしだたみ》で跳《は》ねる。

「引け！　引け！」

フレッドは全力でジョイスティックを引いた。機首が持ちあがり、前輪が地面を離《はな》れる感じがした。胃《い》が飛びだしそうだ。突如《とつじょ》、二人は樹冠《じゅかん》に向かって突進《とっしん》していた。目前に広がるのは、緑が縦横《じゅうおう》に交差した空だ。

フレッドは恐怖《きょうふ》の叫《さけ》び声《ごえ》をあげた。だが探検家《たんけんか》は、自分のジョイスティックをさらに引いた。尾翼《びよく》がジャングルの緑をあとにした。

「目はあけておいたほうがいいぞ」と探検家《たんけんか》。「そのほうが操縦《そうじゅう》しやすい」

フレッドは目をあけた。二人は空の上にいた。

「ぼくが目を閉《と》じてるって、どうしてわかったんです？」

「わたしもはじめて飛行機を離陸《りりく》させた時、そうだったからな」と探検家《たんけんか》。その声にはまだかすかに熱に浮《う》かされたような感じがある。「きみは、飛んでいる」

フレッドは眼下《がんか》を見た。ジャングルは果てしなく広がる緑、神のために敷《し》かれたトルコじゅうたんだ。フレッドの心臓《しんぞう》は両耳を吹《ふ》きすぎる風よりも大きく高鳴っていた。

探検家《たんけんか》が身を乗りだし、フレッドの耳に叫《さけ》んだ。「スティックを操作《そうさ》して左に曲がれ。操縦《そうじゅう》の感覚をつかめ」

用心深く、フレッドはスティックを傾《かたむ》けた。

「もっとだ！　飛行機を横倒《よこだお》しにして飛ばしても、引っくりかえったりしない。ぎりぎりがどんな感じか、やってみろ」

フレッドはジョイスティックを強く左に倒《たお》した。翼《つばさ》が下に傾《かたむ》き、機体は急降下《きゅうこうか》した。フレッドの胃袋《いぶくろ》も同時に急降下《きゅうこうか》だ。

「もどせ！　やりすぎだ！」探検家《たんけんか》がわめく。

一羽の鳥が追《お》いこしていく。飛行機はまっすぐその鳥に向かっていく。「鳥にぶつかるな！」探検家《たんけんか》がほえる。「プロペラがいかれる！」

フレッドがジョイスティックをぐいと引く。機首が上向き、飛行機は振動《しんどう》しながら急上昇《じょうしょう》した。

「つぎは？　あなたが操縦《そうじゅう》します？」とフレッド。パニックにおちいった声だ。

「もちろん、ノーだ！　ジョイスティックを少し前に押《お》せ！」探検家《たんけんか》が叫《さけ》ぶ。

機体が水平になった。

「川の支流《しりゅう》をたどって、本流に出ろ」

フレッドがひと息つく間《ま》もなく、二人は木々《きぎ》のこずえの上を飛び、オウムの大群の上を飛んだ。

そして、だしぬけに、アマゾン川があらわれた。フレッドの足と川までのあいだには、大気と厚《あつ》さ1ミリのブリキの床《ゆか》があるのみだ。

「ああ、神さま」フレッドがつぶやいた。眼下《がんか》の水は青みがかった紫色《むらさきいろ》だ。その水面《みなも》をすべっていく機体の影《かげ》が見える。

探検家《たんけんか》はうなるような、しわがれたため息のような声をもらした。「うーん、美しい。忘《わす》れていたよ」

川は、見る者を圧倒《あっとう》した。フレッドの全身全霊《ぜんしんぜんれい》がふるえ、熱くなった。

「二度と下におりたくなくなる」と探検家《たんけんか》。「燃料《ねんりょう》切れさえなければ、ずっと上空にいるよ。おとぎ話の中に入りこめるとしたら、これがもっとも近いだろうな。さてと、操縦《そうじゅう》の感覚がわかったところで、雲の中を飛んでみろ」

フレッドのジョイスティックをにぎる手に力が入った。「あまりやりたくないけど」

「どんなふうになるのか知っておけ。大切なことだ」

「しばらく、このままじゃいけない？」

「ノーだ！　上へ行け！　上へ！」

フレッドはスティックを手前に引き、機体の鼻を雲に突《つ》っこんだ。大気ははっとするほど冷たく、湿《しめ》っていた。あれほど細部まで生き生きとしていた世界が、瞬時《しゅんじ》に消えさった。

「もっと上に行け！」と探検家《たんけんか》。「雲のてっぺんを突《つ》きぬけろ」

フレッドはスティックを手前に引き、機首を上に向けた。二人は上へ上へと飛び、青色の中に飛びだした。フレッドの手の中でジョイスティックが激《はげ》しく振動《しんどう》した。振動《しんどう》を止めようと、力いっぱいにぎりしめる。

探検家《たんけんか》が身を乗りだして言った。「もっと軽くにぎれ、フレッド！　しっかり持ってもいいとは言ったが、それじゃまるで、ステーキを切ろうとナイフをにぎりしめてるみたいだぞ。指先で持て。ジョイスティックがどう振動《しんどう》するかで、風を判断《はんだん》するんだ」

フレッドは手をゆるめた。指の腹《はら》に、飛行機のハミングが感じられる。

「いいぞ！」と探検家《たんけんか》。風がやみ、フレッドの耳元でうなっていた音が小さくなった。

フレッドは下に広がる緑の世界を見おろした。「まだマックスのところにもどらなくていいんですか？」とフレッド。

「あの少年は、今のところだいじょうぶだ」探検家《たんけんか》がぴしゃりと言った。「下であの子にしてやれることがあるなら、ここには来ていない」

「ごめんなさい」とフレッド。

「あの子はわたしの息子に似《に》ている」だしぬけに探検家《たんけんか》が言った。「あの眉《まゆ》が、な」

フレッドは口ごもった。「コレラ……って言いましたよね？」

「流行《はや》ったんだ」と探検家《たんけんか》。つとめて淡々《たんたん》と、事実を述《の》べようとしているようだった。その押《お》しころした声は、エンジン音で聞きとりづらかった。「息子といっしょに印章つきの金の指輪を埋《う》めたよ。だれかが骨《ほね》を見つけた時、それがわたしの息子で、愛されていたとわかるように。自分にはかわりの指輪をつくった」

飛行機がふるえた。フレッドにはそれが空のせいか、背後《はいご》にいる人物のせいか、わからなかった。「大人がきみに、大きくなったらすべてわかる、と言ったとしよう。そいつは嘘《うそ》だ。実際《じっさい》には、永遠《えいえん》に理解《りかい》できないことがあると思うよ」

「息子さん……お気の毒《どく》でした」フレッドはそう言ったものの、ひどく陳腐《ちんぷ》な言葉に感じられた。

「左に旋回《せんかい》しろ。当時、政府《せいふ》は先住民にはほとんど目もくれなかった。わたしは息子の死を軽んじてほしくなかった。この下の、あらゆるものもだ——」そう言って探検家《たんけんか》は機首を下に向けた——「わたしは植物や根、きのこを集めている。もしかしたら息子を救《すく》ってくれたかもしれないものを集めたんだ。ジャングルには癒《い》やす力がある。使い方さえわかれば、な。呪術《じゅじゅつ》に薬草、知識《ちしき》を集めまくった。きみは、わたしがただカシャッサを飲んで歯をみがいていただけと思ってたか？」

「いいえ」とフレッド。「そんなこと、一度も思いませんでした」

探検家《たんけんか》は一段《いちだん》と声を低くした。フレッドは必死で聞きとろうとした。「そうしろというなら、自分の持っているものすべてを、喜んでさしだしたさ——もちろん命だって。まあ、それはたいしたもんじゃないがな。あの子を一分でも抱《だ》きしめることができるなら、ジャングルをすっかり燃《も》やしつくして、焼け野原にだってしただろう。おまえたち四人が都市の石畳《いしだたみ》に転がりおちてきた時は、息子の命のためになら四人の命を引きかえにすることだってできた、まばたきするくらい簡単《かんたん》にな。もう一度あの子を抱《だ》きしめられるなら、かわりにきみらが死ぬとしても、喜んで見ていられただろう」

探検家《たんけんか》が急に飛行機を横倒《よこだお》しにした。フレッドは座席《ざせき》をにぎり、爪《つめ》を立てた。「今はもう、そうじゃない。わたしの心は……かわききってしまったと思っていた。だが、気づかされたよ、心には心の給油所があり、心の石炭、心の石けんがあるんだとな。心はいくらでも新しくなる。だから、惜《お》しみなく使えばいいのさ」探検家《たんけんか》はふたたび、ぐいっと機体を左に傾《かたむ》け、円を描《えが》くように下降《かこう》をはじめた。「さあ、飛行機を着陸させるんだ。まずジャングルの中に機体をもっていくぞ」

フレッドは小声で悪態《あくたい》をついた。続けてもうひとつ。着陸は飛行の行程《こうてい》でいちばん楽しくなさそうだ――なんといっても、うまくいかなければ粉々《こなごな》になって、世界中にまきちらされることになるのだから。

「聞こえなかったふりをするよ」と探検家《たんけんか》。「樹冠《じゅかん》の穴《あな》をくぐるのはわたしがやる、きみが着陸を仕上げろ。後輪と前輪を同時に着地させるんだ。もしそれができなければ、前輪を先に地面につけなくてはいけない。後輪はとても華奢《きゃしゃ》にできている」

フレッドは空いている手でシャツの襟《えり》を口元まで引きあげた。それをぐっとかみしめる。おかげで両手が安定した。もっとも、襟《えり》はハチミツと泥《どろ》と死んだ鳥の味がしたけれど。

探検家《たんけんか》は機体を樹冠《じゅかん》にあいた穴《あな》へと導《みちび》いた。フレッドは首をツルのようにのばして探検家《たんけんか》を見た。集中した顔が、照《て》りかがやいている。機体が穴《あな》にもぐった。

「よし、操縦《そうじゅう》しろ!」探検家《たんけんか》が叫《さけ》んだ。

フレッドはまっすぐのびた大通りを、ジャガーの像《ぞう》をめざした。下へと突進《とっしん》しながら、この石畳《いしだたみ》のどこかにマックスがいるという思いで頭がいっぱいになった。フレッドはジョイスティックをぐっと押《お》しさげ、マックスが横たわっているかもしれない場所から機体を遠ざけようとした。

前輪が石に当たり、跳《は》ねかえされて浮《う》いた。その衝撃《しょうげき》でフレッドは前につんのめり、ダッシュボードに頭をぶつけた。探検家《たんけんか》が操縦《そうじゅう》をかわり、機体を傾《かたむ》けた。飛行機は再度跳《さいどは》ねかえって、旋《せん》回《かい》し、速度を上げると宙《ちゅう》に浮《う》いた。ふたたび穴《あな》をくぐる。フレッドは方向感覚を失って身ぶるいした。二人は空にもどっていた。

「悪くなかったぞ！」探検家《たんけんか》が叫《さけ》んだ。

「どういう意味？ ひどかったよ！ 二人とも死ぬとこだった！」フレッドは叫《さけ》んだ。

「最初にしちゃ悪くない。本能的《ほんのうてき》にスティックを押《お》しさげ、機首を上げなくてはいけない。機首を地面に向けたくなるものだ」探検家《たんけんか》はおだやかに話した。「だが、手前に引いて、もう一度もぐりこむぞ」で練習すればいい。本能《ほんのう》を指先に宿らせるんだ。よし、旋回《せんかい》して、もう一度もぐりこむぞ」

今度は石畳《いしだたみ》に近づくと、フレッドはジョイスティックを引いた。両手でスティックをしっかりと保持《ほじ》する。機体の鼻先が高く上をむいたので、風防《ふうぼう》ガラスごしに地面が見えない。フレッドは横に身を乗りだし、前方をのぞきこんだ。胸《むね》の奥《おく》では心臓《しんぞう》が絶叫《ぜっきょう》している。

車輪が地面にふれ、機体が浮《う》く。また着地したかと思うと、突如《とつじょ》、石敷《いしじ》きの地面を猛《もう》スピードで壁《かべ》に向かって走りだした。壁《かべ》がせまってくる。

「減速《げんそく》！ 減速《げんそく》して止まれ！ いいぞ！」探検家《たんけんか》は前方に手をのばしてスロットルを引きもどし、操縦《そうじゅう》をかわった。「いいぞ」飛行機が停止《ていし》した。

フレッドは、顔から汗《あせ》がどっと流れるまま、両手でひざをつかんで前の座席《ざせき》にすわっていた。びっくりだ。こんなことって、この世にふたつとない。フレッドは頭がくらくらして、全身から力が抜《ぬ》けそうだった。

「さてと――上空できみが口にした言葉はなんだったんだ？」探検家《たんけんか》の声はきびしかった。

「ごめんなさい」とフレッド。

「まったく、どこであんな言葉を覚えた？」

「学校です」

「パイロットはけして悪態《あくたい》をつかない。パニックにおちいったように見えるからな。よく覚えておくんだ。きみが悪態《あくたい》をつくのを二度とわたしに聞かせないでくれ、どんな状況《じょうきょう》だとしても、だ」

「すみませんでした」フレッドはもう一度あやまった。けれど、本気ですまないと感じるのはむずかしかった。耳の奥《おく》でまだうなっている音と、血中アドレナリンの急上昇《きゅうじょうしょう》以外に、何かを感じるのはむずかしかったのだ。

「それにしても、よくやった。あの着陸は誇《ほこ》りに思っていい」

フレッドは頭をふった。「跳《は》ねました」

「だが、それをなんとかした。そこが肝心《かんじん》なんだ」

夜明けを待つ

ライラはすわって、マックスの頭をひざの上にのせていた。マックスが寝返《ねがえ》りをうち、うめく。バカはマックスのお腹《なか》の上にうずくまり、肌《はだ》にやさしく息を吹《ふ》きかけている。ライラの目は赤く、唇《くちびる》は何度もかんだせいで血が出ていた。

夜に向かってあたりが青くなりだすと、フレッドは恐怖《きょうふ》で神経《しんけい》がぴりぴりしはじめるのを感じた。たき火の明かりの中に横たわったマックスは、あまりにか細く見えた。飛行機で一度でもがくん、と揺《ゆ》れたら死んでしまいそうだ。フレッドはすわったまま、マックスの呼吸《こきゅう》を数えていたが、やがて数えるのに耐《た》えられなくなった。ぱっと立ちあがり、探検《たんけん》家《か》を探《さが》しにいった。

探検家《たんけんか》は飛行機のエンジンの上にかがみこんでいた。片手《かたて》にたいまつを持って、照らし

ている。

「明日はできるだけ早く出発しないとな」と探検家《たんけんか》。「マックスは意識《いしき》はあるが、燃《も》えるような高熱だ。川をたどって北東に行け」

「どっちが北東？」フレッドは両腕《りょううで》の虫刺《むしさ》されを神経質《しんけいしつ》にかくのを必死でがまんした。すでに腫《は》れあがって、血が出ている。

「機内にコンパスがある。それで方位がわかる。コンが案内役になるだろう。地形を覚えこんでいるからな。川をたどればマナウスにつく。川の右岸につくられた都市だ。見おとしようはない——巨《きょ》大《だい》なオペラハウスがある。タイルでできたドーム状《じょう》の屋根と、ピンク色の壁《かべ》だ。屋根が日光を跳《は》ねかえすかがやきは、何キロも離《はな》れたところからでも見える」

「だが」探検家《たんけんか》は話しつづけた。「もしマナウスにたどりつく前に燃料《ねんりょう》がなくなったら——警告《けいこく》しておかないといけないが、おそらくそういうことになるだろう——内陸に向かうんだ。いくつか牧場があって、開《ひら》けた土地がある。いちばんなだらかな土地を見つけて着陸するんだ。忘《わす》れるな、前輪からだ」

「前輪から」

「それと、ほかの子どもたちは座席《ざせき》にかくれるように頭を低くして、両手で首の後ろをかかえなくてはならない」

「だけど、ぼくが忘《わす》れたら？　それか、ぼくが気が変になって、パニックになったら？」

「そのどちらにも、きみはなりそうにないと思うよ」

「それでも、そうなったら？」

「そうはならない。フレッド、わたしは変わり者かもしれないが、正気を失ってはいない」探検《たんけん》家《か》がフレッドを見た。それは、晴れた日ならこちらの胸《むね》を透《す》かして心臓《しんぞう》まで見とおせそうな視線《しせん》だった。「きみならできると、完全に確信《かくしん》していなければ、わたしはきみにやれとは言わないよ」

フレッドは幸運を祈《いの》って、人さし指と中指を交差させた。「どうしてもぼくたちといっしょに来られないんですか？　だって――その足でも木にのぼれるんだから」

「無礼なやつだ」と探検《たんけん》家《か》。エンジンの中に手を突《つ》っこみ、ボルトをしっかりとしめた。スパナは骨《ほね》を削《けず》ってつくられていた。「だめだ。後部座席《ざせき》に全員は乗りこめない」

「二回にわけて行けば！」

「一回分の燃料《ねんりょう》しかない。片道《かたみち》だ。それに五人もの重量を乗せれば、飛行機は離陸《りりく》できない――きみたちのだれか一人をここに残すことになる」

「ぼくが残ります！　あなたといっしょに！」フレッドはそう言いながら、それって本気なんだろうか、と自分で自分をいぶかった。

「それはだめだ、フレッド。家にはきみを必要としている人たちがいる」

「大人は子どもなんか必要としていない」

「してるとも！」探検家《たんけんか》の表情《ひょうじょう》がにわかに険《けわ》しくなり、フレッドはあとずさりした。

「あなたが言ったんだ、子どもなんて生煮《なまに》えの大人だって」

「そうだな。わたしは、けして忘《わす》れてはいけないことを、忘《わす》れていたんだ。信じてくれ。きみのお父さんは、きみが思っている以上に、きみを必要としているよ」

フレッドは何も言わず、ただ身をかたくして突《つ》ったったまま、飛行機を見つめていた。

「フレッド、聞くんだ。わたしが飛行機でマックスを運んだとしよう、そうすれば二度とここにもどってこられなくなる。人々《ひとびと》に、わたしのことも飛行機のこともわかってしまう。あれこれ聞かれ、インタヴューされて、新聞に書きたてられるだろう」

「なぜ？　なぜインタヴューされるの？　それって――それって、あなたがパーシー・フォーセットだから？　それともジョン・フランクリン？　それともクリストファー・マクラレン？　あなたは、彼《かれ》らの中の一人なの？　失踪《しっそう》した探検家《たんけんか》の？　そうなんでしょう？」

「ジョン・フランクリンが生きていたとすると、今は百五十歳《さい》をこえているな」と探検家《たんけんか》はおだやかに言った。「ずいぶんな言われようだ、フレッド」

「でも、あなたは彼《かれ》らの一人なんだ！」

「言ったろう、長いあいだ一人でいて、名前なんか必要なくなったと」

「おくびょうなだけだ！　ここを出るのがこわいんだ！」

「たしかに、ここを離《はな》れたくはない。それがわたしの選択《せんたく》なんだよ、フレッド」

フレッドは顔をゆがめた。

「わかっている。だが、信じてほしい。ここここそ、わたしがいちばん幸せでいられる場所なんだ」

フレッドは、思いがけず自分が激《はげ》しい怒《いか》りにかられていることに気がついた。許《ゆる》されないようなことをいくつも口走りそうになるのをこらえ、「そんなに幸せそうには見えない」とつぶやいた。

「幸せとは、奇妙《きみょう》な言葉だな。わたしを悲しくさせる数少ない言葉のひとつだ。こういうべきだった。ここここそ、わたしがいちばん自分らしくいられる場所なんだ」

「どうかしてる！」フレッドは体がほてってくるのを感じた。全身の皮膚《ひふ》が、歯ぐきまでもが、いきりたっている。

「何を怒《おこ》っているんだ、フレッド？」

「怒《おこ》ってなんかいない！」フレッドは探検家《たんけんか》を真正面からにらみつけた。「ぼくはこわいんだ、わかった？」

「もちろん、そうだろう。でも、これまでもずっと、こわがりながらも進んできたじゃないか」

「でも、それとは別だもの」

「なぜ？」

「なにもかも、みんなでいっしょにやってきたんだ。いかだ、食べもの、なんでも」

「これはだれか一人がやらなくちゃいけないんだ。きみではいけないのか？」

「もしこれがうまくいかなかったら」フレッドは、みんなが死んだら、とは言わなかった。でもその言葉は、口にしなかっただけで、そこにあった。「ぼくのせいだ。今までより、こわい」

「では、恐怖《きょうふ》へと突《つ》きすすむ決心をするんだな。きみならできる。きみは自分のおそれることをやりとげる器《うつわ》だと思うよ。恐怖《きょうふ》はジャガーだ。人は、ジャガーより強い。たたかうんだ、歯と爪《つめ》を使って、必死に。ただし、疲《つか》れたからといって、手をゆるめてはいけない。手をゆるめるのは、ジャガーが疲《つか》れた時だ」

フレッドはうなずいた。それから、念のために聞いた。「それって、比喩《ひゆ》ですよね、それとも——」

「そうだ、比喩《ひゆ》だ。もっとも時には——たとえばわたしの足の場合だが——文字どおりだ」

二人の後ろで、せきばらいが聞こえた。

「ちょっとお話ししたいことがあるの」とコン。

探検家《たんけんか》は燃料《ねんりょう》タンクの上にかがみこんでいた。「もちろん、いいとも」と答えた。「なんだね？」

コンはフレッドにちらりと目をやった。「二人だけで」

探検家《たんけんか》はエンジンから目をそらさずに、頭をくいっと動かし、フレッドに合図した。

フレッドはちらりとコンを見て、背《せ》を向けた。広場を半分まで横切った時に、コンの話す声が聞こえた。ささやこうとしていたが、コンの張《は》りつめた声は、夜の大気を通して伝わってきた。

「わたし、行かないつもり」

フレッドはびっくりしてふりむいた。探検家《たんけんか》はあいかわらず入念にエンジンをチェックしている。フレッドは大通りを縁《ふち》どる並木《なみき》の、一本の陰《かげ》に立った。

「あなたと残ります」とコン。「もう決心したんです。マックスは病院に行く必要があるけれど、わたしはそうじゃない」

「残念ながら、きみは残らない」探検家《たんけんか》はそう言いつつ、エンジンのボルトを調整した。

「面倒《めんどう》はかけません。自分の食べものをたくわえてきたし、クモも食べられます。ポケットには乾燥肉《かんそうにく》をたくさん入れてます」

「知っている、においがする。それに数時間前から、きみの顔に本音があらわれていた。イングランド銀行の地上階では、何かあればサイレンが鳴りだす。きみの顔はサイレンだな。残念だが、おじょうさん、きみは飛行機に乗ることになるよ」

「できません！　いやなんです！」

「だろうな」と探検家《たんけんか》。その声はとてもおだやかだった。「それでも、そうしなくては」

「ここではわたし、ましな人間でいられるの。でも家にいると、ときどき、人のことを死ねばいいって考えるんです」

探検家《たんけんか》は無言でうなずいた。そして、待った。

「あなたにはわからないわ！」とコン。「わたし、それを本気で考えるのよ。あまりに強く願いすぎて、ときどき自分でうんざりするほどよ」

探検家《たんけんか》はふたたびうなずいた。「人の心は、ときどきそういうことをするものさ、コン。そして、そのことに衝撃《しょうげき》を受ける。だが、それで気が動転してはいけない。そいつはやがて去っていく、そういった特殊《とくしゅ》な願望というものは、な」

「どうしてわかるんです?」

「十歳《さい》から十六歳《さい》まで、わたしは自分のクラスの半数と教師《きょうし》のほとんどが死ねばいいと願うことに、多くの時間を費《つい》やしたんだ。その全員が、まぎれもなく生きのびたよ。むかつくことにな。だれにも何も悪いことは起こらなかった。たしか、ベルギーに引っこしたのが一人いたが、せいぜいそんなもんだ」

「でも、わたしはここに残らなくちゃいけないの!」コンの顔は上気していた。「ここのほうが、ずっと筋《すじ》が通ってる」

「わかるよ。だが、四人のうち、きみはいちばんこの場所に興味《きょうみ》がないように思っていたがな?」

「気が変わる権利《けんり》はあるわ!」コンはますます顔を赤くした。耳も首も真っ赤で、それが額《ひたい》にまで広がっていく。「ここが大好きなの。こんなに好きになったものはないわ! 家ではただもう――じっとすわって、なんにもさわっちゃいけなくて。なんにでもカバーがかけてある、よごさないように。カバーをかけたカバーまである! みんなはわたしに、わたしがなれない者になるよう望むのよ」

「ああ。それがどんな気分かは、わかる」と探検家《たんけんか》。

「でも、ここなら、叫《さけ》びたければ叫《さけ》ぶことができるわ。わたしが指で食べたかったり、木にのぼりたかったりすれば、だれも止めたりしない。眠《ねむ》りたい時に眠《ねむ》って、走りたければ走れる」コンは「走る」と言う時に、ことさら挑戦的《ちょうせんてき》な表情《ひょうじょう》をした。まるで罪《つみ》を告白《こくはく》しようというみたいに。

探検家《たんけんか》は笑《え》みをのみこんだようだった。「そうしたことをするのに、ジャングルに行く必要はない。そいつはジャングルでなく、きみ自身の問題だ。世界に注意を向けてみろ、ここでしたのと同じように。感じ方が変わるだろう。注意と愛は、ほとんど見分けがつかないほど似《に》かよっている」

「お願い」コンがささやく。

探検家《たんけんか》がため息をついた。「家に帰らなくてはいけない。だれかがきみを捜《さが》しにきて、ここで見つけてほしくないからな。人にこの場所を見つけさせるわけにはいかない」

探検家《たんけんか》は腰《こし》をかがめてコンの目をのぞきこんだ。「だが、知っておけ。これはきみの最初の冒《ぼう》険《けん》で、最後じゃない。こいつはきみにとって、楽なものではないだろう。正直にならなくてはいけない。自分の恐怖《きょうふ》や怒《いか》りをいちばん手っ取り早い対象《たいしょう》に向けようという衝動《しょうどう》に、あらがうんだ。きみはすんなりと世界を乗りこなしていくように生まれついていないんだ。ライオンハートがどんなものか、知っているか？」

「いいえ」とコン。ひどく目をぱちくりさせている。

「ライオンハートとは、勇敢《ゆうかん》な心のことだと思われている――たしかにそうだ――だが、爪《つめ》を持った心でもある。それが、きみだ。ライオンハートのコン」

フレッドは二人が向かいあっている後ろに立った。大きなせきばらいをする。コンがぱっとふりかえり、とまどい、むっとしてにらんだ。

「いなくなったと思ってた」とコン。「立ち聞きの趣味《しゅみ》があるとはね」そう言って、コンは大またで立ちさっていく。

フレッドが追いかけた。自分のしようとしていることが、いい考えかどうかはわからない。もしかすると顔にひじてつをくらうかも、と思った。

「コン」とよびかける。「休暇《きゅうか》にはどこに行《く》くの？」

「わたしは大おばと暮《く》らしているのよ。知ってるでしょ」コンは突《つ》っかかるように言った。それからだいぶして、「なんで？」と聞いた。

「あのさ」とフレッド。「ぼくの家に空き部屋があるんだ。そして父さんはいつも、もっと友だちを家に連れてこいって言うんだ」

「友だち？」コンの首がぱあっと赤くなり、それが耳とほおにも広がった。

「もちろん」とフレッド。「友だちさ」

家へ

夜明け直前、フレッドはライラに起こされた。青みがかった灰色《はいいろ》の光。ライラの顔はやせこけて、十二歳《さい》というより八十歳《さい》に近く見える。

「絶対《ぜったい》に送りとどけてね、フレッド」ライラはフレッドの腕《うで》をつかみ、フレッドがちゃんと聞いていることを確《たし》かめるみたいに、爪《つめ》をたてた。

「それ以外にないの」

フレッドには、ライラの肌《はだ》から放たれる熱が感じられた。希望と、切望と、愛の熱。「わかってる」フレッドは答えた。

フレッドが顔に水をパシャパシャとひっかけはじめたところで、探《たん》検《けん》家《か》がみんなをよぶ声がした。

「急げ、全員だ！」探検家《たんけんか》は石造《いしづく》りの都市の中央に立っていた。朝日がまだらにさしこみ、指輪のうろこを光らせている。「時間だ」

みんなは飛行機のまわりに集まった。あの日、滑走路《かっそうろ》でしたように。何年も前のことのようだ、とフレッドは思った。四人とも、今はあまり身ぎれいとは言えない。服は焼けこげ、泥《どろ》だらけで、魚くさく、やぶれている。顔も手も、蚊《か》に食われた跡《あと》や引っかき傷《きず》だらけだ。みんなあの時より少しばかりやせて、少しばかり手足がひょろ長くなり、少しばかりたくましくなった。

ライラは手をふるわせながらバカを抱《だ》きあげ、探検家《たんけんか》の首にかけた。「サルよりずっといいマフラーになるわ」両目を涙《なみだ》でうるませながら、ひとしずくもこぼすまいとこらえている。「面倒《めんどう》を見てくれる？」

「なんだと？」あっけにとられ、探検家《たんけんか》が言った。「言語道断《ごんごどうだん》、ことわる」

「でも、お願い！　まだ一人でやっていけないわ――この子には必要なの――」

「必要なのはわたしじゃない。きみだ。これはきみのだ。きみが救《すく》って、餌《えさ》をやった。きみにはこいつが必要だ」

「でも、わたしの両親は――」

「親御《おやご》さんはわかってくれるさ。これがふつうの状況《じょうきょう》じゃないってことは、わかるはずだ」探検《たんけん》家《か》はバカをライラの肩《かた》のすぐ下にくっつけた。まるで勲章《くんしょう》をつけるみたいに。「きみらは、おたがいのものなんだ」

探検家《たんけんか》はマックスを抱《だ》きあげ、後部座席《ざせき》に横たえた。「寝心地《ねごこち》はいいか？」

マックスの目は閉《と》じたままで、ひどく呼吸《こきゅう》が浅い。指がむくみだしていた。

「まもなくだよ、ちいさな大騒《おおさわ》ぎくん」探検家《たんけんか》はマックスの頭にふれ、ライラをふりむいた。

「この子はじつに騒々《そうぞう》しい謎《なぞ》だ。だが、会えてよかった。本当に、よかった」

「マックスはあなたを愛してた。ううん、愛してる」ライラは青い顔で言った。

探検家《たんけんか》は息をのみ、それからうなずいた。ライラが足をのせられるように、両手をまるく組みあわせた。ライラは機内に乗りこみ、マックスをひざに抱《だ》きかかえた。

「いいか」探検家《たんけんか》はマックスの赤くほてったほおを見おろした。「家にたどりついたら、世界がどんなに大きくて、どんなに緑豊《ゆた》かか、教えてやれ。そして世界の美しさは、われわれに要求を突《つ》きつけていると教えてやれ。人は思いださなくてはいけない。世界がちっぽけで安っぽいと信じるなら、たやすく自分自身もそうなるだろう。でも、世界はこうも高貴《こうき》で美しい場所なんだ。そしてきみたちみんな――忘《わす》れるな、ここに迷《まよ》いこみ、寝《ね》ている時でも、きみたちは勇敢《ゆうかん》だった。冒険《ぼうけん》することを忘《わす》れるな。きみたちの勇気は拍手喝采《はくしゅかっさい》ものだ」

コンがつばを飲みこんだ。「でも、こわいわ」とささやく。

探検家《たんけんか》はうなずいた。傷《きず》だらけで、ほこりまみれで、実際的《じっさいてき》な人。「こわがって当然だ。それでも、勇敢《ゆうかん》であれ」

探検家《たんけんか》はコンに手をさしだした。コンは女王のようにその手を取り、飛行機にのぼった。後部座席《ざせき》のライラのとなりに体を押《お》しこむ。二人は体をずらし、マックスが二人のひざの上に横になれるようにした。

探検家《たんけんか》はしばらくのあいだ、じっとフレッドを見つめていた。それから、くいっと頭で操縦席《そうじゅうせき》をしめした。フレッドは乗り口の上部に手をかけ、体を振《ふ》り子《こ》のようにふって機内に乗りこんだ。

「ライラ、マックスをしっかりかかえろ。扉《とびら》をしめるぞ」探検家《たんけんか》は飛行機の黄色いブリキの扉《とびら》を音をたててしめると、かけがねをかけた。「それともうひとつ！　忘《わす》れるな――ほかのことはともかく、毎日、ウジのチェックを忘《わす》れるな。わたしは昔、ひじの内側にひと集団《しゅうだん》、わかせたことがある」

「ひじの内側？」フレッドの脳《のう》みそがフル回転した。

「まさしく。プライドもずたずたになったよ」探検家《たんけんか》はそう言って、くるりと背中《せなか》を見せた。

フレッドは目を大きく見ひらいた。「待って！」よびとめる。「ぼく、あなたがだれか、わかった気が――」

けれども探検家《たんけんか》はすでに大またでジャングルに入っていくところだった。フレッドはその背中《せなか》を見つめた。

マックスが痛《いた》みにうなされ、ライラがマックスの上におおいかぶさった。「行きましょう」とライラ。

フレッドはうなずいた。身ぶるいして、ペダルに足をおく。最後にもう一度、探検家《たんけんか》のほうに目をやった。

「準備《じゅんび》オーケー？」フレッドが後部座席《こうぶざせき》に向かって叫《さけ》ぶ。

「準備《じゅんび》オーケー」とコン。あまりに歯を食いしばっていて、歯のきしむ音が聞こえそうなくらいだったが、なんとかほほ笑《え》んで見せた。

「準備《じゅんび》オーケー」とライラ。マックスを抱《だ》きよせ、頭を両腕《りょううで》でかばった。

フレッドは肩《かた》ごしに目をやった。マックスはじっと横たわって浅い呼吸《こきゅう》をしている。コンとライラは手をつないでいる。指の関節が白くなるほど力をこめて。

フレッドが点火ボタンを押《お》す。エンジンが目を覚まし、ブルブルいってから、動物みたいに吠《ほ》えた。

フレッドはスロットルを開き、機首を恐怖《きょうふ》へ、そして家へと、まっすぐに向けた。

もうひとつの探検《たんけん》

四人が着陸した草原は広大で、家畜《かちく》の牧草地になっていた。細長く、アマゾンのように緑だった。がつんと、ひどい衝撃《しょうげき》があり、機体が浮《う》き、再度《さいど》、どんと落下した。牛たちは恐怖《きょうふ》にかられ、大声で鳴きながら散り散りになった。前輪がふるえ、後輪が跳《は》ねあがった。一瞬《いっしゅん》、翼《つばさ》の先が地面をこすりそうになったが、飛行機は振動《しんどう》し、うなるような音をたてて、停止《ていし》した。

牛は全部はもどってこなかった。

この先、フレッドは刈《か》りとられたばかりの草の香《かお》りをかぐたびに、感謝《かんしゃ》の念でいっぱいになるだろう。

それ以外の記憶《きおく》はぼんやりとしている。フレッドとコンが、火をつけた木の枝《えだ》をエンジ

ンに落として飛行機を燃《も》やした。ライラはマックスを腕《うで》にかかえ、じゅうぶんに離《はな》れたところに立っていた。それからみんなは草むらにすわり、黄色い翼《つばさ》が赤くなるのをながめながら、待った。まもなく火事に人が集まってきた。大勢《おおぜい》の人たちがやってきて、フレッドにはわからない言葉を叫《さけ》んだ。ライラが通訳《つうやく》をつとめた。そのあとは馬に乗って、モーターボートをもつ一家のもとへ行った。医者たち。ボートに乗る。マナウス。マックスのための病院。電報《でんぽう》に、電話。ひと組の男女が爪先《つまさき》立ちで病室に入ってきて、マックスとライラをぎゅっと抱《だ》きしめた。二人が息ができないくらいに強く。

それから、巨大客船《きょだいきゃくせん》。壁《かべ》が金色の食堂《しょくどう》にはステーキとアイスクリームと、ピアノがあった。ライラはバカを首に巻《ま》き、両親にはさまれてピアノの前にすわると、ためらいがちに、美しく弾《ひ》いた。そのあいだ、コンとマックスはダンスフロアでぴょんぴょんと輪を描《えが》いて跳《は》ねまわり、ほかの乗客のひんしゅくを買った。

フレッドは絹張《きぬば》りの背《せ》もたれつきの椅子《いす》にひざをかかえてすわり、みんなを見つめていた。自分自身に、しっかりしろと言いきかせる。でも、父親のことを考えるたびに、指先とひざが緊張《きんちょう》と希望でふるえだす。「やめろ」と自分に言う。「考えるな。到着《とうちゃく》は平日だ。仕事がある。父さんはお手伝いさんを迎《むか》えによこすさ」

日に日に、一時間ごとに、気温が下がっていく。海のにおいが緑から青に変わる。やがて、フレッドが自分の考えをまとめる間《ま》も、アマゾンの緑を心からかきおとす間《ま》もないままに、船は港に入っていった。

人々《ひとびと》が港の岸壁《がんぺき》に沿《そ》って一列に立っていた。みんなこぶしをにぎり、緊張《きんちょう》と切望で目をかがやかせている。フレッドはその中に見知った顔がないか、くまなく探《さが》した。

船員がわたり板《いた》をおろす。ライラとマックスが叫《さけ》び声《ごえ》をあげた。二人の祖母《そぼ》が岸壁《がんぺき》に立ち、船に向かって両腕《りょううで》をのばしていた。二人はわたり板《いた》をかけおりると、祖母《そぼ》の腕《うで》に飛びこんだ。両親が笑い声をたてながら、そのあとをおりていく。おばあちゃんはマックスのような、いたずらっぽい、ぼさぼさ眉《まゆ》をしている。

「コン！」とよぶ声がした。コンがふりむき、にわかに顔を赤らめた。フレッドがそちらを見ると、背筋《せすじ》のピンとした痩《や》せぎすの大おばさんが、わたり板《いた》をおりてくる姪《めい》の娘《むすめ》を見つめながら、感極《かんきわ》まってふるえていた。フレッドは、コンの大おばさんが手をのばし、コンの手首をつかむのを見た。コンがまぼろしでないことを確《たし》かめるみたいに、両手でつかむのを。

フレッドは距離《きょり》をとって、あとに続いた。フレッドの名をよぶ人はいなかった。

フレッドは税関《ぜいかん》のざわめきの中で立ちつくし、船のほうを見つめていた。胸《むね》に渦巻《うずま》く失望のうねりを、必死に静めようとする。

その時、だしぬけに、父親の姿《すがた》が目に飛びこんできた。背広《せびろ》は見る影《かげ》もないほどくしゃくしゃで、コートの裾《すそ》をはためかせ、こちらに向かって走ってくる。船員たちや気取った帽子《ぼうし》の女性《じょせい》たちを押《お》しのけて、どんな飛行機よりも速く、飛ぶようにやってくる。

「もう、会えないかと思った」父はフレッドを強く抱《だ》きしめた。フレッドの心臓《しんぞう》のとなりで、あばら骨《ぼね》がきしむのが感じられるほどに強く。「そんなことになったら、耐《た》えられなかった。耐《た》えられなかったよ」

フレッドは父親のコートに深く顔をうずめた。そして一人の男のことを思った。ふたたび一人になって、ジャングルを闊歩《かっぽ》している男だ。フレッドにはその声が聞こえる気がした。

「この世のだれもが、探検家《たんけんか》だ」

時に〝探検《たんけん》〟とは、未知の世界にふみこむことをさす言葉だ。そして時には、家に帰ることをさす言葉なのだ。

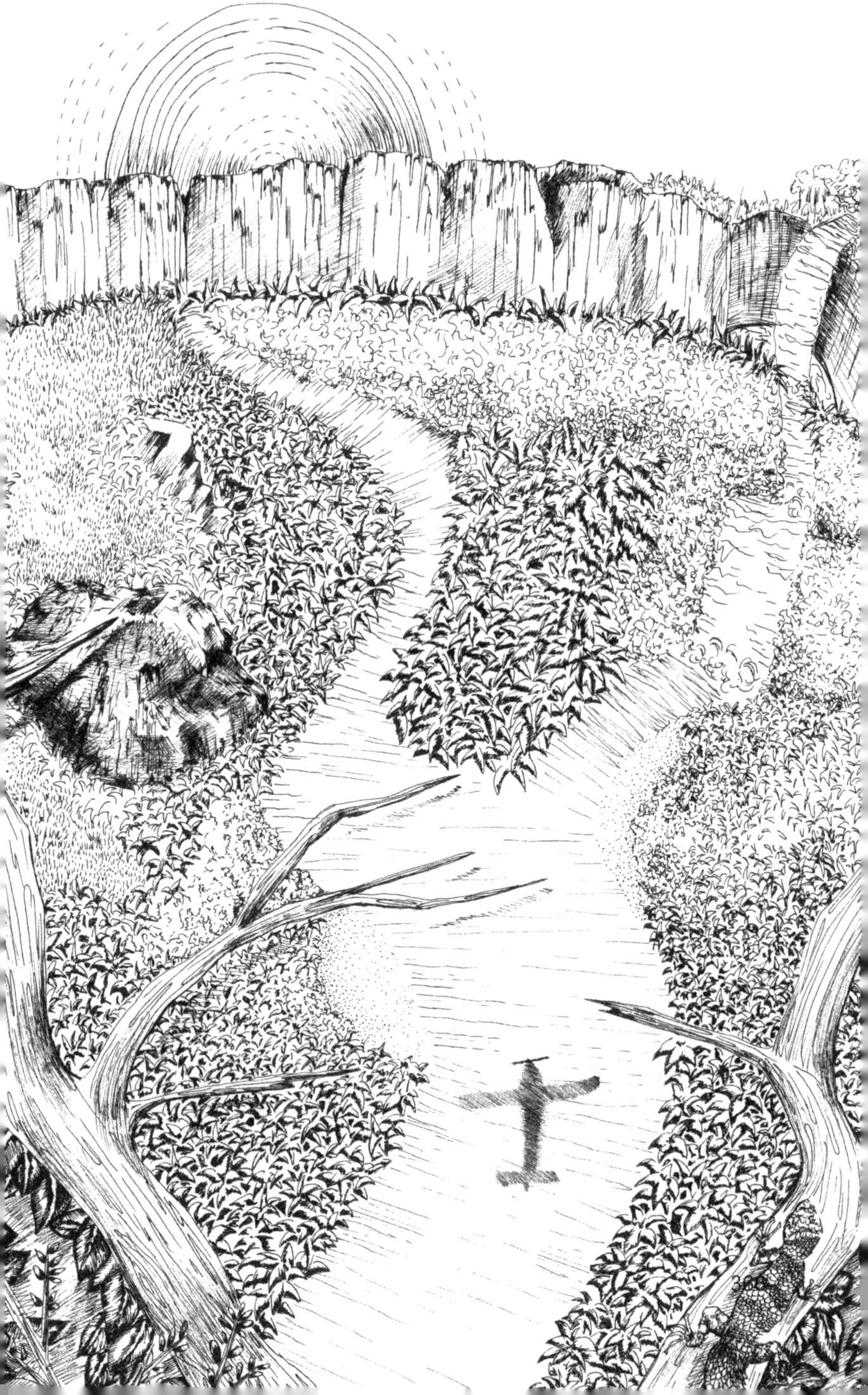

エピローグ　十二年後

　フレッドはリッツホテルの扉《とびら》を押《お》しあけると、走りださない最速の歩き方で、ティールームに向かった。フレッドを追いかけるように、ロビー中から若者《わかもの》たちの興奮《こうふん》気味のささやきが聞こえてくるのは、無視《むし》した。

　マックスがフレッドの来るのを見て、ぱっと立ちあがり、砂糖《さとう》つぼを引っくりかえした。今ではのっぽで――フレッドと同じくらいか――その顔に、あの赤ちゃんっぽい丸みは残っていない。でも、眉毛《まゆげ》の先は今もぼさぼさで、そりかえっている。

「来たね！　ぼくら、きみはまだ探検先《たんけんさき》かもしれないって、言ってたとこ！」マックスは、フレッドに腕《うで》を巻《ま》きつけて、押《お》しつぶさんばかりに抱《だ》きしめた。

「フレッド！」ライラはきれいになっていた――あまりにきれいなので、フレッドは会うたびにいつも気おくれし、妙《みょう》に照れくさくなるのだが、それもライラがにやっと笑いかけるまでのことだ。ライラの曲がった歯は、さらに少し曲がって、まだそこにあった。ライラはフレッドをぎゅっと抱《だ》きしめた。「旅はどうだった？　あらゆる新聞に取りあげられていたわよ。〝新しいタイプの探検家《たんけんか》〟ってね」

フレッドが返事をする前に、背後《はいご》から声がした。「みんな、おめかししてるじゃないの。言っといてくれなくちゃ——ひだ飾《かざ》りのあるのを着てきたのに」

「コン！」とマックス。

ぱっと見たところは、コンはあの日の朝、滑走路《かっそうろ》ではじめて会った時と同じだった。あごを突《つ》きだし、体と直角にしている。けれど、あの不信感の表明のようだった金髪《きんぱつ》の巻《ま》き毛《げ》はもうない。ボブヘアーに、ハイウェストのズボン。探検家《たんけんか》のヘルメット帽《ぼう》にほんの少し似《に》た感じのフェルト帽《ぼう》をかぶっている。

じつはその帽子《ぼうし》は、去年のクリスマスにフレッドが贈《おく》ったプレゼントだった。フレッドの父親は、二階の予備《よび》の寝室《しんしつ》を今も「コンの部屋」とよんでいる。

ウェイトレスがメニューをかかえて近づいて来た。

「ありがとう」とコン。「でも、わたしたち、ずっと前に、何を注文するか決めてあるの」

「メニューにあるケーキをすべて、ひとつずつ頼《たの》むよ」とフレッド。

「それとホット・チョコレート四つ」とマックス。にやっと笑って「芋虫《いもむし》パンケーキに敬意《けいい》を表して」とつけくわえた。

ウェイトレスが立ちさるやいなや、ライラはテーブルの下に手をのばした。「いっしょにお祝いしようと思って、連れてきたの。もう、たいへんなお年寄《としよ》りよ。それでもウェイトレスはいやがるかも——みんな、コートでかくしてくれる?」ライラは傍《かたわ》らにおいた籠《かご》から、灰色《はいいろ》の毛のかたまりを持ちあげた。とても、とてもゆっくり、それが目をあけた。

「バカ!」とフレッド。

「なんて大きくなったの!」とコン。

「近ごろでは、じつに尊敬《そんけい》すべきお年寄《としよ》りよ」とライラ。「でも、前は、たいへんな問題児だったの」

「スローモーションで動く脅威《きょうい》さ」とマックス。

「わたしの生物学の教科書の表紙なんか、何度も食べられそうになったわ」

みんなは手から手へと、バカをわたしていった。毛は以前ほどふわふわしていないし、動きはぎこちなかった。それでも目は黒々《くろぐろ》と光り、鼻は今も好奇心《こうきしん》でいっぱいだった。バカはゆっくりと片方《かたほう》の腕《うで》をあげると、まるめた手で、ブラウン・シュガーのかたまりをひとつ、自分のほうに引きよせた。

その時、フレッドが手のひらを上にしてさしだした。あの印が、かなり薄《うす》くはなったものの、今もまだ見わけられる。「今でも秘密《ひみつ》?」

ライラも手をさしだした。「今でも秘密《ひみつ》よ」

マックスがテーブルクロスの上に手を広げた。「言うまでもないさ」

「いつまでも」とコン。

フレッドは四つの手のひらを見おろした。フレッド自身の手は、今もやけどや水ぶくれだらけだった。この前の探検《たんけん》でできたものだ。ライラの手には動物に引っかかれた跡《あと》がいくつもある。コンの手にはインクのしみ。

マックスが沈黙《ちんもく》をやぶった。「あの人は、まだあそこにいるのかな?」

「わからない」とフレッド。「でも、間《ま》もなくわかるよ。ぼくはアマゾンにもどってみるつもりなんだ。雨期が終わったらすぐにでも。もう一度、あそこを見つけようと思っている」

「でも、だれかを連れていって、見せるわけじゃないんでしょ?」とコン。

「まさか!」とフレッド。「そんなこと、しやしない。ただ、ぼくたちは生きていますって言いにいくだけだよ。ただ、言いにいくだけさ、ぼくたちは、今も探検《たんけん》しつづけていますって」

著者《ちょしゃ》あとがき――探検家《たんけんか》たちについてひと言

この本に出てくる〝探検家《たんけんか》〟と都市遺跡《いせき》は架空《かくう》のものですが、実在《じつざい》するものから着想を得《え》ました。われらが探検家《たんけんか》フレッドが、これから捜《さが》しにいこうとしている〝探検家《たんけんか》〟は、パーシー・フォーセットという実在《じつざい》の探検家《たんけんか》をモデルにしています。フォーセットはイギリス砲兵隊《ほうへいたい》の大佐で、たいへんな偉丈夫《いじょうふ》、ふつうの人の三人分はある豊《ゆた》かなひげをたくわえていました。高度に洗《せん》練《れん》され金《きん》がちりばめられた都市を思いえがき、自らZ《ゼット》シティーとよんで、その探求《たんきゅう》に人生の大半を捧《ささ》げた人です。

一九二五年、アマゾン川の南東の支流《しりゅう》、シングー川の上流をわたってまもなく、フォーセットは二人の同行者とともに姿《すがた》を消しました。以来、フォーセットの消息はわからないままです。

本書の主人公のような探検家《たんけんか》が何十人も、フォーセットの捜索《そうさく》に出かけました。成果なしにもどってきた者たちもいれば、もどってこなかった者たちもいました。

また、〝探検家《たんけんか》〟が語る話――ヨーロッパ人と遭遇《そうぐう》した先住の人々《ひとびと》やその居住地《きょじゅうち》が、暴力《ぼうりょく》や、彼《かれ》らが免疫力《めんえきりょく》をもたなかった病気によって大打撃《だいだげき》を受けた――というのも、悲しいかな、本当です。ヨーロッパによる侵略《しんりゃく》が起こる以前の西暦《せいれき》一五〇〇年には、ブラジルの先住民の人口は五百万人をこえていました。それが現在《げんざい》では、わずか三十万人です。さらに熱帯雨林そのものが、重大な危機《きき》にさらされています。ここ五十年ほどの間に、60万平方キロメートルの熱帯雨林が破《は》壊《かい》されたのです。一刻《いっこく》も早く保護《ほご》することが必要です。

アマゾンは、わたしがこれまで目にした、もっとも驚《おどろ》くべき場所でした。そこに行くまでは、わたしは自分が美とは何かを知っていると思いこんでいました。でも、まちがいでした。アマゾンを守るために何ができるかをもっと知りたい人は、greenpeace.org.uk/amazon を検索《けんさく》してみてください。

けれども、世界中の熱帯雨林には豊《ゆた》かな歴史《れきし》があり、まだ未知の部分が多いのも事実です。二〇一六年、十五歳《さい》の高校生が衛星《えいせい》写真と星図を使って、マヤ文明の古代都市らしきものを発見しました。衛星画像《えいせいがぞう》を調べてみると、ピラミッドといくつもの建造物《けんぞうぶつ》らしいものが見つかったのです。まだ調査《ちょうさ》のごく初期の段階《だんかい》ですが、この地域《ちいき》のどこにでもまだ発見されていないマヤ遺跡《いせき》があるかもしれず、それも二百にせまる数になるだろうと信じる考古学者もいます。

そう考えると、わくわくしますね。世界は、まだ未知のものにあふれているのです。

訳者《やくしゃ》あとがき

越智典子

この物語『探検家《たんけんか》』の訳文《やくぶん》を見直していた二〇二三年の五月、南米コロンビアのジャングルに小型機《こがたき》が墜落《ついらく》し、十三歳《さい》の少女を頭に、九歳《さい》、四歳《さい》、生後十一カ月の弟たちの四人の子どもが行方不明とのニュースが飛びこんできました。ご記憶《きおく》の方もいらっしゃることでしょう。わたしは、まるでランデルさんの物語が現実《げんじつ》に起きたみたいに感じ、どうか全員が無事でありますように、と続報《ぞくほう》を気にしつづけました。そして六月九日、全員、無事に救助《きゅうじょ》されました。子どもたちだけの力で四十日もの間、アマゾンのジャングルで生き延《いの》びたのでした。

ちなみにこの子どもたちはウィトト族、物語の中の〝探検家《たんけんか》〟が語る「先住民」の人たちです。子どもたちを救《すく》ったのは、普段《ふだん》から大人たちに教わっていた「森で生きる知恵《ちえ》」でした。ジャングルのどの果物が有毒《ゆうどく》か、水を飲めるつる植物はどれか、枝《えだ》や葉を使った簡単《かんたん》な小屋をどう作るかなど、十三歳《さい》の長女はちゃんと教えられていたといいます。また、普段《ふだん》から赤《あか》ん坊《ぼう》の世話を任《まか》されていたことが、末の弟の無事につながりました。

この物語の主人公たちもちょうど四人、フレッドはもう少し年上の設定《せってい》と思われますし、一番下のマックスも五歳《さい》。自分で歩けるし、いっぱしの口をきく生意気盛《なまいきざか》りの少年です。けれどもジャングルで生き延《い》《の》びる実践的《じっせんてき》な知恵《ちえ》はまったく持ち合わせていません。多少、フレッドが探検《たんけん》家《か》の本を読《よ》み漁《あさ》っていて、知識《ちしき》があるくらいでしょうか。その四人が、どんなふうにジャングルでの試練に立ちむかい、また恐怖心《きょうふしん》や仲間同士《どうし》の感情《かんじょう》のぶつかりあいに向き合っていくかが、アマゾンの生き生きとした描写《びょうしゃ》とともに描《えが》かれていきます。ランデルさんは、じっさいにブラジルのジャングルをたずね、ピラニアを釣《つ》ったり、タランチュラのローストも食べてみたそうです。おいしかったそうですよ。そういう実体験がこの物語に、ジャングル探検《たんけん》のドキュメンタリーのようなわくわく感を添《そ》えているのでしょう。

作者のあとがきに書かれているブラジルの先住民の人口について補足《ほそく》します。
十五世紀《せいき》半ばから始まった大航海《だいこうかい》時代に、ヨーロッパの人たちが南北アメリカ大陸にやってきます。すでに人がすんでいて、紀元前《きげんぜん》から栄えた文明もあった地ですが、ヨーロッパの国々《くにぐに》にとっては新しい土地の発見でした。ブラジルも一五〇〇年にポルトガルに「発見」され、ポルトガル領《りょう》になりました。もちろん、すでにそこには先住の人たちがいました。当時の確《たし》かな人口調《ちょう》査《さ》があるわけではありません。多くても百万人という推定《すいてい》から、作者のように五百万人以上とするものまで、いろいろあります。では現在《げんざい》の先住民人口はというと、こちらも正確《せいかく》な数値《すうち》はありません。文化も言語も混《ま》ざることで変化し、混血《こんけつ》も進んだ今、誰《だれ》を先住民とするかがむずかしく、人口調査《ちょうさ》の目的によっても数値《すうち》が変わります。ちなみにブラジルの国勢調査《こくせいちょうさ》（一九三三）では推《すい》定《てい》二十五万人と、作者のいう三十万人より少なくなっています。いずれにせよ、先住民の人口が激減《げきげん》したことだけは事実です。

ブラジルで言えば一五三二年から本格的《ほんかくてき》にポルトガルからの入植者がやってきますが、ヨーロッパによる各地の植民地政策《せいさく》により、先住民は奴隷《どれい》にされ、虐殺《ぎゃくさつ》もされました。信じがたいことですが、新大陸の先住民は人間か、それとも人間ではないのかが、ヨーロッパで真剣《しんけん》に議論《ぎろん》された時代でした。植民地政策《せいさく》を推《お》し進《すす》める人たちは、彼《かれ》らは人間ではないとの観点から、非《ひ》人間的な扱《あつか》いを正当化しました。また、ランデルさんが書いたように、入植者たちがもたらした疫病《えきびょう》によって、抵抗力《ていこうりょく》のなかった先住民が大量に死亡《しぼう》しました。ラス・カサスが一五五二年『インディアスの破壊《はかい》についての簡潔《かんけつ》な報告《ほうこく》』でうったえた惨状《さんじょう》は、いつまでつづいたのでしょうか。ランデルさんが物語の〝探検家《たんけんか》〟のモデルにしたパーシー・フォーセットは、一九〇〇年代に南米の地に足を踏《ふ》み入《い》れたとき、鎖《くさり》をつけられ動物のように扱《あつか》われ、奴隷《どれい》にされていた先住民の姿《すがた》にショックを受け、本国にもどってその告発《こくはつ》をしています。

フォーセットの率《ひき》いる探検隊《たんけんたい》はアマゾンのジャングルで幾度《いくど》となく飢《う》えに苦しみました。けれども、友好的な先住民の集落に迎《むか》え入《い》れられてみると、ジャングルの中での豊《ゆた》かな暮《く》らしがあり、食べものに困《こま》ることもなかったといいます。フォーセットは同時代の探検隊《たんけんたい》が、大人数であらゆる調度品や武器《ぶき》を携《たずさ》えて突《つ》き進《すす》むさまを良しとせず、ごく少人数で隊を組み、最低限《さいていげん》の装備《そうび》で、できるだけ先住民をこわがらせず、友好関係を築《きず》きながら進もうとした人です。侵入者《しんにゅうしゃ》に対して敵対的《てきたいてき》な先住民に攻撃《こうげき》され、殺《ころ》されることもあると知りながら、です。そのあたりが、ランデルさんのつくりあげた〝探検家《たんけんか》〟に投影《とうえい》されています。ちなみに〝探検家《たんけんか》〟が亡《な》くなった子どもと共に埋《う》めたという認印《みとめいん》つきの金の指輪は、じっさいにフォーセットが身につけていたもので、遺族《いぞく》に最後に戻《もど》ってきた遺品《いひん》です。指輪に彫《ほ》られた〝*Nec Aspera Terrent* 難局《なんきょく》に屈《くっ》することなかれ〟は、フォーセット家の家訓だそうです。最後の探検《たんけん》に同行した二人というのは、長男のジャックとその親友であるローリー・ライメルですが、ライメルの名前は、戻《もど》ってこなかった探検家《たんけんか》の一人として物語の本文に出てきます。もう一人、サイモン・マーフィーという名前があがっていますが、こちらはランデルさんのアマゾンの旅に同行した友人です。本文に出てくるあとの探検家《たんけんか》の名前は、クリストファー・マクラレン以外はすべて実在《じつざい》の人物ですので、ご興味《きょうみ》のある方は、調べてみてください。フォーセットについてもう少し知りたいという方のために、わたしが参考にした本をあげておきます。
『ロスト・シティZ　探検史上《たんけんしじょう》、最大の謎《なぞ》を追え』デイヴィッド・クラン著《ちょ》　近藤隆文訳《やく》　NHK出版《しゅっぱん》　＊これをもとに作られた映画《えいが》「ロスト・シティZ」もおすすめです。
『アマゾンの封印《ふういん》』エルメス・レアル著《ちょ》　渡辺和見訳《やく》　自由国民社
『フォーセット探検記《たんけんき》』P・H・フォーセット著《ちょ》　ブライアン・フォーセット編《へん》　吉田健一訳《やく》　筑摩書房

ランデルさんの作品を訳《やく》させていただくのは、同じゴブリン書房《しょぼう》から出版《しゅっぱん》された『テオのふしぎなクリスマス』についで二作目です。ランデルさんの作品には、問題を抱《かか》えていない登場人物は出てきません。多かれ少なかれ、辛《つら》い思いや、うまくいかないことを抱《かか》えながら生きています。しかも弱虫だったり、身勝手だったり、手に負えないわんぱくだったりと、欠点の多いところが魅力《みりょく》と思えるくらいに、しっかりと欠点が描《えが》かれます。そこまでわざわざ書かなくても、と言いたくなる人もいるだろうなあ、と思うほど、ずるかったり、みっともなかったりする様まで書いてしまいます。その書きっぷりの根っこに、人間ってそういうもんじゃないの、いいも悪いもひっくるめて、その人でしょう？　と、おおらかに肯定《こうてい》する作者のまなざしを感じるのは、わたしだけでしょうか？　そしてランデルさんの描《えが》く登場人物の、わたしにとっての最大の魅力《みりょく》は、自分なりに自分の頭で考えようとし、自分の気持ちをはっきりと自覚しようとするところです。まちがうことをおそれない。その勇気は、ジャングルに踏《ふ》みこむ勇気に匹敵《ひってき》するかもしれません。

最後に、物語の言葉を借りて、あとがきを終えましょう。

ジャングルに行くだけが探検《たんけん》ではない。この世のだれもが、探検家《たんけんか》だ。

キャサリン・ランデル(Katherine Rundell)

一九八七年、英国ケント州生まれ。子ども時代をアフリカのジンバブエやベルギー、ロンドンで過ごす。現在、オックスフォード大学オール・ソウルズ・カレッジの研究員。二〇一一年より作家活動をはじめ、一五年、「Cartwheeling in Thunderstorms」でボストングローブ・ホーンブック賞を、一七年、本書「The Explorer」でコスタ賞児童図書部門を受賞する。ほかに『オオカミを森へ』(小峰書店)、『テオのふしぎなクリスマス』(ゴブリン書房)など。

越智典子(おち のりこ)

一九五九年、東京生まれ。東京大学理学部生物学科卒業。出版社勤務を経て、執筆活動に入る。絵本に『ピリカ、おかあさんへの旅』(福音館書店・平成一九年児童福祉文化賞)、著作に〈ラビントットと空の魚〉シリーズ(福音館書店)、『いのちのなぞ 上・下』(朔北社)、『完司さんの戦争』(偕成社)、翻訳にタハン『アラビア数学奇譚』(白揚社)、「デイビス&サットンの科学絵本」シリーズ、『テオのふしぎなクリスマス』(以上、ゴブリン書房)など。

探検家

二〇二四年十二月　初版発行
著者　キャサリン・ランデル
訳者　越智典子
発行　ゴブリン書房
〒一八〇-〇〇一一
東京都武蔵野市八幡町四-一六-七
電話　〇四二二-五〇-〇一五六
ファクス　〇四二二-五〇-〇一六六
https://www.goblin-shobo.co.jp
編集　戸佐美香子
印刷・製本　精興社

Printed in Japan
NDC933 ISBN978-4-902257-47-2 C8097
384p 188×128